LE FIER ET
BEAU CAPITAINE

Frances LYNCH

LE FIER ET
BEAU CAPITAINE

(The Fine and Handsome captain)

LES EDITIONS MONDIALES
2, rue des Italiens — Paris-9ᵉ

ISBN N° 2-7074-2371-8

CHAPITRE PREMIER

Vingt ans ont passé depuis ce jour de 1885 où, pour la première fois, je vis mon fier et beau capitaine. J'aurais voulu garder un souvenir particulier de ce jour-là. Ne s'agissait-il pas, en effet, de mon dernier matin sous le toit parcimonieux de Mme Skues, après six mornes années à servir les voyageurs des chemins de fer ? Et le début de tout ce qui fut nouveau et intéressant dans ma vie depuis lors...

Et pourtant, ce fut un matin aussi triste que les autres. Un dimanche de Pentecôte.

Nous, les jeunes serveuses du restaurant, étions très excitées par la grande fête et le gala qui devaient se dérouler le lendemain en ville. Nous savions que des artistes célèbres, arrivant à Bristol par le rail, passeraient probablement par les salles du buffet de la gare, et commanderaient un bol de soupe à travers notre comptoir. C'était également pour moi un matin qui préludait au service de nuit, perspective affligeante qui atténuait sans doute pour moi les plaisirs imaginaires qu'aurait pu me procurer l'approche des réjouissances. En fait, un matin à peu près aussi maussade que les autres et manquant totalement de présages d'aucune sorte.

Depuis la mort de mes parents, dans la catastrophe de Ross Bridge, j'avais été employée par Mme Skues assez longtemps pour savoir que, jusque là, six dimanches de Pentecôte, et un grand nombre de services de nuit

n'avaient apporté le moindre changement, et moins encore
d'amélioration, à mon sort.

Pour commencer la journée sur une note tristement
habituelle, à six heures trente, Barty Hambro vint frapper
de sa main droite, la seule main qui lui restait, à la porte
de notre dortoir. Sept jours par semaine, douze mois par
an, son travail achevé, Barty venait nous réveiller avant
d'aller dormir dans son coin sous le toit. Le train postal
arrivait de Londres à quatre heures et demie et le buffet
des premières classes devait rester ouvert jusqu'à cette
heure-là. Il y demeurait ainsi qu'une serveuse, désignée
sur la liste établie par Mme Skues. A quatre heures
trente-cinq environ, il accompagnait cette serveuse à
l'hôtel et regagnait la gare. Grâce à la générosité de
Mme Skues, la fille était autorisée à rester au lit, dans le
dortoir, jusqu'à dix heures, en compensation des vingt-
deux heures de travail fourni.

Ensuite, Barty travaillait seul dans la gare déserte,
faisait le ménage des deux salles du buffet, réceptionnait
la marchandise envoyée par la boulangerie, et préparait la
journée qui allait suivre. Même avec son bras unique, il
pliait avec une étonnante dextérité les serviettes du buffet des premières classes. Cela me semblait être une
triste activité au service de Sa Majesté, mais il ne se plai-
gnait jamais.

Selon son habitude, ce matin-là, Barty cogna à notre
porte, attendit un instant, puis recommença. Je m'éveillai
comme toujours au premier coup. Quelque chose en moi
doit se souvenir de ce coup frappé à ma porte, à l'aube
de mon douzième anniversaire, m'apportant la terrible
nouvelle du désastre qui me privait de mon père et de ma
mère bien-aimée. Aujourd'hui encore je m'éveille au
moindre bruit, redoutant sans nul doute qu'un nouveau
malheur ait fondu sur moi pendant mon sommeil.

Je sursautai, effrayée, puis retombai sur le dos, rassurée par le bruit apaisant du pas de Barty qui s'éloignait. J'espérais qu'il ferait beau. Depuis le début de
l'été, le temps n'était pas fameux.

Dans le petit dortoir aux huit lits alignés, les filles
commençaient à remuer. La pièce était nue, basse de

plafond, ses murs tapissés de papier à fleurs brunes qui s'y trouvait déjà à mon arrivée, six ans plus tôt. Madame Skues avait même accroché un tableau à une paroi, ce qui relevait d'une louable intention même si le sujet n'en était pas très bien choisi : il représentait une scène effrayante se déroulant dans l'ouest américain ; des Indiens y attaquaient traîtreusement les chariots des braves frontaliers et de leurs femmes. Tout enfantine qu'elle fût, l'image nourrissait mon esprit turbulent, en me rappelant que les femmes peuvent être courageuses et fortes, et mener une vie d'aventure. Et moi, j'étais là...

Je soupirai et repoussai drap et couverture. Ma voisine de droite dormait encore. Je l'interpellai.

— Amy... Il est six heures et demie passées... Lève-toi.

Elle me tourna le dos en refermant les yeux.

— Laisse-moi tranquille. Il sera bien temps quand Barty viendra. Je ne vais pas me lever uniquement parce que tu me le dis !

— Barty est déjà venu.

Kate, qui occupait le lit au-delà de celui d'Amy ricana.

— Tu ne l'as pas entendu : il a frappé comme s'il avait peur, comme toujours quand c'est le tour de Bella de faire la grasse matinée.

Elle s'assit sur son lit, rassembla, derrière sa tête, ses épaisses boucles brunes et commença à les tresser avec colère.

Pauvre Bella ! C'était le point de mire de tout le dortoir : Barty Hambro était censé avoir un faible pour elle. Personnellement, je doutais de la véracité du fait : Barty était un jeune homme bon et calme, pas le genre à avoir des favorites, mais notre petit groupe avait besoin de commérages pour se distraire. Certes, si Bella avait été mieux en mesure de se défendre, je me serais, moi aussi, amusée à ses dépens et je me serais réjouie car cela détournait les railleries de ma personne. Mais Bella avait à peine quinze ans et elle venait d'arriver. Tout ce qu'elle savait faire, c'était cacher sa tête sous son drap et souhaiter être morte.

Je me levai et je versai bruyamment de l'eau dans une des cuvettes de porcelaine.

— Il a frappé assez fort pour réveiller les morts, déclarai-je. Certaines d'entre vous dormiraient malgré les trompettes de l'Ange Gabriel lui-même !

La plaisanterie n'était pas géniale mais elle obtint le résultat voulu. La grande Kate, tout échevelée, vint près de moi pour me bousculer pendant que je me lavais.

— Mais Hester ne dort pas. Ah ! mais non ! Notre Hester Malpass est déjà parvenue à mi-chemin du ciel, avec ses saintes façons !

Les autres firent chorus.

— C'est pas qu'elle soit si sainte que ça, tout bien considéré... quand on sait où elle était pour commencer !

Leurs paroles m'étaient familières. Sans plus faire attention à elles, je me penchai sur le miroir terni au-dessus de la longue table de toilette et je me concentrai sur la pénible tâche quotidienne qui consistait à maîtriser mes cheveux : ils étaient foncés, presque noirs et d'une épaisseur qui se rebellait contre la sage coiffure exigée par Mme Skues.

Je m'habillai avec soin, sans me préoccuper des autres. J'y étais habituée. Bien que nous fussions toutes orphelines, dans notre petit monde gris, le gouffre entre elles et moi était profond. Car elles étaient de *respectables* orphelines, placées soit par le docteur Barnado, soit par une œuvre méthodiste dirigée par une cousine de Mme Skues, et j'étais, moi, une orpheline tarée, fille d'un de ces hommes abominables, un monsieur plein de prétentions, et même un génie méconnu, un homme qui vivait ostensiblement au-dessus de ses moyens et qui n'avait été sauvé de la faillite et des tribunaux que par le malheureux glissement de terrain qui l'avait emporté, avec le pont du chemin de fer, au fond de la rivière.

Tout cela était vrai. Mes compagnes semblaient estimer que la terrible catastrophe de Ross Bridge avait été pour mon père un heureux événement. Comme si le fait d'être devenue orpheline en ce jour cruel était pour moi un bienfait du sort. Comme si un père défunt valait mieux qu'un père publiquement déshonoré !...

De plus, contrairement à elles, j'avais fréquenté l'école jusqu'à l'âge de douze ans et elles me pardonneraient difficilement d'être instruite jusqu'à un certain point. Je ne parlais pas comme elles et j'avais les façons d'une fille qui se « donne des airs ». Ainsi étais-je, à leurs yeux, une proie choisie.

Elles n'étaient pas méchantes, pourtant, étourdies seulement, comme de jeunes chiens qui aboient contre les étrangers, sans savoir que leurs dents ont grandi. Et si j'étais encore avec elles au bout de six ans, je n'en étais pas moins mise au ban et je crois que ce n'était la faute de personne.

Mon pauvre père — on me pardonnera de le critiquer après coup — était un instable. Génie méconnu ou non, il poursuivait toujours une nouvelle idée. Le cercle de famille l'agaçait et malheureusement, les souvenirs que je garde de lui ne sont pas de bons souvenirs. Je me rappelle, entre autres, un soir d'hiver où, à l'âge de neuf ans environ, je me trouvais seule avec lui dans le bureau situé derrière son minable atelier. Peut-être ma mère avait-elle dû sortir... Il n'aimait pas les enfants, mais obligé de s'occuper de moi, il le fit avec bonne volonté.

Le seul fait d'être dans son bureau me charmait. Je ne m'intéressais guère aux gravures poussiéreuses qui ornaient les murs et représentaient des merveilles de la technique, viaducs, ponts, moteurs, ni aux vitrines contenant des modèles d'objets incompréhensibles, mais il y avait près de sa table un tabouret, un tabouret qui tournait, son petit siège de cuir montant et descendant. M'asseoir sur ce tabouret était l'une des joies de ma petite enfance.

Mais papa ne comprenait pas ce genre de choses. Désireux de me distraire, et d'évaluer en même temps mes capacités, il poussa de côté ses dessins mystérieux et me dit de dessiner de mémoire des objets courants et des personnages connus : la bicyclette du curé, Mme Pitts dans la vapeur de sa buanderie, le fiacre dans lequel je sortais parfois avec Maman. Je fermai les yeux, m'efforçant de me souvenir de ces choses simples et quotidiennes, mais hélas ! mes pauvres dessins ne furent pas du goût de Papa.

Maintenant je me souviens encore de ma détresse quand je vis s'envoler sa bonne volonté. Il s'efforça de plaisanter, commentant l'étrange animal juché sur mon étrange bicyclette, ou Mme Pitts si elle essayait de travailler telle que je la voyais, ou encore maman si elle prenait place dans mon fiacre. Mais ses taquineries étaient peu charitables et je ne sais pas si elles l'amusaient plus que moi. J'entends encore sa voix, je respire le parfum de bois de santal du crayon qu'il m'avait mis entre les doigts, l'un de ses précieux crayons dont j'étais si évidemment indigne. Même le tabouret tournant avait perdu son charme, ce soir-là.

Mais l'impatience de mon père venait de son amour du mécanisme en tout genre, et de son hostilité à l'égard du sexe féminin. Il considérait que, simplement parce que j'en faisais partie, j'étais incapable de partager avec lui son unique passion.

Je suppose qu'il acceptait la féminité de ma mère comme un mal inévitable. Je ne l'ai jamais vu que parfaitement patient avec sa Mary, bien qu'elle fût, j'en ai maintenant l'impression, une personne adorable mais un peu fofolle. De sens pratique, elle n'en avait guère. Elle avait la passion de la nature et ses talents s'exerçaient sur les petites bêtes malades qu'elle recueillait et soignait de temps à autre. J'avais toujours avec moi une image d'elle et je la regardais souvent. Nous avions les mêmes cheveux sombres et les mêmes yeux. Moralement, cependant, je nous estimais très différentes.

Je refusais de devenir telle que ma douce, incompréhensive maman. Recherchant ce but, pendant plusieurs semaines, je m'exerçai à tirer à la fronde et j'obtins du garçon de courses de l'épicier qu'il jouerait au cricket avec moi dans notre bout de jardin chaque fois qu'il aurait un moment, entre ses livraisons. Il y eut même une époque où je m'instruisis sur des sujets rébarbatifs que n'enseignaient pas mes professeurs, tels que les mathématiques et la chimie, en lisant les livres que je trouvai dans la bibliothèque de papa. Cette période-là fut brève et la science acquise, négligeable.

Je lisais aussi le numéro du *Times* que recevait mon père, en prenant soin de n'être pas vue par lui, sans y comprendre grand-chose. Vers mes douze ans, je me rappelle avoir décidé de faire « tout au moins » une carrière politique. Mais ce qu'était la politique, j'aurais eu beaucoup de peine à le dire.

C'était là le bagage d'espoirs que j'apportai avec moi dans l'établissement dirigé par Mme Skues en décembre 1879, une place qu'avait découverte pour moi Me Margulie, le notaire assez indifférent de mon père. Ces espoirs devaient être modifiés, plus tard, par la vie, mais je ne les abandonnai jamais tout à fait. C'était même à partir de là que se construisit mon projet d'évasion, l'ambition secrète qui entretint en moi l'espérance et la volonté des tristes jours.

Mais cela aussi me rendait intolérante envers les objectifs plus frivoles de mes compagnes, et cela me valut une réputation de suffisance et d'orgueil. Et cette réputation était peut-être méritée.

On nous accordait un quart d'heure pour nous lever, nous laver et nous habiller. Comme j'attachais mon tablier derrière mon dos, par ce joli nœud qu'exigeait Mme Skues, la petite Amy vint se mettre de dos devant moi pour que je boutonne, selon mon habitude, le haut de sa robe. Les taquineries des filles s'étaient arrêtées en face de mon indifférence, et je crois qu'elles n'y pensaient plus. Je me penchai pour boutonner les boutons.

— Hester, mon chou, murmura Amy à mon oreille, dis un mot pour moi à Skusy, tu veux ? Pour la demi-journée de congé demain. Il faut que je l'obtienne. Il faut que...

Il était normal qu'Amy s'adresse à moi : si mes antécédents faisaient de moi la victime de notre groupe, ils me chargeaient aussi de parler pour mes compagnes. De plus, je comprenais que la question fût d'importance pour Amy. Bien sûr, nous aurions toutes aimé aller à la fête, mais pour elle, cela comptait plus encore. Elle parlait des liens intimes qui existaient entre elle et un musicien de la fanfare de Bristol, qui devait jouer pendant les festivités. Elle voulait absolument le voir avec son bel uniforme bleu et lui faire signe. Sinon, elle aurait le cœur brisé et en mourrait probablement.

Le musicien nous trasmettait, par l'intermédiaire d'Amy, une foule de cancans sur les vedettes de la fête. Entre autres l'aéronaute, le fringant capitaine Devereaux et sa femme, Kitty, qui ne paraîtraient pas, disait-on. Leur courage semblait les avoir abandonnés depuis l'accident, au gala de Hereford, où le parachute de Mme Kitty avait été frappé par la foudre et détruit au moment où elle allait s'élancer et descendre sur la foule en envoyant des baisers.

Les commérages d'Amy nous laissaient imaginer les plaisirs de la fête comme jamais auparavant. J'avais bien quelques doutes sur ses relations avec le musicien, que je réduisais peu charitablement au contact de leurs mains au moment de l'achat de gâteaux à un demi penny, mais je ne me doutais pas de l'importance que la pauvre Amy donnait à de menus faits qui tranchaient si vivement sur sa morne existence.

J'aurais bien voulu lui être de quelque secours. Nos demi-journées de congé étaient affichées à l'avance au tableau de renseignements. Au sujet du lundi de la Pentecôte, cependant, la réserve de Mme Skues était inquiétante. Quand la journée de travail s'était achevée, la veille à dix heures du soir, il n'y avait aucune indication sur le tableau.

Je boutonnai le dernier bouton et je tapotai l'épaule d'Amy. Elle se retourna pour me jeter un regard anxieux ; même avec son terne uniforme gris, elle était jolie, avec des yeux vifs qui pouvaient fort bien toucher le cœur d'un musicien de fanfare.

— Je ferai ce que je pourrai, dis-je. L'an dernier, Mme Skues était de bonne humeur et elle nous a libérées par équipes. Nous toutes. C'est peut-être pour ça qu'elle n'a pas...

Mes paroles optimistes furent interrompues brusquement par l'entrée de Mme Skues elle-même, qui fonça tête baissée dans le dortoir. Elle n'entrait jamais doucement nulle part.

— Les meilleures de la Compagnie ! annonça-t-elle, freinant brusquement, la meilleure nourriture, le meilleur service, la plus grande courtoisie ! Gagnantes de la coupe l'année dernière, gagnantes de la coupe l'année d'avant. Tâchez de ne pas l'oublier !

Nous nous tenions debout à côté de nos lits. Elle s'avança rapidement jusqu'au fond de la pièce et revint. Pour certains, elle aurait paru comique, mais pas pour nous : elle avait un trop grand pouvoir sur nous, et son humeur changeait trop souvent.

— Je m'épuise ! reprit-elle. Et pourquoi ? Huit cents livres par an, que me coûte la concession ! Huit cents livres ! Je frémis rien que d'y penser !

Nous, qui étions là depuis assez de temps pour connaître les signes précurseurs, frémissions aussi. Nous savions, si elle évoquait le prix de la concession, que cela ne présageait rien de bon. Certes, pour des filles qui gagnaient six livres par an en tout et pour tout, être tenues pour responsables de huit cents livres était redoutable.

— Vigilance impérative, voilà ce qu'il faut !

Elle retourna au lit où Bella, ainsi que c'était son droit après son travail de nuit, s'efforçait de dormir, elle arracha draps et couverture et les jeta, en paquet désordonné sur le sol.

— Et alors, mesdemoiselles, regardez celle-là qui vient d'arriver ; nous n'en ferons pas une histoire, mais tout de même ! Elle a servi du thé à un monsieur qui voyage avec un permis des Chemins de fer ! Un monsieur élégant. Un monsieur qui est du métier !

Penchée sur le lit, elle éleva la voix.

— Il est serveur dans un wagon-restaurant, n'est-ce pas, Bella ? Et il a parlé des inspecteurs à monsieur Hambro. Des inspecteurs de la Compagnie !

Toute pâle de terreur et d'incompréhension, la pauvre fille serrait sa chemise de nuit autour de ses genoux. Et Mme Skues n'avait pas encore donné toute sa mesure. Je fis un pas en avant : heureusement pour Bella, mes années de service au buffet avaient aiguisé la rapidité de mon esprit.

— Excusez-moi, madame, dis-je. Bella Parson m'a réveillée ce matin pour me parler des inspecteurs : elle m'a demandé ce qu'elle devait faire. J'ai pensé qu'il valait mieux ne pas interrompre votre sommeil à une heure aussi tardive. Je lui ai dit que vous seriez informée le plus tôt possible.

Madame Skues me regarda fixement. Un instant, je crus qu'elle allait, avec juste raison, me traiter de menteuse. Dans ce cas, du reste, je me savais en sécurité. Le front de Mme Skues se plissait au-dessus de ses yeux pâles et de ses joues faussement roses : elle essayait d'évaluer les chances de ma franchise ou de ma duplicité. Son véritable problème était que son esprit lui permettait tout juste d'élever quelques poulets dans sa cour, et parfois, c'était pour nous un avantage. Mais la plupart du temps, cela donnait lieu au désordre et à la mauvaise humeur.

Ce matin-là, cependant, elle baissa les yeux et tripota le col de son manteau.

— Bon. Eh bien... Eh bien, comme j'ai dit, nous n'en ferons pas une histoire... mais ça ne veut pas dire qu'il ne faut pas faire attention tout de même.

Elle se dirigea vers la porte. Je fus heureuse de voir les filles, des deux côtés du lit de Bella, ramasser la couverture et la recouvrir, même la border.

— C'est comme ça, reprit Mme Skues. Les inspecteurs de la Compagnie rôdent par là. Monsieur Hambro a eu la gentillesse de me le dire il y a un quard d'heure. Vous ne saurez pas qui c'est, mais eux, vous reconnaîtront bien bien.

Elle s'interrompit pour regarder de près la grosse montre d'argent qui pendait à son cou.

— Seigneur ! dit-elle. Encore une minute, et nous serons en retard pour ouvrir.

Nous la suivîmes de près, nous enveloppant de nos châles comme nous pouvions. Au sommet de l'escalier, elle s'arrêta encore, et se retourna.

— Ouvrez l'œil, vous dis-je ! Gagnez la coupe encore

cette année et elle est à nous pour toujours ! La meilleure nourriture, le meilleur service, la plus grande courtoisie ! A nous à per... per... pétuité.

Elle sourit soudain, comme si nous étions pardonnées. De quelle offense. Je ne crois pas qu'aucune de nous se posa la question.

— Et vous ne savez pas ? Il y aura cinq shillings pour vous, pour chacune, si nous la gagnons !

Et à ce moment-là, nous fûmes prêtes à suivre Mme Skues jusqu'au bout du monde, non pour les cinq shillings promis, mais pour la beauté de son sourire !

Et ce fut moi, bien sûr, moi, la poseuse, qui gâcha la joie mensongère de cet instant en me rappelant ma promesse à Amy.

— Excusez-moi, madame Skues, dis-je, mais les filles se demandaient si vous avez pris une décision, pour demain... pour l'après-midi de congé ? Certaines d'entre nous sont naturellement anxieuses, car nous avions l'espoir..., l'espoir que...

J'avoue que je devins muette d'effroi devant la fureur qui marquait le visage à l'instant aimable. J'étais épouvantée. Sans doute l'étions-nous toutes. En y réfléchissant maintenant, je suppose que l'expression féroce de Mme Skues venait, la plupart du temps, de son extrême myopie...

— L'après-midi de congé, Hester Malpass ? Vos grands airs vous auraient-ils tourné la tête ? Un congé quand les inspecteurs de la Compagnie rôdent sur la ligne ? Sans compter les trains supplémentaires lundi après-midi comme vous le savez ? Sans compter la nouvelle taxe sur les liqueurs imposée par le gouvernement pour réduire encore mon profit ? Huit cents livres par an, voilà ce que me coûte la concession ! Où irait le profit si je vous laissais courir les rues ? Je frémis rien que d'y penser !

— Evidemment, il n'y avait rien à répondre. Je baissai la tête. Si même le Premier Ministre et son nouvel impôt sur l'alcool se mettaient contre nous, que pouvaient faire de pauvres filles ?

Ce fut donc un groupe silencieux qui suivit Mme

Skues dans la rue entre l'hôtel et la gare. Au moment
où nous y arrivions, nous vîmes une affiche de la fête
collée au mur, annonçant les divertissements offerts au
public, des chiens savants, un funambule, des clowns,
des acrobates, la danse sur la pelouse, des rafraîchisse-
ments de première qualité, et... pas encore décommandés,
les courageux exploits du capitaine Edward Devereaux
et de sa femme, Kitty.

Le clou de leur performance devait être une ascension, à la tombée du jour : un feu d'artifice serait tiré
et quand l'aéronef aurait atteint une certaine hauteur,
l'intrépide épouse du capitaine descendrait avec un parachute, portant un phare à acétylène qui illuminerait la
campagne à des kilomètres à la ronde. Un couple aussi
courageux ne se laisse pas intimider par la foudre !

CHAPITRE II

Comme tous les dimanches matin, les quais étaient plus déserts que d'habitude. Il faisait beau, mais frais : les nuages s'amoncelaient vers l'ouest. Le 7 h 10, pour Reading, sur le quai 1, attirait quelques voyageurs ; aucun train ne devait passer avant vingt minutes. Les porteurs eurent donc tout le temps de nous regarder passer et de nous adresser des sifflements admiratifs. Pourtant, un groupe de filles moins attrayantes, avec nos tabliers blancs unis et nos tristes robes grises, aurait été difficile à découvrir. Et aujourd'hui, l'insolence de ces garçons ne provoquait pas de petits rires, de clins d'œil ou de rougeurs. Nous étions trop déprimées pour cela.

Même moi, qui avais décidé de ne pas aller à la fête, j'étais déçue. Et j'aurais pu profiter du feu d'artifice, de la musique de loin et sans crainte de me laisser tenter par des achats superflus. Dans notre grise existence, les plus modestes plaisirs nous restaient interdits.

Pourtant, le souvenir de ma tirelire en forme de petit cochon, le cadeau d'adieu de M. Margulies, me réconforta. Grâce aux plus strictes économies, le trésor abrité par mon petit cochon avait augmenté au cours des ans. La somme nécessaire à la réalisation de mon grand projet, tout au moins la somme que je comptais consacrer à la conquête de ma liberté, se montait à vingt livres. Mon petit cochon en abritait présentement onze. Il était rangé dans une boîte en fer blanc, emballée dans un

tablier, et déposée au pied de mon lit. Il n'y avait pas
grand-chose d'autre dans la boîte : des pantoufles trop
petites que je gardais comme souvenir, un paquet de
papiers ayant appartenu à mon père, un petit cadre d'argent contenant une image de ma mère.

Je me reprochai ma tristesse à l'idée de ne pas aller
à la fête. Rejetant ces enfantillages, je décidai qu'a l'avenir, mon petit cochon se verrait confier plus d'argent.
J'avais presque dix-neuf ans et la vie était en train de me
filer entre les doigts.

Quand nous fûmes entrées dans le buffet de la gare,
Mme Skues nous fit mettre en rang sur les dalles noires
et blanches du buffet des premières, pour réciter la
prière. Les mains jointes, la tête penchée, j'entendis
Mme Skues prier tout haut pour que nous gagnions la
coupe. J'espérais que la prière serait exaucée : en plus
des cinq shillings que je pourrais confier au petit cochon,
il serait agréable d'être « les meilleures de l'Ouest ». Et
la coupe en question, en vue sur une étagère d'acajou au-
dessus du comptoir, était certes un bel objet qui attirait
les regards. Même une serveuse de buffet, pensai-je mélancoliquement, peut avoir sa fierté.

La prière achevée, chacune alla vaquer à ses activités. Comme toujours, j'étais attachée avec Kate et Amy
au buffet des premières. Mes origines bourgeoises, dans
l'opinion de Mme Skues, constituaient pour moi un léger
avantage. Par bonheur, mes compagnes ne m'en vou-
laient pas car servir les riches était généralement beaucoup plus pénible que servir les braves gens ordinaires.
Notre sol dallé exigeait une attention constante par temps
de pluie, tandis que les voyageurs de seconde piétinaient
sans souci la sciure de bois. Nos tables étaient pourvues
de nappes : à côté, les filles passaient un coup de chiffon
sur les tables de marbre. Et par-dessus le marché, les
exigences de nos clients n'étaient pas compensées par les
quelques pences de pourboires supplémentaires.

Avec humeur, je commençai à remplir mes pots de
moutarde. Après ce mauvais début, la journée allait
continuer pour moi, sans répit jusqu'au lendemain matin,
quatre heures. Amy alla ouvrir les portes pour le public,

et derrière moi, Kate mit bruyamment l'eau à chauffer
pour le thé et le café. Kate agissait toujours avec bruit
et cassait souvent la vaisselle.

Déjà, le soleil se cachait. Le jour qui filtrait à travers les vitres sales du toit de la gare était gris et triste.

Derrière le comptoir, Amy aligna des bouteilles de
bière.

— J'irai, dit-elle. Et tant pis.

— Tu ne feras pas ça, lança Kate.

— Je le ferai ! riposta Amy avec colère. Et si elle
se fâche, j'irai rejoindre mon frère sur sa péniche !

— Tu n'oseras pas ! dit Kate.

— Si, j'oserai !

Heureusement, Kate n'insista pas. Bientôt entra notre
premier client, un jeune officier qui avait visiblement
passé la nuit dehors et qui demanda le café le plus noir
que nous pourrions lui servir. Madame Skues entra aussitôt et resta là, nous chaperonnant, tout le temps qu'il
passa dans la salle. En face de son regard soupçonneux,
je suppose qu'il n'estima pas le café très délectable ni
revigorant.

Le travail continua comme d'habitude, difficile, car
les voyageurs qui vont prendre le train sont toujours
pressés et chacun veut être servi le premier. Madame
Skues ne faisait qu'entrer et sortir : en chaque consom-
mateur, elle voyait un inspecteur déguisé.

— Celui-là, près de la porte, Amy, celui qui regarde
sa montre. C'est à leur montre qu'on les reconnaît souvent. De grosses montres d'argent. Les montres de la
Compagnie. Rappelle-toi.

J'avais déjà entendu tout cela, bien sûr, et le seul
inspecteur de la Compagnie que j'aie reconnu prenant des
notes sur sa facture, n'avait pas de montre visible. Un
brave type qui me promit de ne rien dire en voyant que
je m'étais pris le talon dans l'ourlet décousu de ma robe.

Vers onze heures, tout changea. Les voyageurs arrivaient nombreux ; ils avaient plus de temps et attendaient
leur tour. J'avais beaucoup appris sur les êtres humains
pendant mes années de service au buffet, et tout n'était
pas mauvais en eux.

Le bourdonnement des conversations qui nous parvenait, par-dessus la cloison qui nous séparait de la grande salle des secondes, cessa tout à coup à la suite d'un coup de sifflet aigu. Puis une série de petits aboiements aigus se fit entendre. A ce moment, je servais des côtelettes à un couple. La dame fit mine d'être fort gênée par ces bruits insolites, et son chevalier servant m'ordonna d'aller y mettre fin immédiatement. Je sautai sur ce prétexte pour courir à la salle voisine.

Amy m'avait précédée, Kate suivait de près. Un étonnant spectacle nous accueillit. Un espace avait été débarrassé au centre de la salle, et là, paradaient six petits chiens d'une race que je ne reconnus pas, vêtus d'habits rouges et marchant sur leurs pattes de derrière. Près d'eux se tenait un vieil homme incroyablement grand et mince, vêtu d'une culotte jaune et d'une tunique de dompteur, coiffé d'un immense chapeau haut de forme. D'une main, il tenait une cravache à manche d'argent et de l'autre un sifflet d'ivoire. Au moment de notre arrivée, il donna un bref coup de sifflet et frappa deux petits coups de sa cravache sur sa cuisse : les chiens, aussitôt, pivotèrent, se réunirent deux par deux, et dansèrent. C'était charmant à voir et tout le monde applaudit.

A un autre coup de sifflet, les chiens retombèrent sur leurs quatre pattes et s'assirent, tandis que leur maître passait devant eux et serrait gravement la patte de chacun. Il était si grand et les chiens si petits que des rires attendris fusèrent. J'observai les chiens, ils ne manifestaient pas la moindre frayeur : leur vieux montreur les dressait sûrement avec amour.

Un dernier coup de sifflet fit se relever les chiens. Ils défilèrent en déployant une banderole de satin jaune où étaient inscrits, en rouge, ces mots :

« *Les caniches du Professeur Morel* »

A ma vive surprise, il n'y eut pas de quête. Le professeur Morel s'estimait sans doute récompensé par la publicité faite à ses élèves. Il salua, distribua des papiers, et sortit avec sa petite troupe.

Sur le quai, un chariot l'attendait, avec un homme entouré de chiens tenus en laisse. Les six petites bêtes que nous venions de voir à l'œuvre sautèrent dans le chariot qui s'éloigna lentement et disparut à nos yeux.

Amy était à côté de moi. Son petit visage était résolu et grave.

— J'irai ! me dit-elle tout bas. J'irai à la fête, quoi que puisse dire madame Skues.

— Si elle s'en aperçoit, elle te chassera !

— Cela m'est égal.

J'aurais cherché à la raisonner si Mme Skues ne nous avait découvertes à cet instant, et ne m'avait énergiquement marché sur les pieds pour me rappeler à mon devoir. J'allai expliquer à mon irascible client la raison du bruit qui lui avait déplu et il me reprocha sèchement de ne pas y avoir mis fin plus rapidement...

Je répondis en termes vagues. Je voyais le regard de sa compagne errer sur la salle. Tout à coup, il se fixa ; je parvins à distinguer l'objet de cette fascination. Il s'agissait d'un homme, plutôt que d'un « Monsieur » : son chapeau melon et son gilet étaient pour cela d'un vert un peu trop vif, et sa cravate un peu trop voyante, sa moustache noire un peu trop épaisse. Cependant, il avait de l'allure et il séduisait sans nul doute la jeune personne qui n'était pas la femme ni la fille de son compagnon.

L'élégant nouveau venu remarqua tout de suite l'intérêt qu'il suscitait et il toucha courtoisement le bord de son chapeau pour y répondre, puis il ramassa un assez grand panier qu'il avait posé par terre et s'avança vers nous. Arrivé devant la table, il retira son chapeau et fit un profond salut, non sans me dédier, au passage, un petit sourire complice. Il me vint à l'esprit que c'était moi qu'il avait remarquée et non la jeune cliente...

Sur un ton de respectueuse prière, il s'adressa alors aux deux convives.

— Madame... Monsieur... M'accorderez-vous un instant ? Vous ne le regretterez pas, je vous le promets.

La jeune personne avait certainement tout son temps à accorder au bel interlocuteur, et avant que son compagnon ait pu protester, l'élégant étranger déposa son panier sur la table. Un vase argenté, contenant des ser-

viettes, s'envola ainsi qu'un de mes pots de moutarde,
les couverts furent dérangés et les assiettes de mes clients
faillirent tomber.

— Madame... Monsieur... un instant, ai-je dit. Et
n'ayez pas peur : les simples joies du dressage des chiens
ne sont pas de ma compétence. Je transporte dans ce
panier un phénomène plus apte à distraire des esprits
cultivés.

Il fit un grand geste et m'adressa un nouveau clin
d'œil.

— Un phénomène unique, reprit-il, et jamais vu dans
cette noble cité.

L'inconnu mit une main sur le panier et je reculai
instinctivement, m'attendant à n'importe quoi. Assez naturellement, notre petit groupe avait attiré l'attenion de
tous : même les messieurs les plus gourmands se tordaient le cou pour voir quelque chose. La main de notre
beau visiteur demeurait immobile sur la serrure du panier
et la curiosité générale montait.

— Mesdames et Messieurs...

Il n'était pas très grand et il n'élevait pas la voix,
mais j'aurais juré qu'on le voyait et l'entendait dans tout
le restaurant.

— Mesdames et Messieurs, permettez-moi de me
présenter. Je suis le capitaine Edward Devereaux, un
homme de science, un ingénieur, un voyageur aérien,
comme vous devez le savoir. Demain, je monterai dans
l'atmosphère pour votre plaisir, mais aujourd'hui, je me
propose de vous offrir, sans qu'il vous en coûte rien, un
rare et unique spectacle.

Il donna une chiquenaude sur le panier.

— Dans cet humble réceptacle est enfermée l'image
d'une vision prophétique, un coup d'œil sur l'avenir, sur de
futures félicités sans limites...

Les mots coulaient de ses lèvres comme de la soie. Il
était vraiment très beau et très noble, ce fier capitaine.
Je n'avais pas grande confiance dans ses clins d'œil, sa
manière de se donner en spectacle, et pourtant, il me cap-
tivait, m'hypnotisait. Je crois que nous étions tous dans le

même état d'esprit tant il avait sur les gens un pouvoir extraordinaire, ce fier et beau capitaine.

Mesdames et Messieurs, je vous présente Joséphine, mon petit trésor !

Le capitaine ouvrit le couvercle du panier. Aussitôt, il en sortit un flocon de fumée, produit je ne sais par quoi, et de cette fumée, s'éleva dans un bruit de mécanisme d'horlogerie, le plus joli, le plus délicat appareil. C'était un ballon en miniature, mais de forme allongée : en dessous était suspendue une minuscule voiture aérienne, portes et fenêtres habilement peintes sur ses parois. A chaque extrémité de la voiture, des hélices tournaient, mues sans doute par un mouvement dissimulé à l'intérieur. Sur la couleur bleue du ballon se lisait, en lettres d'argent, un seul mot : « Joséphine ».

L'appareil monta à quelques pieds des tables et se mit à former de larges huit, ses hélices brassant l'air avec beaucoup d'efficacité. Des applaudissements montèrent de plusieurs tables, mais pas de celle que s'était appropriée si cavalièrement le capitaine. Le vieux client, au contraire, s'indignait si bien que sa jeune invitée fut obligée, bien que moins énergiquement, de s'indigner aussi.

Le capitaine se tira de la situation le plus simplement du monde : il feignit de ne pas les entendre. En un tournemain, cependant, il débarrassa la table du panier, remit couverts et assiettes à leur place, ramassa le pot de moutarde et le vase aux serviettes et offrit à chacun des clients stupéfaits un magnifique œillet rouge tiré de je ne sais où. Un œillet rouge et le plus charmant sourire que l'on puisse imaginer.

Entre-temps, la « Joséphine » continuait sa croisière au-dessus de nos têtes. Une à une, des trappes s'ouvraient dans la nacelle, laissant tomber une pluie de pétales de rose, puis une tempête de confetti. Finalement, le ballon descendit jusqu'à la hauteur de nos têtes ; une petite échelle se déplia. L'illusion était si parfaite que je m'attendis presque à voir un petit homme descendre gaiement jusqu'au sol.

Le capitaine reprit « Joséphine », à présent immobile, et la remit dans son panier. De nouveau, il parla :

— Je ne suis pas un simple fabricant de jouets, dit-il. Ma petite « Joséphine » comporte tout ce qu'il y a de plus nouveau dans le domaine de l'aéronautique. Son objectif est sérieux et rigoureusement scientifique. Un jour prochain, je la reconstruirai, mais dix fois, cent fois, mille fois plus grande. L'homme aura enfin conquis l'espace aérien !

Il continua encore sur ce ton, mais je l'entendais à peine. J'étais captivée par ses yeux brillants, ses gestes larges, la ferveur qui l'animait. Certes, cet homme-là ne se laisserait pas effrayer par un éclair ! Et sa femme devait lui ressembler !

Avant de s'en aller, il nous annonça son ascension du lendemain. En cet instant, son ballon, « l'Empereur », était descendu du train qui l'avait amené.

— Demain, l'intrépide madame Kitty et moi ferons ensemble une ascension et les gens de Bristol s'émerveilleront, mais rappelez-vous : c'est le ballon libre qui est réellement le jouet des éléments. Ma petite « Joséphine » vous apparaît peut-être comme un joli bibelot... mais demain, ses semblables parcoureront le ciel comme aujourd'hui les bateaux à vapeur parcourent les océans !

La porte se referma derrière lui. La salle me parut plus sombre, plus triste. Le capitaine Devereaux avait foi en son idée, une foi qui me réchauffait l'âme et le cœur.

Je revins mélancoliquement à mes tâches mesquines. La journée s'écoula, me replongeant dans les minimes préoccupations de mon existence.

A partir de deux heures et demie, nous avions la permission de passer un quart d'heure à la cuisine où nous déjeunions de soupe et de légumes, auxquels la cuisinière ajoutait une généreuse tranche de pain et les pâtés qui s'étaient cassés durant leur transport de la boulangerie. Madame Skues examinait les pâtés et mettait à l'écart ceux qu'on ne servirait pas aux clients. Chose curieuse, il y avait toujours assez de pâtés abîmés pour que nous en ayons toutes. Les pâtés arrivaient très tôt le matin et étaient réceptionnés par Barty Hambro, et même si

Mme Skues avait estimé bizarre la concordance des pâtés abimés avec le nombre des serveuses, elle n'aurait jamais songé à accuser Barty de maladresse volontaire. Bien qu'il fut jeune, il avait vingt-cinq ans, Barty était un homme extrêmement digne, qui avait combattu à Kaboul avec le général Roberts et avait sacrifié un bras au service de la reine. Penser qu'un homme tel que celui-là irait briser des pâtés dans une intention malhonnête ne venait même pas à l'esprit soupçonneux de Mme Skues. Alors nous déjeunions bien, nous autres, et nous ne posions pas de questions.

Mon déjeuner auprès de la cuisinière était pour moi une agréable détente. C'était une joyeuse et très courageuse Irlandaise, veuve avec six enfants.

Mais ce jour-là, Mme Skues vint fouiner dans la cuisine, et la pauvre cuisinière, affolée ne put me servir qu'une maigre portion. Je lui souris et j'allai m'asseoir à la table.

La journée avait mal commencé pour Mme Skues, avec cette histoire d'inspecteurs, pour continuer par la représentation des chiens savants, suivie de l'extraordinaire conduite de l'homme au ballon. Elle était sûre que l'anarchie allait désormais régner sur son respectable établissement. Elle cherchait évidemment un bouc émissaire et décida qu'avec ce qu'elle appelait mes « grands airs », j'étais exactement ce qu'il fallait.

Après plusieurs allées et venues dans la cuisine en grommelant, elle vint s'asseoir devant moi et m'accabla de reproches pour n'être pas allée l'avertir immédiatement de ce qui se passait au buffet des premières. J'étais restée là comme une sotte, séduite, sans doute, par une paire de moustaches et un gilet vert !

M'excuser n'aurait fait qu'aggraver les choses. Mon silence ne valait guère mieux. Que penserait M. Margulies ! criait-elle. Que penserait mon *bienfaiteur*, lui qui avait payé trente souverains d'or pour faire accepter ici une orpheline qui...

Je l'interrompis en pleine course.

— Monsieur Margulies ne vous a-t-il pas donné trente livres pour m'engager au buffet ? demandai-je.

Madame Skues eut la bonne grâce de paraître gênée.

— Enfin, non, dit-elle, pas exactement... C'était pas son argent à lui, enfin, ma fille, tu ferais mieux d'être reconnaissante envers les gens qui...

Mais je n'allais pas me laisser distraire aussi facilement.

— A qui était l'argent, madame Skues ? J'ai le droit de le savoir ! Vous devez me le dire !

Si j'avais réellement un bienfaiteur, si je n'étais pas aussi seule au monde que je le croyais, il fallait que je le sache.

— Je peux pas te dire son nom, ma fille, parce que j'en sais rien. Mais j'ai demandé trente livres et je les ai eues.

Mon regard la gêna peut-être : elle baissa les yeux.

— Qu'est-ce que je pouvais faire ? Une gamine qui me tombait du ciel, avec Dieu sait quelles idées en tête... Qu'est-ce que je pouvais faire pour me protéger ?

— Pourquoi ne m'avez-vous jamais dit ça ?

— A quoi ça aurait-il servi ? Et puis, on m'a demandé de ne rien te dire.

Je revins à mon repas. Je comprenais que le vieux M. Margulies ait gardé le silence : apprendre qu'il avait fallu m'acheter un emploi aussi peu reluisant n'avait rien pour m'encourager.

— Monsieur Margulies ne vous a pas dit le nom de la personne ? demandai-je enfin. Ni pourquoi on a donné cet argent ?

— Pas un mot. Il est venu m'en parler d'abord, puis il est revenu avec les trente livres. Le monsieur voulait pas qu'on dise son nom. Ce n'est pas la peine d'aller poser des questions à monsieur Margulies. Ça ferait que m'amener des ennuis. Et il te dirait rien du tout.

C'était probable. Monsieur Margulies ne devait pas être homme à trahir la confiance de ses clients.

— Croyez-vous que... cette personne soit encore vivante ?

— Il n'y a pas de raison qu'elle ne le soit pas.

Dans le monde qui m'entourait, où les gens mouraient aussi facilement que les petits oiseaux en hiver, il y avait

une douzaine de raisons qu'elle le soit. En réalité,
Mme Skues n'en savait rien et peu lui importait. Pourtant, je lui étais reconnaissante d'avoir été trop bavarde :
dans un certain sens, je me sentais moins seule. Quelque
part dans la ville, quelqu'un avait un jour donné trente
livres pour assurer mon avenir immédiat.

Toute myope qu'elle était, Mme Skues vit que j'avais
les larmes aux yeux. Elle mit sa main sur la mienne.

— Il ne faut pas être chagrinée, dit-elle. Tu es la
meilleure serveuse au buffet.

Un instant, il y eut entre nous un peu de chaleur.
Puis elle retira brusquement sa main.

— Tâche de manger vite, Hester, au lieu de rester là
à bavarder... Comme si on n'avait pas assez d'ennuis
comme ça avec les inspecteurs qui nous guettent ! Je
frémis rien que d'y penser !

Je laissai la moitié de mon pâté et me levai.

J'allai m'appuyer au comptoir, surprise par l'intensité de mon émotion. Peut-être pensais-je très peu à mon
passé parce que m'en souvenir me faisait trop mal. Je me
redressai, m'essuyai vivement les yeux, j'envoyai Kate
déjeuner et je me mis à beurrer des petits pains pour le
service de l'après-midi. Je n'étais plus totalement seule.
Et si nous ne réussissions pas à gagner définitivement la
coupe, ce ne serait pas ma faute.

Barty Hambro vint prendre son travail à trois heures.
Il passa d'abord chez nous, mais nous étions au calme.
Il n'y avait que deux messieurs dans la salle, des hommes
d'affaires qui lisaient leur journal, de sorte que Barty ne
s'attarda pas. Il nous adressa son gentil sourire et s'en
fut à côté, où il y avait toujours plus de mouvement et
plus de choses à laver ou à transporter.

Amy et moi étions en train d'essuyer les verres. Après
le départ de Barty, elle s'arrêta et me demanda :

— Comment est-il ? Je te promets de ne rien dire.

— Qui ? demandai-je, étonnée. Tu parles de Barty ?

— Oui. Comment est-il quand on sort avec lui ?

— Comment le saurais-je ?

— Allons ! Nous savons toutes qu'il a un faible pour
toi !

— Je croyais que c'était pour Bella qu'il avait un faible ? répondis-je, stupéfaite.

— Ne sois pas idiote ! C'est une façon de parler. Tu as toujours été sa préférée.

Barty et moi ? Ridicule ! J'aurais pu me fâcher, mais c'était toujours à cela qu'elles pensaient toutes ; qui avait un faible pour qui ? Je secouai la tête.

— Si c'est vrai, dis-je, je te jure qu'il ne m'en a jamais soufflé mot. Et je ne suis jamais sortie avec lui. Du reste, quand sommes-nous libres en même temps ? Une fois par an ?

Elle n'avait pas songé à cela.

— C'est vrai. Qu'est-ce qu'il peut bien faire de ses jours de congé ?

Je haussai les épaules. Barty était gentil, mais ce qu'il faisait de ses maigres loisirs ne m'intéressait guère. Tout de même, c'était drôle : je ne me rappelais pas l'avoir jamais entendu parler de l'endroit où il était allé ou de ce qu'il avait fait. Il parlait volontiers, pourtant.

Notre conversation chuchotée fut interrompue à cet instant par l'entrée d'un client que je ne reconnus pas tout de suite ; pourtant, ses vêtements m'étaient familiers. Le melon vert et le gilet assorti, la cravate voyante, les moustaches... Mais son attitude était si différente, si discrète, si réservée qu'il me fallut bien cinq secondes pour être sûre que le nouveau venu n'était autre que le capitaine Edward Devereaux.

Il s'approcha du comptoir et demanda :

— Un petit pâté avec des oignons au vinaigre, s'il vous plaît.

Nous le regardions bouche bée, Amy et moi. Il sourit d'un air confus.

— J'ai peur d'avoir fait un peu de tapage ce matin, dit-il, mais n'y faites pas attention. Je suis quelqu'un de très convenable.

Il enleva son chapeau et le posa sur le comptoir.

— Nous avons beaucoup aimé votre spectacle, capitaine ! dit Amy. Il a un peu secoué le monde, pas vrai ?

— C'était bien cela que je voulais ! soupira le visiteur. Mais pour être sincère, cela me fait de la peine de montrer ainsi ma précieuse « Joséphine » comme à la foire.

Cela fit rire Amy, bien qu'elle ne comprît pas très bien ce qu'il voulait dire.

— Un pâté, des oignons et une bonne tasse de thé ? proposa-t-elle.

— Le Ciel m'en préserve ! Le pâté sera parfait. Mais pas de thé des chemins de fer, merci. Je crains de n'avoir pas la force.

Amy s'en fut à la cuisine. Jusque-là, je ne m'étais pas mêlée à la conversation. J'étais frappée de mutisme. Je dois dire que, même discret comme il l'était maintenant, je le trouvais splendide. Il avait environ trente ans.

Il me sourit. Mon regard inquisiteur ne l'avait nullement gêné : à la vérité, il devait l'attendre. En dépit de sa présente réserve, je le devinais vaniteux, tout à fait conscient de l'effet qu'il produisait. Après tout, pensai-je, ce n'était jamais qu'un bateleur, et probablement un vaurien, mais il n'en était pas moins le capitaine Devereaux, l'homme dont les exploits au-dessus de la surface de la terre avaient passionné la moitié de la nation. Et il était là, devant notre comptoir, et il me parlait, à *moi !*

— Ce qui se passe, dit-il, c'est que mon ballon prend plus de temps à décharger que je ne l'avais prévu. De plus, j'attends un ami, et les quais de gare sont des endroits trop ventés pour qu'on y séjourne agréablement. Le temps est-il toujours aussi mauvais à Bristol ?

— L'été est médiocre, dis-je en baissant les yeux. A peine avons-nous vu le soleil depuis avril.

— Vous pensez que les prévisions pourraient être exactes ?

Il tira un journal de sa poche, le déplia et lut un passage : « *Vents du sud-ouest, moyens à forts. Possibilité de pluies. Perspectives variables...* » Le temps a pour moi une grande importance ,vous comprenez, ajouta-t-il. Qu'en pensez-vous ?

— Je ne saurais vous dire, monsieur. Mais aujourd'hui, en tout cas, il ne fait pas beau.

Les prévisions météorologiques étaient nouvelles dans

les journaux : je les considérais un peu comme une plaisanterie. Le capitaine me jeta un regard intrigué.

— Vous parlez bien, petite. Je pense que vous avez
de l'instruction.

L'intérêt qu'il me témoignait me troublait autant que
le regard qu'il faisait peser sur moi. Il ajouta :

— Pourrais-je savoir votre nom ?

Ainsi c'était cela : il se montrait sous son véritable
jour. Il voulut connaître mon nom. Il était plus encore
qu'un saltimbanque, un noceur, cherchant l'aventure.
Longtemps j'avais écouté sans les croire les avertisse-
ments de Mme Skues ; maintenant, je souhaitais sa protection. Affolée, je regardai autour de moi : pour une
fois, elle n'était pas en vue. Mais les deux messieurs
étaient encore là, derrière leurs journaux ; je pouvais les
appeler au secours...

A ce moment, Amy reparut avec le pâté, suivie de
Kate qui mastiquait encore, sans nul doute attirée dans la
salle par la présence du capitaine.

Je me raisonnai. Même seule en face de lui, je ne risquais rien. Je n'étais pas un instrument qu'il pouvait
faire vibrer à son gré : j'avais une personnalité propre. Je
me redressai de toute ma taille et le regardai bien en
face ; ainsi, avais-je lu, doit faire un chasseur que charge
un rhinocéros.

— Capitaine Devereaux..., commençai-je.

Mais Amy me rejoignit et son bavardage gâcha mon
air digne.

— Voilà votre pâté, monsieur, tout chaud, sortant du
four. Je vais vous donner trois oignons, bien qu'en principe on n'ait droit qu'à deux.

Le capitaine prit le pâté avec un mot poli et je
m'éloignai, sous prétexte que la veilleuse sous la bouilloire avait besoin de surveillance ; mais l'homme ne fut
nullement décontenancé par mon dos tourné et il me
parla de nouveau.

— Vous savez mon nom, dit-il. M'est-il interdit de
connaître le vôtre ?

Avant que j'aie pu lui couper la parole, Amy répondit :

CHAPITRE III

Je ne voulais pas qu'il devine mon trouble, et pourtant je ne savais pas comment le dissimuler. Heureusement, la chance me vint en aide à cet instant, car la porte du buffet s'ouvrit, et sur le seuil, titubant très légèrement, parut un individu extraordinaire, un homme âgé dont l'attitude suspecte m'aurait certainement fait appeler Barty à l'aide en temps normal. Non seulement il avait trop bu, mais il se trompait de salle.

Avant que j'aie pu faire un geste, cependant, le capitaine Devereaux poussa un cri joyeux.

— Jowker ! Mon cher monsieur Jowker ! Entrez : je vous attendais !

Monsieur Jowker se redressa, s'avança avec beaucoup de dignité et vint se planter devant le capitaine.

— Je suis en retard, capitaine, dit-il. Indubitablement et inexcusablement en retard !

Mais le capitaine lui prenait la main qu'il ne tendait pas et la serrait chaleureusement.

— Mon cher ami, c'est sans importance. Vous êtes ici. Et entre-temps, j'ai fait la connaissance de ces charmantes demoiselles.

Il se tut, comme si le fait était d'importance. S'il l'était, M. Jowker demeura indifférent. D'un air lugubre, il regardait la main qui venait d'être serrée comme pour s'assurer qu'elle se trouvait toujours à sa place. Le capitaine souriait.

— Elle s'appelle Hester Malpass, monsieur. Et je suis Amy Dobbs. Et celle-ci se nomme Kate Sillitow, acheva-t-elle en poussant Kate en avant.

Il y eut un silence. Je me retournai lentement, pour ne pas avoir l'air embarrassée, curieuse de voir comment il prenait son petit triomphe. Je dois reconnaître qu'il le prit très bien, très gentiment, comme si ce n'était pas un triomphe du tout.

Il fit un petit salut à chacune de nous.

— Hester Malpass... Amy Dobbs... Kate Sillitow..., je suis heureux de faire votre connaissance. Si le reste de la population de Bristol est à moitié aussi aimable, mon séjour ne peut être que délicieux.

Ma méfiance s'estompa. Bon : c'était un vaurien, un noceur, et une douzaine d'autres choses encore pires ; ses flatteries n'étaient que banales et son sourire commandé par les circonstances, mais l'entendre prononcer mon nom suffisait à me faire perdre la tête. Il était assez bien élevé pour nous avoir complimentées toutes les trois, mais c'était mon seul nom qu'il voulait apprendre, pas celui d'Amy ou de Kate. Il était charmant, il était beau, et il avait prononcé mon nom comme si, d'une certaine manière, il le trouvait magnifique.

— Jowker, mon ami, vous semblez affamé. Permettez-moi de vous commander quelque chose à manger.

Le visage de M. Jowker s'éclaira.

— Un grog ferait l'affaire, dit-il. Un grog serait parfait.

— Mais vous avez certainement peu déjeuné, mon pauvre ami ! Que diriez-vous d'un pâté de viande ? Ils sont parfaits ici, je vous le garantis !

— Un verre de bière serait bien aussi, capitaine, si vous aimez mieux ça.

Le capitaine Devereaux fronça légèrement les sourcils, puis se souvint de nous, qui restions là, plantées toutes les trois comme des mannequins, et changea de ton.

— Ce sera un pâté, pour me faire plaisir, dit-il fermement, et un verre de bière pour le faire passer.

Amy fut la première à chercher la bière tandis que Kate courait à la cuisine. Je restai là, ahurie, abasourdie par le contraste entre mon fier et beau capitaine et son louche compagnon. Pourtant, celui-là n'était pas n'importe qui : ses vêtements lui allaient mal, ils avaient certainement été achetés la veille mais ils témoignaient d'une certaine recherche, d'une élégance qui aurait été parfaite sur un homme de trente ans. Sans nul doute, quelqu'un, probablement le capitaine, lui avait donné cinq livres en lui disant de se vêtir convenablement. Maintenant, il était nourri et abreuvé. Pour quelle raison ?

Le capitaine Devereaux guida son ami prudemment vers une table éloignée et l'y installa, puis il revint au comptoir. Il prit le verre de bière des mains d'Amy et paya ce qu'il devait. En attendant Kate et le pâté, il parut chercher un sujet de conversation.

— Vous avez bien dit Hessie Malpass ? murmura-t-il. *Hessie* est un étrange prénom... Ne serait-ce pas un diminutif de Hester ?

Je hochai la tête et Amy aussi, mais la légèreté du ton ne me trompait pas, et j'étais contente. Plus que contente, même. Jusqu'au moment où me revint le souvenir de sa femme, l'intrépide Kitty. Ce fut une épine plantée dans mon âme.

— *Hester*..., répéta-t-il avec un vague sourire. Seigneur ! Je pensais bien que c'était cela.

Kate parut avec le pâté. Amy voulut porter verre et assiette sur la table, mais le capitaine déclina l'offre et emporta le tout lui-même. Verre, assiette, pâté..., comme ils étaient modestes, ces symboles de mon humble métier. Et comme un nuage à mon ciel, l'intrépide Kitty représentait le droit et la légitimité. Je jure que je souhaitais être morte.

L'arrivée de Mme Skues fut presque un soulagement. En tout cas, elle m'évita les commentaires d'Amy que je n'aurais pas pu supporter. Mais elle trouva des traces à essuyer sur des verres immaculés, des chaises à ranger qui l'étaient déjà et elle convoqua Barty pour balayer des miettes qu'elle seule pouvait voir. Elle me bouscula plus que les autres, peut-être parce qu'elle m'avait témoigné un instant de compassion...

Le capitaine et son invité demeuraient en grande conversation. Puis le train de 16 h 10 arriva, amenant de nombreux clients. Kate était si nerveuse qu'elle renversait le lait, faisait tomber les cuillères, trébuchait en marchant, et pour finir, s'entailla profondément la main avec un couteau. Pendant que je la soignais, le bruit courut, venant de la salle voisine, qu'il y avait probablement un acrobate à l'une des tables, presque sûrement un trapéziste.

Amy cessa de travailler un instant pour ricaner :

— Qu'on leur dise donc *qui* nous avons, nous, à l'une de *nos* tables !

Je ne répondis rien. S'il devait y avoir un concours entre nous, ce ne serait pas aux dépens de l'inaccessible capitaine. De toute façon, une autre nouvelle arriva bientôt : Barty avait découvert que l'acrobate était un apprenti jockey qui se rendait aux courses de Cheltenham.

Le capitaine Devereaux et son vieux protégé étaient toujours là. De temps en temps, M. Jowker venait au comptoir pour demander de la bière qu'il payait avec son propre argent, et contre le gré du capitaine. Le reste du temps, ils discutaient, leurs têtes proches l'une de l'autre, et parfois se disputaient.

Je n'avais pas le temps de beaucoup les observer. A un moment, pourtant, j'eus l'impression d'un regard fixé sur moi et je me retournai pour les voir tous les deux regardant dans ma direction : un morceau de papier, une lettre semblait-il, était étalée entre eux sur la table.

Interceptant mon coup d'œil, le capitaine eut la bonne grâce de baisser la tête d'un air gêné, mais M. Jowker, très à l'aise, me fit un signe de la main. Je pris une expression indignée ; que le capitaine ait appris mon nom était une chose, que M. Jowker se crût autorisé à me faire des signes était tout à fait différent.

Quand je les regardai de nouveau, c'est parce que tout le monde en faisait autant. Debout, le capitaine Devereaux riait, la main levée très au-dessus de sa tête ; M. Jowker protestait en geignant et tirait la manche de l'autre. La raison de cette agitation n'était autre que la lettre aperçue auparavant ; le capitaine la maintenait en l'air et elle brûlait. Il avait encore dans la main l'allumette qu'il avait utilisée.

Brusquement, M. Jowker lâcha son bras. Il empoigna sa chope de bière, la brisa contre le mur, et gardant à la main l'anse munie d'un éclat de verre, il la brandit et s'approcha du capitaine avec une rage d'ivrogne en poussant des cris incohérents.

— Là d'où je viens..., on vous apprend à vous défendre. Vous êtes bien malin... Je suis vieux..., mais il ne faudrait pas en profiter !

Toute la salle se figea ; personne n'osait bouger mais on regardait les deux hommes. Le capitaine ne riait plus. Son bras s'abaissa et le papier brûlé tomba sur le sol. Le vieux bonhomme bondit sur lui, le morceau de verre brillant dans sa main. Le capitaine recula, repoussant d'un coup de pied une chaise qui le gênait, M. Jowker tituba, mais reprit son équilibre et avança.

Il y avait quelque chose de pathétique dans la fureur du vieillard : ce combat inégal ne pouvait durer bien longtemps. Il se déroula très vite et sans aucune dignité ; le capitaine fit une feinte, puis par un geste si rapide que l'œil ne put le suivre, il saisit à deux mains le poignet de son adversaire. Il serra. Il y eut un moment de silence, les deux hommes transpiraient. Puis les doigts de M. Jowker se relâchèrent et le morceau de verre tomba.

Dans le désordre qui suivit, deux images se détachent parmi mes souvenirs confus : l'une est celle de Barty, attiré par le tumulte, traversant la foule pour gagner le cercle qui s'était formé comme par magie autour du capitaine Devereaux et de son compagnon. L'autre est celle d'un pauvre vieil imbécile, ivre, inoffensif, vêtu de beaux habits peu confortables, et pleurant dans un grand mouchoir blanc.

La police ne fut pas appelée, le capitaine ne le voulut pas. Il ramassa la chaise tombée et paya la chope brisée. Il présenta ses excuses avec élégance et, finalement, s'en alla avec M. Jowker.

Mais avant de partir, il vint un instant au comptoir.

— Mademoiselle Malpass, dit-il, ne croyez pas que le pauvre monsieur Jowker se conduise souvent ainsi. Peut-être suis-je en partie responsable de cette scène malheureuse. Je ne voudrais pas non plus vous voir penser que je suis fréquemment mêlé à des rixes d'ivrogne.

Je le regardai avec stupeur. Pourquoi disait-il cela ? Ses torts ou ses responsabilités en cette affaire ne me regardaient pas. Etait-ce donc à cela que conduisait une vie d'amuseur public, à se laisser aller à ces accès de violence vulgaire devant tout le monde ? Les larmes me montèrent aux yeux : la déception m'anéantissait. Je lui laissais volontiers sa Kitty ; nul doute qu'elle fût vulgaire, elle aussi, avec son phare au magnésium illuminant la terre à des milles à la ronde.

Etre tombée amoureuse et avoir vu son amour détruit en l'espace d'une heure est une aventure pénible. Je ne cherche pas d'excuses à ma sottise, et je raconte les choses franchement, comme elles se sont passées.

Je regardai froidement le capitaine sans dire un mot, puis je me détournai. Calmement, je longeai le comptoir et je franchis la porte de la cuisine.

La cuisinière leva la tête.

— Il se passe des choses, à ce qu'il paraît ? dit-elle. C'est dur d'être toujours enfermée là et de ne rien voir !

Je me tenais toute droite : ce n'était pas moi qui parlais mais une inconnue.

— Six petits pains grillés, dis-je à défaut d'autre chose, et vite !

Elle me regarda, stupéfaite, frottant ses bras nus. Toujours aussi calme, je ressortis.

Pendant ma brève absence, le capitaine Devereaux était parti, et M. Jowker avec lui. Je crus m'évanouir de soulagement. Cet homme était dangereux, dangereux... Puis je regardai avec anxiété les clients qui restaient dans la salle, pensant que j'allais avoir six petits pains sur les bras et que je ne savais à qui les servir.

Amy vint à moi, effarée.

— Pourquoi lui as-tu fait la tête, Hester ? murmura-t-elle. Il est tellement beau !

Les petits pains arrivèrent, et grâce au ciel, ils me furent commandés par une bonne d'enfant qui traînait un petit garçon en costume marin et par un maigre vicaire.

Je mettais les six pences de ce dernier dans la boîte quand tout à coup, et sans raison apparente, je fus prise d'un étourdissement et je dus m'appuyer contre le comptoir pour ne pas tomber. Tout le restaurant tournait autour de moi. Cela me terrifia, car je n'étais pas fille à m'évanouir pour un rien.

Je réussis enfin à lever la tête.

— Kate... Amy..., je me sens horriblement malade..., murmurai-je.

Les voix et le vacarme dans le restaurant, la chaleur, les odeurs... Je sentais soudain que je devenais folle.

— Un peu d'air..., soufflai-je. Ça me fera du bien. Un instant dehors...

Amy s'approcha vivement de moi mais je l'évitai. Je ne voulais pas d'histoire. Je m'éloignai en chancelant. Mais Amy me suivit : elle avait l'air sincèrement inquiète.

— Ça va aller, dis-je, réussissant à sourire. Je t'en prie, si madame Skues vient, occupe-la. Je suis sûre que ça va passer.

Cela passa en effet. A peine avais-je refermé derrière moi la porte du restaurant que la paix silencieuse de la gare déserte m'enveloppa de sa fraîche étreinte. La brise

humide qui soufflait sous la haute voûte fut un baume
pour mon esprit troublé. Me sentant déjà beaucoup mieux,
je marchai lentement ; contente simplement d'être au
calme et d'être seule.

Je me trouvai devant l'entrée de la gare de marchandises et, instinctivement, je me cachai derrière une pile
de caisses. Ce n'était pas un endroit où l'une des demoiselles de Mme Skues pouvait se promener sans être
accompagnée. De mon abri, j'entendis un chariot qui
partait. Je sentis l'odeur des chevaux dont les sabots glissaient sur les pavés, et une autre odeur que je mis du
temps à reconnaître : l'odeur douceâtre du gaz de charbon. Je risquai un regard et je vis une plate-forme qui
s'éloignait, chargée d'objets mystérieux : une immense
corbeille ouverte sur un côté et une montagne recouverte
d'une bâche. Et sur la bâche, il y avait des lettres impri-
mées : L'EMPEREUR, BALLON GÉANT. Et une main
posée sur la toile, le capitaine Devereaux marchait à
côté du véhicule.

En y regardant mieux, je vis une forme allongée dans
un repli de la bâche, une silhouette coiffée d'un chapeau
de paille et vêtue d'habits neufs. Un homme qui dormait
paisiblement.

Je les regardai s'éloigner, non sans tristesse. Ils représentaient une autre vie, un autre monde. Etais-je sortie
du buffet en vue de ce dernier adieu ? Mentalement, je
fis un geste de la main pour saluer le capitaine. Je savais
que je ne le reverrais jamais ainsi. Quand son engagement pour la fête serait terminé, il n'aurait certainement
pas de temps à perdre à la gare. Et si par hasard il
venait au buffet, nous nous regarderions comme les étrangers que nous étions l'un pour l'autre.

*
**

Il était à peine cinq heures quand je dis mentalement
adieu au capitaine. J'attendis que le chariot eût disparu,
puis j'attendis encore. Où pouvais-je aller sinon au buffet ? J'avais douze grandes heures à y passer. Je n'étais
pas pressée d'y retourner.

Ce fut Barty qui vint me chercher. Je sentis une main sur mon bras et je me retournai pour le voir qui me regardait avec anxiété.

— Elles ont dit que vous vous sentiez mal. Je n'ai pas aimé ça, dit-il.

Je levai légèrement les épaules. Je ne voulais pas me lancer dans de longues explications.

— Il faisait si chaud... Je suis sortie pour me rafraîchir un peu.

— Je parie que cette bataille vous a bouleversée plus que vous ne croyez !

— Peut-être...

Je cherchais fiévreusement autre chose à dire. Barty était si inquiet, tellement sincère...

— C'est peut-être l'agitation due à la fête, dis-je. Irez-vous demain, Barty ?

— Je ne pense pas, répliqua-t-il. Ou bien je renoncerai à dormir et j'irai le matin.

— Quand vous avez votre demi-journée de congé, Barty, qu'en faites-vous ? demandai-je, enchantée d'avoir ainsi changé de conversation.

Il regarda ses chaussures.

— N'importe quoi... Je vais surtout voir ma famille.

— Vous avez de la famille près d'ici ? C'est agréable ! Où habite-t-elle ?

— Ici et là, dit-il en se détournant. Il est temps de rentrer si nous ne voulons pas d'ennuis avec madame Skues.

Evidemment, il n'avait pas envie de parler de sa famille. Soudain, je me rappelai Amy et ses questions, et je me dis que je lui ressemblais ; j'étais curieuse et importune. Je suivis Barty docilement jusqu'au restaurant.

Heureusement, Mme Skues n'était pas encore remise des palpitations provoquées par l'attaque de M. Jowker et mon absence avait passé inaperçue. Je remerciai Amy de m'avoir remplacée. Elle regardait Barty, attendit qu'il se fût éloigné, puis m'entreprit triomphalement.

— Il est parti comme un fou à ta recherche ! murmura-t-elle. Et tu prétendras encore qu'il n'a pas un faible pour toi ?

Je ne répondis pas. Pauvre petite Amy !... Si cela lui plaisait de faire du roman, pourquoi la contredire ?

Pour le capitaine, je le chassai prestement de ma pensée, tout comme il m'avait chassée de la sienne. Me désoler d'avoir perdu ce que je n'avais jamais possédé aurait été ridicule. Je m'étais si bien reprise que lorsque vint le moment de ranger les tables, il me fut possible de m'approcher de la sienne, cette table où il avait posé ses coudes, sans la plus petite émotion. Je secouai la nappe, la redressai, puis je me baissai pour m'assurer que tout le verre cassé avait été balayé. Barty avait bien travaillé comme de coutume : je ne vis pas le moindre petit éclat. J'allais me relever quand j'aperçus quelque chose : un fragment de papier aux bords brûlés. Ce devait être le reste de la lettre que le capitaine Devereaux avait détruite.

Je regardai le bout de papier. J'y distinguais des mots. Je me dis que cette lettre ne me concernait pas ; c'était une affaire personnelle entre les deux hommes. Je n'avais aucune raison pour ramasser ce papier et lire ce qui y était écrit.

Sauf qu'il avait été jeté. Il n'appartenait plus à personne. Et j'étais extrêmement curieuse...

Je jetai un regard autour de moi et je ramassai prestement le papier. Une partie, trop brûlée, se brisa entre mes doigts. Je cachai le reste dans ma main, je me relevai, et m'éloignai d'un air indifférent. J'allai me poster à la porte de la salle, comme si je regardais le quai, et discrètement examinai le papier.

Il me sembla d'abord que j'avais perdu mon temps. Il s'agissait de la partie supérieure d'une lettre à en-tête d'une firme de gens de loi. Toute la partie droite était trop roussie pour qu'on distinguât la date, mais sur la gauche, la lettre commençait assez clairement.

« *Mon cher Ted. Comme nous nous y attendions, il n'est arrivé aucune réponse d'Orme. Etant donné les circonstances...* »

Le reste de la ligne était détruit. Une petite partie de la seconde ligne demeurait lisible : « *Ce Mordello n'est guère...* »

C'était tout. Cette lettre s'adressait donc au capitaine

Edward Devereaux : il pouvait en faire ce qu'il voulait.
Cette lettre n'était pas la cause de la fureur de M. Jowker. Et elle me décevait profondément ; elle ne signifiait
rien pour moi, ce qui était normal. Pourtant... mon regard
revenait continuellement se poser sur un mot, je ne sais
pourquoi, comme attiré par un vague souvenir enfoui
dans ma mémoire. « *Il n'est arrivé aucune réponse
d'Orme... d'Orme...* » *Orme...* C'était évidemment un
nom, le nom d'une personne, peut-être celui d'un pays.
Et il avait un rapport avec mon père. Quelque chose de
très ancien, une chose désagréable. A force de me concentrer, ce mince souvenir s'effaçait.

D'ailleurs, imaginer qu'une lettre adressée au capitaine
Devereaux pût avoir le moindre rapport avec moi était
le comble de l'orgueil. Et qui était ce sinistre *Mordello* ?
Tout cela était inexplicable et le resterait certainement.
Pourtant, je pliai soigneusement le papier et le glissai
dans la poche de mon tablier. Et je fus consternée, dix
minutes après, quand je voulus le reprendre, de ne trouver
au fond de ma poche qu'une pincée de poussière brune.

*
**

A dix heures précises, Mme Skues rassembla les
autres filles. Leur dîner et leur lit les attendaient. Quant
à moi, j'avais encore six heures de service à assurer. Déjà,
pourtant, je souffrais de cette fatigue qui va plus loin que
la fatigue du corps.

Les filles attendirent, en rang, tandis que Mme Skues
vérifiait la caisse du buffet des premières en comptant
sur ses doigts. Quand elle eut trouvé le même total trois
fois de suite, je le signai, et les finances de sa grande
entreprise tombèrent sous ma craintive responsabilité.
Après cela, la salle des secondes fut fermée et, finalement,
montant la garde de part et d'autre de l'entrée, Barty et
moi regardâmes partir le petit bataillon dans le crépuscule
printanier.

Ensuite, le buffet parut extraordinairement silencieux.

— La journée a été dure, me dit Barty. Vous devriez
vous reposer un peu derrière le comptoir.

Ceci était contraire à la règle. Aucun de nous ne devait assurer seul le service. En général, Barty respectait la règle, mais ce soir, il semblait deviner la lassitude de mon esprit troublé.

— D'ici minuit, nous n'avons que trois omnibus, reprit-il, et l'express de Birmingham. Je peux me débrouiller seul.

Je secouai la tête. Je lui étais reconnaissante, mais « se reposer derrière le comptoir » signifiait se réfugier à la cuisine, et à vrai dire, ce n'était pas tellement la désobéissance à la règle qui m'effrayait que la cuisine sans la cuisinière. J'étais sûre qu'il y courait des cafards, ou pire que cela.

— Merci, Barty, mais j'aime autant rester là et m'occuper. En fait...

J'hésitai. Barty était bienveillant, mais jamais je n'avais eu l'idée de le prendre pour confident.

— En fait, je suis complètement épuisée. Il me semble que je ne peux plus respirer. N'avez-vous jamais l'impression de suffoquer, Barty au milieu de tout ça ?

D'un geste, j'embrassais la salle vide, lugubre sous les becs de gaz. Il rit et se frotta le menton.

— L'impression d'en avoir assez ? Bien sûr... Je pense que ça arrive à tout le monde. Mais aucun de nous n'est aussi seul qu'il le croit. Souvenez-vous de ça, mademoiselle Hester.

— Que voulez-vous dire ?

Je le regardais avec stupeur. Avait-il entendu Mme Skues me parler de mon bienfaiteur ?

— Ce que je veux dire ? Pas grand-chose. C'est juste une façon de parler.

Il serra sa manche vide avec embarras.

— Et puis, il y aura pour nous tous un bateau qui viendra un jour. Je vais vous dire... Quand mon bateau arrivera, je partirai d'ici comme un boulet de canon. J'aurai une petite maison à la campagne et j'élèverai des furets.

Drôle d'ambition, pensai-je, pour un ancien soldat de la reine. Mais ce soir-là, rien n'avait pour moi d'importance. Son bateau, comme le mien, s'il y en avait un pour moi, se trouvait à des kilomètres de nous. Et il avait probablement sombré.

Je gardai ces pensées pour moi.

— Ne choisissez pas votre maison trop loin d'ici, dis-je. Sinon, je ne pourrai pas aller vous voir.

— Vous aimeriez venir me voir ?

— Bien sûr.

Je parlais d'un ton léger et je pris un journal, laissé par un client. Barty allait dire quelque chose quand un voyageur entra et je pris ma place derrière le comptoir. Barty m'observa un instant, puis il se mit à frotter les patères de cuivre du porte-manteau, près de la porte.

Les heures passèrent tant bien que mal. Des voyageurs passaient, apportant avec eux un peu de l'air du vaste monde. C'étaient ensuite de longues périodes de solitude, où je regardais mon reflet dans les vitres noires des fenêtres. Et j'y voyais une autre silhouette que la mienne, une silhouette aux cheveux noirs, au gilet vert, un visage qui me souriait, des bras qui s'ouvraient largement sur la vie et la liberté.

A minuit, les cochers de fiacre envahirent la salle, pour boire un verre.

Quand ils furent partis, la nuit commença vraiment. Assise derrière le comptoir, la tête sur mes bras repliés, je sommeillais et rêvais de liberté jusqu'à ce qu'une crampe me réveille. Rien n'avait changé. Rien ne changerait jamais. Sur le seuil de la porte, Barty bavardait à mi-voix avec le porteur de nuit. Je repris le journal avec l'intention de le jeter, mais une annonce attira mon regard : on demandait une femme de chambre. Les gages offerts étaient de douze livres. Douze livres ! Le double de ce que Mme Skues me payait !

Une femme de chambre... Pourquoi n'avais-je pas songé à cela plus tôt ?

Je parcourus la colonne du regard. Il y avait un grand nombre d'offres d'emplois semblables : on aurait dit que la moitié du monde réclamait les services que j'étais prête à rendre !

Seulement, je ne savais pas très bien quels étaient ces services.

— Barty ! criai-je. Votre sœur n'est-elle pas femme de chambre dans un château je ne sais où ?

Il se retourna.

— Effie, une femme de chambre ? Dans un an ou deux, peut-être. Elle est encore au sous-sol. Il y a beaucoup à apprendre, à ce qu'elle dit.

— Quel genre de choses, Barty ?

— Les fanfreluches, les parfums... Vous... vous n'aviez pas de femme de chambre quand vous étiez petite, mademoiselle Hester ? Vous êtes mieux placée que moi pour savoir ce qu'on leur demande.

Je ne l'étais pas, naturellement. Il y avait eu chez nous une femme de chambre, c'est vrai. Une seule. Mais tout ce que je me rappelais d'elle était un tablier blanc empesé et un sourire mécanique. Ce qu'elle faisait, ce qu'elle était, je n'en avais pas la moindre idée. Il me semblait qu'elle s'appelait Kathleen...

Barty me regardait, une étrange tristesse dans les yeux, comme s'il devinait mes pensées. Puis il retourna à sa conversation.

Je repris le journal et trouvai une place mieux adaptée à mon inexpérience. « *Servante de sous-sol, bon caractère, se levant tôt, allant à l'église...* » Je rejetai le journal. J'imaginais trop bien la maîtresse de maison qui avait écrit cela et je ne voulais pas la voir. Mon enthousiasme s'évanouit. Les heures froides de la nuit donnent naissance à des idées fantaisistes et les font mourir aussi vite.

Après quelque temps, le porteur s'en alla et je rejoignis Barty près de la porte. Un train de marchandises passa, vomissant des étincelles, laissant la gare plus silencieuse et plus vide qu'auparavant.

Je retournai au comptoir. Je servis du café pour Barty et pour moi. Nous parlâmes même un instant de mon fier et beau capitaine. Et puis, tout à coup, le temps que je désespérais de voir passer, atteignit presque quatre heures. Le train postal de Londres allait arriver, et l'aube commençait à pâlir le ciel au-dessus de la ville endormie.

Barty était au bout du quai, au-delà des bâtiments de la gare, observant les premières lueurs d'une nouvelle journée. Je quittai la salle du buffet pour aller le rejoin-

dre. La pluie avait cessé quelques heures plus tôt, laissant
l'atmosphère fraîche et propre, et totalement immobile.

— On se croirait presque à la campagne, murmura
Barty. S'il n'y avait pas ces maudites cheminées...

Amicalement, je lui pris le bras, avec une joie soudaine devant la beauté du matin.

— Vous aurez votre maison à la campagne, Barty.
Nous réaliserons tous notre rêve. Un jour...

Il soupira.

— Peut-être... Quel est votre rêve, à vous, mademoiselle Hester ? Une maison à la campagne aussi ?

Je restai silencieuse, songeant à mon ambition. Je
n'en avais parlé à personne, de peur d'avoir l'air ridicule.
Barty continuait à parler, mais je l'écoutais à peine, absorbée dans mes pensées.

— Ce serait modeste pour commencer, disait-il, mais
cela pourrait s'améliorer. J'ai ma pension, neuf pence par
jour, et j'ai mis un peu d'argent de côté quand j'ai quitté
le service. Le Major a été gentil et il m'aimait bien, alors
il m'a donné une somme, sur les fonds de la compagnie.
Je n'en ai jamais rien dépensé... Il me manque un bras,
bien sûr, mais je saurai toujours gagner honnêtement ma
vie.

J'aurais dû mieux écouter, j'aurais dû me souvenir de
ce que m'avait dit Amy, mais je rêvais à mon propre rêve
et je ne pensais pas à ceux des autres.

Brusquement, Barty se tourna vers moi.

— Ce que je veux dire, mademoiselle Hester... bien
sûr, je ne pense pas à cette semaine, ni à la semaine
suivante, mais ce que je veux dire...

Il bafouillait un peu. Je revins à la minute présente. Il
passait sa main dans ses cheveux.

— Je ne pense pas que vous allez passer toute votre
vie ici...

— Toute ma vie ? répétai-je. Certainement pas !

— Je le savais bien. Vous et moi, nous nous res-
semblons. Alors...

Soudain, j'étais prise d'une immense affection pour
Barty Hambro, pour son visage honnête, sa manière de
parler de la campagne, sa force. J'allais lui parler de mon

espoir secret. Il était le seul être au monde en lequel
j'avais confiance. Je n'attendis pas la fin de sa phrase.

— Ce que je voudrais, dis-je, ce que je veux faire
un jour, c'est devenir dactylographe. Je veux être secrétaire.

Ces paroles que je prononçais pour la première fois
ressemblaient pour moi à un poème. Elles m'encoura-
gèrent.

— Je fais des économies, Barty. Quand j'aurai assez
d'argent, je partirai ; je prendrai des leçons pour savoir
me servir d'une machine à écrire : il y a une école dans
la rue du Commerce. Et ensuite je travaillerai dans un
grand bureau, j'écrirai des lettres importantes, ou même
des livres d'écrivains célèbres. J'habiterai un logement à
moi : je serai une femme indépendante !

Devant nous, le soleil se levait. Je me mis à rire.

— Et après cela, Barty, je ne beurrerai plus un seul
petit pain de toute ma vie !

Je m'arrêtai, à bout de souffle, à bout de mots. Je
regardai mon compagnon, dans toute l'innocence de mon
enthousiasme. Ce qu'il devait penser n'apparaissait pas
sur son visage. Il prit ma main et la serra chaleureusement.

— Une secrétaire ! Exactement ce qu'il vous faut ! Je
parie à cent contre un que vous réussirez. Vous gagnerez
de l'argent... et vous trouverez un bon mari par dessus le
marché !

Pour être sincère, je ne pensais guère à cela. La
possibilité de tomber amoureuse me venait souvent à
l'esprit, mais le mari et le foyer qui pouvaient en décou-
ler disparaissaient tout à fait dans mes rêves dactylogra-
phiques. Quand j'aurais gagné mon indépendance, pourrai-je y renoncer ? Malgré cela, je hochai gaiement la
tête, ravie de l'approbation de Barty, sans réfléchir un
seul instant à ce qu'elle avait pu lui coûter.

Il lâcha ma main et de nouveau passa la sienne dans
ses cheveux d'un air pensif.

— Ces leçons, et votre subsistance pendant que vous
les prendrez..., ça vous coûtera beaucoup d'argent. J'en ai
mis de côté. Je serais très heureux si vous vouliez bien...

Quel brave, quel généreux garçon il était ! Impulsivement, je lui serrai le bras.

— Dieu vous bénisse, Barty, mais je ne voudrais pas vous prendre votre argent ! J'ai déjà économisé plus de la moitié de ce dont j'aurai besoin.

Dans mon accès d'optimisme, je n'allais pas lui avouer tout le temps qui m'avait été nécessaire pour réunir ces onze livres.

— De toute façon, ajoutai-je, bientôt vous aurez besoin de toutes vos économies, pour votre maison, et pour la jolie femme qui y vivra auprès de vous !

Une ombre de tristesse passa sur son visage et il détourna la tête. Et malgré cela, je ne me doutais pas de sa souffrance. Mon cruel aveuglement était sans excuse : il venait de l'égoïsme naturel de la jeunesse. Mais Barty comprenait ce que je ne comprenais pas. Quand il me regarda de nouveau, il avait l'air calme et content.

— Vous avez raison, dit-il. Réussissez par vous-même, c'est le mieux. Vous vous doutez que je vous souhaite tout le succès possible.

— Et vous ne me direz rien de mon secret ?

— Si vous le désirez, je n'en parlerai à âme qui vive.

Nous restâmes là encore un instant, regardant le ciel d'or tourner à un rouge menaçant, puis une sourde vibration des rails nous avertit de l'arrivée du train postal et nous nous hâtâmes de regagner le buffet.

CHAPITRE IV

Il semblait que rien n'y eût changé : tables et chaises étaient à leur place sous la lumière crue, et pourtant, quelque chose me figea sur le seuil, une sorte de malaise. Je l'éprouvais encore en traversant la salle et ce ne fut pas vraiment une surprise pour moi de trouver, de l'autre côté du comptoir, un spectacle inhabituel.

Accroupie par terre, parmi les caissettes de bois que reprendrait plus tard la boulangerie, une jolie jeune femme me regardait d'un air suppliant. Elle n'était pas mal vêtue d'une robe bleue, d'un châle et portait un canotier de paille. Je l'observai avec calme : son attitude n'avait rien d'effrayant et une attaque de sa part était peu vraisemblable.

— Barty..., venez voir ce que nous avons là ! criai-je.

La femme ne bougea pas, sinon pour se rencogner plus loin entre les caisses. Barty me rejoignit.

— Qu'est-ce que c'est que ça ? demanda-t-il d'un ton sévère. De quoi a-t-elle peur ?

Je ne le savais pas plus que lui. Nous n'osions pas nous approcher, comme si, nous trouvant devant un animal terrifié, nous ne voulions pas augmenter son effroi.

— Il ne faut pas avoir peur, lui dis-je. Si vous n'avez rien fait de mal, nous serons contents de vous venir en aide.

Peut-être la jeune femme devina-t-elle à ma voix ce

que j'éprouvais : elle parut un peu rassurée et elle se
releva.

— Je ne savais pas qui venait, dit-elle. Je me suis
cachée.

— Qui aurait pu venir vous chercher ici ? demandai-je.

Elle regarda autour d'elle.

— *Lui !* murmura-t-elle en se remettant à trembler.

Barty, perplexe, la regardait.

— Qui est « *lui* » ? demanda-t-il.

— Lui... mon mari, bien sûr !

Comme le bruit diminuait sur le quai et que personne n'entrait, notre visiteuse nocturne reprit courage.

— Je me suis sauvée, voyez-vous, dit-elle. Et je
vais prendre le premier train qui va passer.

Elle était bizarre. Son assurance cachait mal une
épouvante très sincère. Plus rapide que moi, Barty l'interrogea d'un ton sans réplique.

— Ce qu'il y a entre votre mari et vous ne nous
regarde pas, dit-il, mais le prochain train ne passera pas
avant deux heures et ici, nous allons fermer. Vous aurez
tout le temps de réfléchir, toute seule sur le quai.

Il voulut lui prendre le bras pour l'entraîner dans la
salle : elle se dégagea et redressa son chapeau.

— Laissez-moi tranquille ! dit-elle. Je partirai quand
ça me plaira. Et tant pis s'il me trouve ici, je suis décidée.
Je ne remonterai plus dans cet engin.

Quand je compris le sens de ses paroles, je la regardai
avec stupeur. Son attitude théâtrale s'expliquait évidemment, mais comment pouvait-elle être la femme d'un
tel homme ?

Elle reprenait confiance et ce qu'elle dit alors confirma
mes suppositions.

— On verra pour qui le public donne des sous : lui,
ou moi ?

— Vous êtes madame Devereaux, dis-je, n'y croyant
pas encore tout à fait.

— Madame Kitty Devereaux ! rectifia-t-elle en se
regardant dans la haute glace derrière le comptoir.
Madame Kitty, si ça ne vous fait rien. Mon mari est du
continent. Et c'est sur toutes les affiches.

Cela m'agaça. Le capitaine avait l'air tout à fait anglais quand nous avions parlé au cours de l'après-midi.

— Vous ne serez plus *Madame* Kitty très longtemps, observai-je froidement, si vous vous sauvez en abandonnant votre mari !

A ces paroles, elle perdit contenance et fondit en larmes.

— Qu'est-ce que je peux faire ? Vous ne savez pas ce que c'est. Vous ne savez pas comme on peut avoir peur !

Maintenant, elle sanglotait.

— Vous êtes gentille, vous êtes bonne... Qu'est-ce que je peux faire, dites-moi ?

Dépassé par la situation, Barty s'éloigna discrètement et commença à fermer. La gare était silencieuse. Il n'y aurait plus d'autres clients que Kitty Devereaux cette nuit.

Son désespoir semblait si violent que je la conduisis à une table. Je la fis asseoir et allai lui chercher un verre de lait chaud, dans lequel je mis même une goutte de cognac. J'oubliais ma fatigue. J'étais pleine de compassion. Fallait-il qu'elle soit à bout de résistance pour s'être enfuie de cette façon, en pleine nuit ? Je voulais comprendre.

— Il ne peut pas vous obliger à monter là-haut avec lui, dis-je, si vous lui dites que cela vous fait si peur ?

Elle repoussa de son visage ses cheveux mouillés de larmes.

— Autrement dit, à quoi je lui sers ? demanda-t-elle. Je lui amène du public, de l'argent. Mais il ne m'aime pas. Il ne peut pas m'aimer.

Elle recommençait à pleurer. J'avais peine à croire que mon fier et beau capitaine fût un pareil monstre.

— Il y a longtemps que vous sautez en parachute ? demandai-je. Cela vous a-t-il toujours fait aussi peur ?

— Au début, ce n'était pas si affreux.

De sa manche, elle tira un minuscule mouchoir.

— Et puis, on apprend des histoires sur les autres... On a des cauchemars, même quand on ne dort pas !

— Et le capitaine Devereaux refuse de vous écouter ?

Elle rit amèrement.

— Voyez à Hereford, dit-elle. L'autre semaine, on est parti en plein orage. Et le capitaine s'amusait beaucoup. Cela va nous rapporter une guinée ou deux de plus, disait-il. Ils croient que c'est dangereux, mais ce n'est pas vrai.

— Est-ce ce jour-là que votre parachute a été détruit ?

— Pas vraiment détruit...

Du bout du doigt, elle faisait des dessins sur la nappe.

— Pour dire vrai, je l'ai lâché. Vous auriez fait pareil. Et il fait froid là-haut ! Et moi, j'avais simplement mon maillot...

Elle était vulgaire et sotte, mais tout de même, elle ne méritait pas autant de cruauté de la part du capitaine.

— Je ne crois pas qu'il ait jamais eu peur de sa vie, reprit-elle. Alors, ne n'est pas facile pour lui de comprendre que les autres peuvent avoir peur.

Malgré les défauts, vrais ou imaginaires du capitaine, elle était évidemment fière de lui. Il y avait dans sa voix une chaleur, une tendresse qui me prouvaient une chose : il suffirait de quelques mots bien choisis pour la persuader de retourner à son mari.

— Qu'allez-vous faire maintenant ? demandai-je, en feignant l'anxiété. Une femme qui a quitté son mari, qui est seule, sans beaucoup d'argent, sans références... Que peut-elle faire ?

Elle fixa sur moi des yeux ronds et innocents.

— Je n'ose pas rentrer, dit-elle. En tout cas, pas toute seule.

Il n'en fallait pas beaucoup pour la convaincre !

— Vous ne voudriez pas venir avec moi ? Il serait moins furieux si nous étions deux. Vous êtes bonne... Vous ne voulez pas venir ?

Je retins ma respiration. C'était l'un de ces instants décisifs où le temps paraît s'arrêter. Une multitude d'arguments me passèrent dans la tête. Certains détails de l'histoire de Kitty me semblaient exagérés, mais je me rappelais sa terreur, au moment où je l'avais découverte, et cette terreur n'était pas feinte. Si je l'accompagnais, je ferais là une action noble et charitable. Une action, cependant, que Mme Skues ne me pardonnerait peut-

être jamais, mais une action qui me permettrait de revoir
le capitaine Devereaux. Et non pas comme une étrangère,
mais en qualité de protectrice de sa femme.

Derrière moi, Barty s'impatientait.

— Alors, qu'est-ce qu'on fait ? demanda-t-il. Partons-
nous, ou allez-vous passer encore des heures à bavarder,
jeunes dames ?

— Vous voulez que je vienne avec vous, repris-je, à
pareille heure ? Je doute que le capitaine nous accueille
très volontiers en ce moment !

— Alors, vous venez ?

Sans attendre de confirmation, Kitty sauta sur ses
pieds, empoigna son sac et son parapluie, toute peur et
toutes larmes oubliées.

— Il ne dort jamais beaucoup la nuit avant une
ascension, avec ce ballon à gonfler. Nous le trouverons
debout dans le parc ou je veux bien être pendue.

Sans regarder Barty abasourdi, je pris mon châle et
je suivis Kitty. Cette entorse à une routine vieille de six
ans était par trop prodigieuse.

— Je vais d'abord au parc zoologique avec madame
Devereaux, annonçai-je à mon compagnon. Je n'en ai
pas pour longtemps. Je rentrerai directement à l'hôtel
ensuite.

A cette minute-là, pourtant, je crois que je savais
déjà que je n'en ferais rien. J'abordai ce triste matin
glacé avec la fantastique certitude que ma vie recommençait. Je quittais le buffet des premières, l'hôtel,
Mme Skues, exactement comme j'aurais quitté de vieux
vêtements usés, sans un regret. Quant à Barty, qui me
regardait partir, je ne le regrettais pas non plus parce
que je savais, avec tout autant de certitude, que nous
nous reverrions. Nos destinées étaient mêlées. J'étais son
amie et il était mon ami.

En vérité, pensai-je en suivant Kitty à travers le hall
désert de la gare pour gagner la ville qui s'éveillait lentement, Barty Hambro était bien mon seul et unique ami
sur la terre.

Kitty Devereaux avait raison. Le capitaine était devant la cage aux lions, étalant l'immense enveloppe de son ballon sur le sol, et il n'était pas seul debout ce matin-là dans le parc zoologique. Partout, des équipes étaient au travail, construisant les stands, conduisant des chariots et les arrêtant aux endroits voulus. Les animaux du zoo protestaient bruyamment contre cette agitation insolite.

A l'entrée du parc, comme je tentais de me faufiler, un bras me barra la route.

— Qu'est-ce que c'est que ça ? On essaye d'entrer ? cria l'homme d'une voix tonnante. Vous ne savez pas lire ?

Il me saisit le poignet et me tira devant un écriteau qu'il déchiffra comme un enfant, lettre par lettre.

— Pas d'étrangers ici ! clama-t-il.

« ENTRÉE INTERDITE SANS AUTORISATION », annonçait l'écriteau.

Je me débattais pour me libérer. Je finis par réussir à dire :

— Je suis avec Kitty. Elle m'a demandé de l'accompagner. Je suis son amie.

Kitty condescendit enfin à venir à mon aide.

— Laissez-la, Bert.

Mais Bert continuait à me secouer.

— Il faut une autorisation ! gronda-t-il. Je ne peux pas laisser entrer et sortir n'importe qui ?

— Allons... Elle est honnête. Laissez-la. Soyez gentil.

— Je me demande pourquoi je la laisserais...

Bert réfléchit.

— Ecoutez, Kitty, dit-il enfin. Un baiser et je la laisse entrer.

A ma stupeur horrifiée, Kitty s'exécuta sans un instant d'hésitation, devant tous les ouvriers qui nous entouraient maintenant. Ils applaudirent. Enfin libre, je franchis la grille, terrifiée à l'idée d'être bousculée par ces gens grossiers.

Kitty me rejoignit en remettant son chapeau droit.

— Que ne ferais-je pas pour vous ! dit-elle.

Elle riait, nullement émue. J'évitai de répondre qu'elle oubliait apparemment laquelle rendait service à l'autre, et je me demandai si ma présence était vraiment l'acte charitable que je voulais imaginer. Voilà que mon cœur battait à l'idée de revoir mon fier et beau capitaine !

Une fois dans le parc, nous marchâmes prudemment entre les baraques à moitié construites. Des lampes à pétrole brulaient encore par endroits, pâles dans le matin gris. Je vis une roulotte de bohémien, peinte en vert et jaune, ses parois décorées de fleurs aux couleurs joyeuses. Partout, des hommes impatients couraient, des marteaux à la main. Il semblait impossible que la fête fût prête pour l'inauguration par le maire à dix heures.

Le capitaine Devereaux n'était pas plus avancé que les autres ; son ballon n'était encore qu'un amas de cordes et de soie vernie rouge et or. Les progrès accomplis se limitaient, semblait-il, à une forte et nauséeuse odeur de gaz et à la présence d'un employé de la compagnie du gaz de Bristol à l'air inquiet.

Kitty me poussa en avant.

— Edward ! cria-t-elle derrière moi. Edward ! Je suis revenue !

Le capitaine leva les yeux. Il s'essuya les mains à son pantalon et contourna le ballon pour s'approcher de nous. Il était en gilet, les manches de sa chemise relevées et retenues par des élastiques, ses cheveux en désordre. Je le trouvai toujours aussi beau... Je ne savais plus pourquoi j'étais là.

Il ne paraissait pas surpris. Il me regarda, puis se tourna vers sa femme.

— Tu es revenue ? dit-il, comme s'il ignorait qu'elle fût partie.

Elle ne répondit pas. J'estimai que le temps venait pour moi de m'acquitter de ma mission généreuse.

— Elle est revenue, dis-je, mais elle ne veut plus remonter en ballon. Et vous n'avez pas le droit de l'y obliger.

Il me regardait avec une totale indifférence et ce fut un coup pour moi. Un choc salutaire, cependant, qui m'arracha à mes illusions enfantines. Je le regardai hardiment dans les yeux.

— Si vous ne vous souvenez pas de moi, monsieur, dis-je, c'est sans importance. Je suis venue pour soutenir votre femme, c'est tout.

— Pour soutenir ma femme ? Que signifie cela ?

Il tendit une main et l'attira à lui en riant à moitié.

— D'où viens-tu, Kitty, mon amour ? Et qu'as-tu raconté ?

Elle se dégagea avec irritation.

— Je n'ai dit que la vérité, Edward. J'ai risqué ma vie une fois de trop. Tu ne me feras pas remonter dans ce ballon. Jamais !

— Tu me dis ça à chaque fois, dit-il d'une voix dure.

— Cette fois, c'est la bonne !

Il soupira d'un air excédé.

— Cela suffit. Maintenant, sauve-toi gentiment, j'ai mille choses à faire.

Il me salua cérémonieusement.

— Votre serviteur, madame.

Et il nous tourna le dos.

Kitty était au bord des larmes. Il m'appartenait de l'aider, mais le capitaine n'était certes pas un homme qu'on pouvait combattre facilement. En fait, il m'épouvantait à tel point que je ne savais plus que dire.

Après quelques pas, cependant, il hésita et revint vers nous.

— Je me souviens de vous, à présent, dit-il. Vous êtes Hester Malpass, vous servez au buffet de la gare.

Ces mots semblaient prouver qu'il faiblissait. J'allai à lui avec plus de confiance. Il sourit chaleureusement.

— Et vous êtes venue prendre, pour cette fois, la place de Kitty.

Je restai médusée. Il me tendit la main.

— N'ayez pas peur. J'aurais dû vous écouter tout de suite. Je suis trop impatient, c'est une mauvaise habitude. Vous vous voyez volant au-dessus de la terre ? Vous aimeriez...

— Non ! m'exclamai-je d'une voix étranglée. Non, je n'aimerais pas cela !

Rien n'aurait pu être aussi loin de ma pensée. Un ballon... un parachute... moi, en maillot... L'idée était absurde, et mon refus clair et net.

— Non ? dit-il, me regardant en penchant la tête de côté. Ainsi, je me serai trompé sur votre compte ? Quel dommage ! Je suis sûr que vous gagneriez tous les cœurs. Deux guinées de salaire est équitable, je crois... Est-ce toujours non ? Cela importe peu, Kitty changera d'avis, elle le fait toujours.

Il salua de nouveau et repartit. D'autres problèmes réclamaient son attention ; il fallait établir une clôture pour tenir le public à distance, et rassurer l'homme de la compagnie du gaz. Peut-être savait-il qu'il pouvait, sans risque, m'abandonner à mes pensées. Peut-être devinait-il que dans mon cœur, j'avais déjà succombé.

Mon esprit se montra plus rétif. Je pensais à Kitty : avait-elle pensé à cette solution dès le début ? Je ne lui en voulais pas ; terrifiée comme elle, j'aurais fait de même. Peut-être me trouvais-je alors dans un état de fatigue qui me troublait les idées. Prendre sa place pour une fois ? Voler très haut au-dessus du monde ? Juste une fois ? Je songeai à Mme Skues. Déjà, je m'étais absentée trop longtemps pour que ma disparition passe inaperçue. Je découvris que cela m'était égal. La hardiesse, la nouveauté de l'aventure faisait courir plus vite le sang dans mes veines.

J'entendis à mon oreille les paroles du capitaine. « *Dommage... gagner tous les cœurs... deux guinées de salaire...* » Aujourd'hui encore, avec le recul du temps, j'aime à penser que ce fut la perspective du salaire qui me décida finalement. Le salaire, et non pas une nouvelle intimité avec le fringant capitaine.

Je pris Kitty par le bras et l'entraînai vers un banc, à l'abri du vent.

— Vous feriez bien de me dire exactement ce que je devrai faire quand je monterai avec le capitaine dans son aérostat, risquai-je prudemment.

Kitty se mit à rire. Elle m'entoura de ses bras, et je ris aussi.

Des quelques heures qui suivirent, je garde un souvenir confus ; je me rappelle des images aux couleurs éclatantes, comme celles qu'on voit dans les livres d'enfants. Je discutai avec Kitty, avec le capitaine Devereaux. Je n'étais plus une des pensionnaires de Mme Skues, j'étais une *artiste*. Cette idée avait un charme particulier.

Le maire arriva, la fête ne semblait pas prête encore, mais il présida à la cérémonie d'ouverture et le public se précipita. Kitty m'emmena dans une tente où je trouvai un lit de camp et je reçus la permission de dormir. Je ne sais combien de temps je dormis, mais je sortis de la tente reposée et plus consciente de ce que j'avais accepté. Je ne crois pas que j'avais peur... J'éprouvais plutôt une légère appréhension.

C'était le début de l'après-midi et la fête battait son plein. Des rires et des exclamations frappaient mes oreilles, des cris, les grognements des animaux effrayés, la musique de deux orchestres au moins et d'innombrables orgues de barbarie. Je me souvins brièvement d'Amy et de son amoureux. Découpé sur le ciel d'orage, un homme marchait sur un fil tendu. Un groupe de jeunes ouvriers déjà ivres chantaient à tue-tête. Devant moi, protégé par une barrière circulaire de cordes, se trouvait le ballon du capitaine Devereaux, gonflé au quart seulement.

La nacelle y était fixée, et couchée sur le côté : de petits sacs de sable étaient accrochés tout autour. Je m'en approchai, désireuse de mieux connaître ce véhicule rudimentaire.

Le capitaine était à genoux un peu plus loin, une aiguille et du fil à la main.

— La nacelle est plus sûre qu'elle n'en a l'air, dit-il. Une quantité d'ascensions, des centaines d'heures de vol, et rien de cassé ! C'est l'atterrissage qui est le moment délicat. La nacelle d'osier vous protège, tout autre matériau se briserait en petits morceaux.

Avec calme, je lui dis que, sachant cela sur l'atterrissage, j'étais contente de descendre en parachute. Il ne fut pas dupe de mon apparent sang-froid.

— Vous vous inquiétez, dit-il. Je vais vous faire voir votre harnais. Il est parfait. Je l'ai dessiné moi-même.

Il m'emmena dans une autre tente, pleine d'objets divers, cordes, boîtes de fusées, soie rayée jaune et noire, filets assortis. Il fouilla dans le tas et en tira un grand cercle de bois d'où pendaient des courroies de cuir.

— Je vais vous confier un secret professionnel, dit-il. Le public croit que vous êtes suspendue à cet anneau par vos mains, mais c'est faux. Ces courroies passent sous vos bras et vous êtes aussi en sécurité que dans une maison. Vous partez et vous flottez doucement sur la brise. Si vous faites un geste de la main aux gens d'en dessous, ils seront à vos pieds pour la vie !

A l'entendre, tout cela paraissait très simple. Mais reposée maintenant, je devenais plus raisonnable.

— Qu'en est-il de tous ces accidents que l'on raconte ?

— Je vous le répète, il n'y a aucun danger. Voyons... vous habitez Bristol, vous avez dû entendre parler de cette bonne dame qui est tombée du pont suspendu voici deux mois et qui a été soutenue jusqu'au sol simplement par ses jupes ?

Certes, je connaissais l'aventure et j'avais grand-pitié de la pauvre Mlle Henley qui l'avait vécue. Le capitaine se mit à rire, puis s'arrêta soudain : il mit de côté le cercle de bois, s'assit sur une caisse, me fit signe de m'asseoir auprès de lui et me prit la main. Il parla d'une voix plus basse, plus douce.

— Je ne prétends pas qu'il n'y ait aucun risque, Hester. Bien sûr, il y en a. Il ne s'agit pas d'un voyage en chemin de fer, c'est un voyage dans les éléments et nul ne peut prédire leurs caprices. Mais n'est-ce pas le risque qui donne du prix à la vie ? Ne comprenez-vous pas cela ? Prendre des risques, c'est être *libre*, non pas prisonnière de la vie mesquine des gens ordinaires. N'est-ce pas cela qui est important ?

Je hochai silencieusement la tête. Je ne savais pas ce que j'éprouvais, mais lorsqu'il me prenait au sérieux, oubliait de se pavaner et serrait ma main dans la sienne, j'étais prête à l'écouter indéfiniment et à le suivre n'importe où.

Il se pencha en avant dans son ardeur à me convaincre.

— De plus, le risque est une affaire de bon sens. Il

diminue de moitié si vous ne vous énervez pas. En l'air, vous pouvez faire beaucoup : vous pouvez tirer certaines cordes, par exemple. Je vous jure que vous n'avez pas à tomber dans une cheminée d'usine. L'important, c'est de garder la tête froide et de ne pas s'affoler.

— Kitty..., je veux dire, votre femme est-elle femme à s'affoler ? demandai-je.

Je m'étonnais de me trouver à sa place. Si je n'étais pas venue, l'aurait-il obligée à monter en ballon avec lui contre son gré ? Quel genre d'homme était-il ?

— Kitty ? disait-il. Eh bien..., vous l'avez vue, vous lui avez parlé...

Il était moins à l'aise, me semblait-il, et cela se comprenait.

— Elle a accompli de bonnes performances. A Leeds, par exemple, elle a eu un tel succès que les étudiants l'ont promenée dans les rues en calèche. Grâce à elle, nous avons fait les gros titres des journaux assez souvent. Seulement..., il lui arrive de perdre son calme. Et elle est fatiguée, elle a besoin d'une longue période de repos. Il faudrait même qu'elle s'éloigne pendant quelque temps.

Il se tut. Une longue période de repos... Je devais sauter une seule fois, avait-il dit au début, et moi, je n'avais pas réfléchi plus avant. A peine étouffé par la toile de tente, le bruit de la fête retentissait autour de nous. Un seul saut. Et ensuite ? Retourner à la gare et implorer la clémence de Mme Skues ? Mme Skues, dans ses meilleurs moments, n'en possédait guère.

Ou bien, un seul saut. Puis un autre. Et un autre...

— Il nous faudra voir comment vous vous adaptez, reprit le capitaine. C'est une vie extraordinaire, si vous avez le courage que je vous prête.

Il s'adossa à sa chaise et tira sur ses manchettes.

— A propos, il y a une chose que vous devez savoir : Kitty et moi, nous ne sommes pas mariés. Nous travaillons ensemble. Il ne s'agit que d'une association professionnelle. Mais sur les affiches, ça fait mieux d'avoir l'air mariés.

Je sentis que mes oreilles devenaient chaudes : je rougissais, et il le vit car il éclata de rire.

— N'ayez pas l'air si choquée, Hester Malpass. Il n'y a rien de scandaleux entre nous. Nous voyageons ensemble, c'est tout.

Je le croyais, mais j'étais mal à l'aise quand même.

— Pour Kitty, c'est plus que cela, monsieur, dis-je hardiment.

Il se leva, fit quelques pas dans la tente, et revint.

— C'est une fille simple, dit-il. L'existence a été dure pour elle avant que je ne la découvre et que je n'aie pitié d'elle. Elle a bien travaillé, je ne le nie pas. Si elle se donne des airs, et se fait passer pour ma femme, ça ne fait de mal à personne. Je ne voudrais pas l'en empêcher.

Moi non plus. Son admiration pour son « mari » m'avait émue.

— Que va-t-elle devenir ? demandai-je.

— Elle fera son chemin. Je l'ai bien payée. Elle a dû mettre une jolie somme de côté.

Le capitaine s'arrêta devant moi, les mains dans les poches.

— Votre inquiétude vous honore, Hester, mais dites-moi, que puis-je faire ? Elle a pris sa décision. Vous l'avez entendue ? Si elle ne veut plus monter dans le cher vieil *Empereur*, que puis-je faire ?

Evidemment, je n'avais rien à répondre à cela. Le temps seul dirait si j'avais tellement plus de courage que Kitty.

— Parlez-lui, me dit le capitaine. Rendez-vous compte par vous-même. Il faut que vous vous occupiez du costume ensemble, vous aurez tout le temps de discuter.

On entendit soudain dehors des craquements et des cris.

— Il faut que je vous quitte, dit Devereaux. J'ai abandonné trop longtemps mon aérostat.

Avant de sortir, il se retourna.

— Peut-être que je n'aurais pas dû vous dire tout ça sur nous, observa-t-il. Peut-être, Kitty ne voudrait-elle pas que vous le sachiez. Mais je voulais jouer avec vous cartes sur table.

— Si Kitty veut que je sois avertie, elle me dira la vérité elle-même, déclarai-je. D'ici là...

— Dieu vous bénisse, Hester, et merci de si bien comprendre.

Il sortit de la tente, mais sa gratitude me réchauffait comme le soleil de l'été. Quelques instants plus tard, je quittai la tente à mon tour, quand mon cœur ne battit plus aussi fort.

CHAPITRE V

Pendant notre conversation, le vent avait pris de la force. L'*Empereur* aussi. Déjà, je commençais à lui donner son beau nom. Il était plus gonflé et se séparait presque du sol, il se dandinait comme un éléphant entre les cordes qui le retenaient.

Un incident se produisit : un tuyau se détacha de la base du ballon et laissa échapper un jet de gaz, on cria aux gens d'éteindre pipes et cigarettes. L'employé du gaz s'efforça d'arrêter la progression du gaz au moyen d'un gigantesque bouchon monté sur un massif billot de bois. Une foule curieuse s'était amassée devant l'enclos, riait, criait, et gênait tout le monde. Je ne comprenais rien à tout cela et je supposais que ce genre de difficulté devait être habituel pour un aérostier. Je m'éloignai donc et me mis à la recherche de Kitty.

Je la trouvai facilement ; elle était à la buvette la plus proche et elle chantait à pleine voix. Mon travail au buffet m'avait donné l'habitude des gens qui ont un peu trop bu ; la voix de Kitty était claire, elle ne devait pas être très grise. Joyeuse plutôt, et contente de se faire entendre quand il y avait des gens pour l'écouter. J'allai à elle et elle me suivit assez volontiers quand je parlai d'essayer le costume. Il était environ deux heures et demie. Le capitaine devait faire une ascension à quatre heures et demie, et mon escapade personnelle était prévue pour six heures.

Kitty m'emmena dans une minuscule baraque installée à côté de l'enclos du ballon. Un grand désordre régnait à l'intérieur et nous y tenions à peine toutes les deux. Une large planche formait table contre un mur, avec un tabouret devant et un miroir au-dessus. Je vis une grosse malle au couvercle bombé et je ne sais combien de valises plus petites.

Kitty se percha sur la planche, en faisant tomber un verre et des bouteilles de bière, et elle balança ses jambes.

— Ainsi, vous allez vraiment le faire ! dit-elle. Je n'aurais jamais cru que vous en auriez l'audace !

Elle n'aurait pu me tendre une meilleure perche.

— Il est encore temps pour vous de changer d'idée, Kitty, dis-je vivement. C'est votre nom qui figure sur les affiches, et c'est vous que le public vient voir.

— Vous n'avez plus envie de monter, mon chou ?

— Si. Mais je comprendrais que vous regrettiez.

Elle s'appuya contre le mur et s'étira avec délices.

— Ecoutez, ma chatte. Les gens viennent voir une paire de jambes et une jolie figure...

Je n'avais pas pensé à cet aspect de la question...

— Croyez-moi, j'en ai assez. Les trois, quatre premières fois, ça allait. C'est ensuite qu'on commence à réfléchir. Pour le capitaine, bien sûr, ce n'est pas pareil : il a sa fabrique, il a ses fichues recherches. C'est à cause de ça qu'il continue : il a toujours besoin d'argent pour ses recherches.

— Vous parlez de recherches scientifiques ? Je ne savais pas que le capitaine Devereaux fût un homme de science.

— Je ne sais pas ce qu'il est.

Elle descendit de son perchoir et défit les courroies de la grosse malle.

— Il a cette fabrique de ballons et de tentes, à Brinscombe, à trente milles d'ici. Mais il fabrique autre chose et personne ne sait ce que c'est. Même pas moi.

Elle souleva le couvercle de la malle.

— Nous y voilà. C'est une chance que nous soyons de la même taille.

— Kitty, dis-je avec désespoir, cherchant à retarder le

moment de l'affreuse révélation, parlez-moi de la fabrique de ballons. Ce monsieur Jowker y travaille-t-il ?

— Jowker ? répéta-t-elle sans comprendre. Vous parlez du vieux qui boit trop ? Non, je ne l'avais jamais vu. Il a écrit une lettre au capitaine, il y a une semaine.

Elle fouillait dans la malle et en tira ce qui était effectivement un maillot rose, puis une sorte de corset.

— J'ai un peu grossi depuis que j'ai commencé à sauter ; il y en a un autre, plus petit.

Elle se leva et m'étudia de la tête aux pieds. La petite baraque me semblait soudain plus petite, et crasseuse, pleine d'odeurs de parfum bon marché et de boules antimites.

— Kitty... Savez-vous qui est monsieur Orme ? Et que signifie Mordello ?

Je me souvenais du fragment de lettre, réduit en poussière dans la poche de mon tablier. Kitty haussa les épaules.

— J'ai jamais entendu parler d'un monsieur Orme. Mordello est un vieux bohémien qui dit la bonne aventure. Il est souvent dans les fêtes ou les foires. Et maintenant, Hester Malpass, allez-vous essayer ces trucs, oui ou non ?

Ne trouvant plus rien à dire pour retarder l'instant crucial, je n'avais pas le choix. Du reste, ces deux noms ne m'intéressaient pas vraiment...

Kitty était cuirassée contre la pudeur. Elle traitait l'essayage comme une affaire.

— Vous êtes mieux faite que je pensais, dit-elle. Avec une petite pince dans le dos, ce sera parfait.

Elle prit une aiguille, suça l'extrémité du fil.

— Il faudra qu'on fasse une annonce...

Je reboutonnais ma robe.

— C'est vous qui ferez le saut, c'est juste qu'on le dise. Je ne sais pas ce que dira le directeur de la fête, mais... C'est madame Kitty qui attire les gens, pas n'importe qui.

— Est-il indispensable que le directeur soit au courant ? demandai-je. Je sais que je ne suis pas jolie comme vous, mais avec le costume, le public ne verrait peut-être rien ?

L'argument était raisonnable, mais je vis qu'il ne plaisait pas. J'en trouvai un autre, meilleur.

— Non..., c'est vrai, dis-je avec astuce. Mais quand le directeur connaîtra vos motifs de céder la place, il comprendra.

L'aiguille de Kitty s'immobilisa.

— Il vaudrait mieux dire que je suis malade.

— Oui, bien sûr..., et je dirais comme vous... Seulement, tout le monde vous a vue aller et venir depuis ce matin... Et même, vous aviez l'air de bien vous amuser !

Lentement, elle découvrit ma pensée.

— Vous croyez que certains pourraient penser que j'avais bu ?

Elle continua à coudre en silence un moment, puis tout à coup, elle me regarda d'un air courroucé.

— Ecoutez, Hester Malpass, ce n'est pas la peine. Nous ne ferons pas d'annonce. Vous pouvez monter, puisque vous en avez tellement envie, mais je regrette, il faut que je pense à moi. Vous pouvez encore renoncer si ça ne vous plaît pas.

Cela me plaisait suffisamment pour que je feigne de me laisser commander par Kitty. Et sans aucun remords.

Le temps ne fit qu'empirer au cours de l'après-midi. Lorsqu'approcha le moment de l'ascension du capitaine dans le ballon, la pluie se mit à tomber. Le vent augmentait, faisant claquer les toiles des tentes. Le manège ferma et le funambule se réfugia à l'intérieur d'un abri. Pourtant, un public nombreux supportait le mauvais temps en attendant l'ascension.

— Cela n'a rien de surprenant, me dit le capitaine. Ils savent que monter en ballon est dangereux par mauvais temps. Ils espèrent voir un accident. Et si j'étais assez fou pour tenter l'aventure, ils en verraient certainement un !

Je l'imaginais sans peine. Au-dessus de nous, tout retenu qu'il fût par de nombreuses cordes, *l'Empereur* bondissait et se balançait, sa nacelle craquant sous lui, prête à réduire son passager en pièces.

— Ils ont payé leur entrée, dis-je. Que se passera-t-il si vous annulez ?

— Je leur rendrai leur argent. Ils n'apprécieront pas et moi non plus, mais que puis-je faire ? Remettre ma décision aussi longtemps que possible en espérant que les choses s'arrangeront. Mais elles ne s'arrangeront pas.

Il leva un regard inquiet vers le ballon.

— Si seulement je pouvais le gonfler davantage... Quand il est bien plein, bien lisse, il vole dans le vent comme un oiseau !

Kitty s'avança et tira le capitaine par la manche.

— Je m'en vais, dit-elle. J'ai tout montré à Hester.

Je m'écartai discrètement, sans cesser de les observer du coin de l'œil ; leur attitude au moment de la séparation me renseignerait sur leurs sentiments réciproques.

— Tu montes ? demanda enfin Kitty.

Ils se regardèrent un instant.

— Si le temps le permet...

— Ne compte pas sur moi pour aller te voir à l'hôpital.

Le capitaine tira un carnet de sa poche et le feuilleta. Ainsi congédiée, Kitty s'éloigna. Je la vis entrer dans la petite baraque et en ressortir avec son sac de tapisserie et son parapluie. Une association professionnelle, avait dit son pseudo mari... Tout de même, ces gens me semblaient pousser un peu loin l'indifférence. N'allaient-ils pas se dire au revoir plus affectueusement ?

Le capitaine referma son carnet.

— Alors, Hester ? Que devez-vous me dire ?

J'expliquai ce que nous avions décidé, Kitty et moi. Cela ne parut guère intéresser mon interlocuteur ; évidemment, il avait d'autres soucis. Je réclamai les dernières instructions.

— Plus tard, petite, plus tard, répondit-il impatiemment.

Il me prit soudain le bras.

— Vous n'êtes pas obligée de faire cela, Hester. Comprenez-vous ? Vous ne me devez rien. Rien du tout. Dites-moi, mon enfant, n'avez-vous pas peur ?

Il me regardait intensément. Cette bienveillance après

sa froideur me désorientait, mais je répondis sincèrement :

— Non, monsieur, je n'ai pas peur. Je ne crois pas
que vous feriez une ascension avec moi s'il y avait beaucoup de danger.

— Vous avez raison. Et vous faites bien de me rappeler mon devoir.

Il semblait vouloir me dire autre chose, mais autour
de nous, la foule s'impatientait. Il me quitta, alla parler
bas à un homme qui gardait le ballon : l'homme hocha la
tête et s'en fut. Le capitaine prit sa place.

La foule se tut à sa vue, attendant sans doute quelque
chose d'intéressant, mais comme rien ne se produisait,
elle s'agita de nouveau. Il y eut des injures, des poings
brandis ; on jeta quelques bouteilles vides. Le capitaine
n'y faisait pas attention, il semblait attendre quelque
chose, lui aussi. Quand l'homme revint, ayant accompli
sa mystérieuse mission, et lui fit un signe, il se redressa
et s'avança vers le public menaçant.

D'une voix forte, il annonça que le mauvais temps
l'obligeait à renoncer à la première ascension. Le climat
britannique, expliqua-t-il, ne s'inclinait devant aucun argument. L'argent des spectateurs leur serait remboursé.

La réponse fut immédiate, et affreuse : des insultes
montèrent, des poings se tendirent avec plus de fureur au-
dessus de la fragile barrière, et les choses se seraient vraiment gâtées si deux policiers, sagement appelés par le
capitaine, n'avaient paru à côté du guichet des billets.
Intimidés, les gens, toujours grommelant, partirent en
relativement bon ordre et récupérèrent leur argent avant
de franchir les hautes toiles qui cachaient le ballon aux
regards curieux.

Au-dessus de nous, l'*Empereur*, rouge et or, tirait sur
ses cordes, impatient de partir. Le capitaine se tourna
vers moi en riant.

— Ce n'est pas comme cela que nous ferons fortune ! dit-il. Voilà la moitié du bénéfice de la journée
envolé. Priez pour que le temps s'améliore. De plus,
nous ne nous en tirerions pas aussi facilement une
seconde fois !

Je lui demandai ce qu'il voulait dire par là.

— On ne sait jamais jusqu'où peut aller une foule. Un jour, un aérostier, à Manchester, a refusé de monter à cause du mauvais temps. Il y avait une vraie tempête. Il a offert aux gens de leur rendre le prix de leurs billets, mais cela ne leur a pas suffi : ils ont renversé les barrières, détruit son ballon, et il n'a réussi à s'en tirer, après une vraie bataille, qu'avec la protection de la police.

Il soupira et fit un geste en direction des derniers à partir.

— Ce sont de drôles de gens. A un moment, ils vous adorent, deux minutes plus tard ils vous tueraient volontiers.

Il me regarda avec un sourire encourageant.

— Mais vous, petite Hester, si jeune et si jolie, ils ne vous feraient pas de mal. Ils vous aimeront. Vous serez leur reine, leur déesse...

Un silence tomba entre nous : sa main reposait doucement sur mon épaule, infiniment chaleureuse et rassurante. Une reine ? Une déesse ? Etait-ce le bateleur qui parlait ? Par moments, il était si sérieux, il semblait s'inquiéter si sincèrement de moi... A d'autres, à peine me parlait-il. Finirais-je par connaître sa vraie nature ? Je savais une chose, pourtant, je ne trahirais pas sa confiance. Il était courageux, prêt à arracher à la vie tout ce qu'elle pouvait lui donner.

Un moment passa. Le bruit de la fête nous frappa de nouveau. Le capitaine retira sa main de mon épaule et consulta sa montre.

— Il faut que je vous quitte. J'ai quelqu'un à voir. Si le temps s'arrange, nous ferons notre ascension dans une heure et demie environ. Je vous conseille de manger un peu : vous trouverez des sandwiches et des fruits sous la tente.

Il alla parler aux hommes qui entouraient le ballon, leur donna des ordres, puis sortit rapidement de l'enclos.

Le temps s'éclaircit au cours de l'heure suivante, et le vent diminua. Davantage de gaz fut insufflé dans le ballon qui flottait, immense et tranquille, tirant doucement sur ses ancres.

L'heure passant, je me rendis à la petite baraque pour me changer. Je mis le costume, évitant autant que je pouvais de me regarder dans la glace ; ce maillot rose me faisait honte. J'avais encore plus peur de montrer mes jambes au public que de ma descente en parachute.

Une fois habillée, je m'assis sur le tabouret et j'appliquai du fard sur mon visage ainsi que Kitty m'avait montré. A l'entendre, c'était facile. Il me fallut pourtant nombre d'essais et plusieurs serviettes salies avant de parvenir à un résultat satisfaisant.

Lorsque j'examinai le travail dans la glace, je constatai que ce visage n'était pas, ne pouvait pas être le mien, ne lui ressemblait en rien. Réconfortée, je me levai et pour la première fois, je me contemplai en entier. Je tournai lentement sur moi-même. De nouveau, je ne me reconnus pas. Cette fille à demi nue n'était pas Hester Malpass. Même ses cheveux étaient différents, relevés en chignon. J'étais une autre personne.

Mon inquiétude disparut. Je me sentais étrangement libre. Soudain surexcitée, je pris une cape de velours que je trouvai au fond de la malle, je m'en enveloppai, et je sortis hardiment de mon abri.

Je ne puis dire que mon apparition sur la scène de la vie fut un éblouissant succès. A vrai dire, elle passa tout à fait inaperçue. Une foule considérable s'était amassée autour de l'enclos du ballon, mais toute l'attention se concentrait sur l'*Empereur*, et je compris aussitôt que c'était une chance, car ces gens étaient aussi impatients et furieux que leurs prédécesseurs et je n'aurais pas aimé être en butte à leur hostilité. Ne voyant pas le capitaine, je me mis à sa recherche.

Je ne savais où le trouver, mais je ne tardai pas à entendre des voix familières ; je reconnus la première, rauque, inimitable, celle de M. Jowker.

— Mais le vent, capitaine, disait-il. Vous n'allez pas vous y fier ? Le jeu n'en vaut pas la chandelle !

— Quelle idée ! répondit le capitaine. C'est la plus belle chance pour moi depuis des mois !

Je contournai la tente la plus proche, espérant voir les deux hommes.

— Il faut changer vos projets, capitaine ! Maintenant, il faut penser à la fille ! Je vous rappelle votre responsabilité s'il lui arrivait quelque chose...

— Me prenez-vous pour un imbécile, Jowker ? Nous ne savons même pas avec certitude si...

Ce dont ils n'étaient pas certains, je ne devais le découvrir que plus tard, car à ce moment, j'arrivai devant eux. Monsieur Jowker me vit le premier et toucha le bras du capitane.

— Hester, en vérité ! dit-il. Prête à l'aventure ! Cette cape vous va joliment bien !

Son sourire était-il menteur ? Je n'aurais su le dire.

— Nous avions une petite discussion, mon ami Jowker et moi, dit-il. Mais je ne vous l'ai pas présenté, je crois : Ambrose Jowker, mon honorable ami. Mademoiselle Malpass.

— Mademoiselle..., tout le plaisir est pour moi, dit l'homme. Quant à la petite discussion, loin de moi l'idée de...

Le capitaine Devereaux coupa la parole à son honorable ami.

— Nous discutions de l'ascension, ma chère enfant. Jowker estime que je devrais m'abstenir.

— Le temps s'est beaucoup éclairci, monsieur, dis-je. Et le vent est moins violent.

— L'amélioration est douteuse, déclara M. Jowker.

Le capitaine regarda le ciel.

— Hester, à votre avis, d'où vient le vent ? demanda-t-il.

Je réfléchis à ce que j'avais observé près du ballon.

— Il vient de derrière la cage aux lions, dis-je, et il va vers la vallée.

Le capitaine soupira.

— Vous voyez, Jowker ? C'est vraiment bien tentant.

— Une humble question, capitaine : qui voudrait courir deux lièvres à la fois quand il en a déjà pris un ?

Ces mystères m'agaçaient. Si j'étais l'un des lièvres en question, je n'étais prisonnière de personne.

— Peut-être n'avez-vous pas le choix, capitaine, dis-je avec une certaine agressivité. Il y a foule autour de l'enclos du ballon ; les gens attendent et ça ne leur plaît pas. Je ne voudrais pas être chargée de leur dire que l'ascension est annulée.

Le capitaine se tourna vers moi, les yeux brillants.

— Le temps est propice ! déclara-t-il. Avez-vous confiance en moi, Hester ? Alors, nous réussirons !

Son ardeur était irrésistible. Bien sûr, j'avais confiance en lui. Comment n'aurait-on pas eu confiance en son enthousiasme ? Je hochai joyeusement la tête.

— Parfait. Alors, nous y allons. Donnez-moi seulement cinq minutes pour préparer votre entrée solennelle.

Il se tourna pour donner une tape sur l'épaule de son ami Jowker.

— Une simple ascension, mon ami, rien de plus.

Il s'éloigna, suivi du vieux bonhomme qui marmonnait :

— Vous n'êtes pas raisonnable, capitaine ! Courir deux lièvres quand...

Je les suivis des yeux ; Jowker trottinait derrière le capitaine Devereaux en bêlant. Quel étrange association, pensais-je, entre mon capitaine et « l'honorable ami » que Kitty disait n'avoir jamais vu jusqu'à ce jour. Et pourquoi s'inquiétait-il de ma sécurité ? Avait-il peur de cet homme jeune et indomptable ?

Je les suivis de loin, songeuse, et je fis un détour pour ne pas les rejoindre trop tôt. C'est ainsi que je passai devant la roulotte jaune et verte, ornée de fleurs peintes. Insensiblement je ralentis, et je m'arrêtai, avec l'étrange impression que j'étais retenue là par une volonté autre que la mienne. Pourtant, je n'avais pas peur. J'attendis paisiblement tandis que s'ouvrait la petite porte de la roulotte et qu'un vieux bohémien vêtu de velours fané sortait et descendait les marches.

— Vous avez besoin de moi ? demanda-t-il d'une voix basse et profonde.

Je ne sus que répondre. Il me semblait que oui, en effet, j'avais eu besoin de lui. Il me regardait.

— Vous avez besoin de Mordello, dit-il.

Cette fois, il ne s'agissait pas d'une question.

Le nom m'épouvanta. J'aurais voulu fuir, mais une force mystérieuse m'obligeait à rester là.

— Non, non, dis-je précipitamment, je n'ai besoin de personne. Il faut que je m'en aille. Le capitaine Devereaux m'attend.

— Le capitaine Devereaux peut attendre un peu plus longtemps.

Il s'assit tranquillement sur un tonneau retourné.

— Vous ne seriez pas venue à moi, Hester, si vous n'aviez pas une bonne raison pour cela.

Il ferma les yeux.

— Vous voyez... je connais votre nom... tout comme je sais le nom d'Edmond, votre père. Mordello sait beaucoup de choses. Vous feriez bien de l'écouter.

— Je n'ai pas le temps. La foule est en colère, et...

— Vous croyez que, par vanité, je cherche à vous impressionner. Vous vous trompez, Mordello n'a pas besoin. Mais quand il sait, il doit parler...

Il ouvrit les yeux. Mon regard fut attiré par le sien, un regard noir et vide.

— Il y a eu des drames dans votre vie, Hester, un drame voilà six ans, dont vous n'êtes pas la cause. Prenez garde de ne pas provoquer un autre drame aussi terrible, bientôt.

Il secouait lentement la tête de droite à gauche, comme s'il cherchait à se remémorer un lointain souvenir.

— Un jour, dit-il, un homme a donné quelque chose afin de préserver ce qu'il avait. Maintenant, il y a encore un homme qui a le faux brillant de l'or dans sa main. Prenez garde de ne pas...

Mais enfin je réussissais à fuir, le bon sens venant à mon secours. Le *faux brillant de l'or*... C'était par trop ridicule. Cela me rappelait les annonces publicitaires dans le journal : « *Votre avenir pour 9 pence. Dangers à éviter : 2 pence. Indiquez votre âge...* »

— Merci, monsieur Mordello, dis-je avec fermeté. Je suis sûre que vous êtes très savant, mais mieux vaut oublier le passé, et nul ne peut rien à l'avenir : autant ne pas le connaître.

Tout cela était absurde. Et pourtant, la voix du bohémien me suivit, lointaine, mais parfaitement claire.

... « Le secret que recherche Orme vous appartient, à vous et à personne d'autre. Quand vous le retrouverez, ne le révélez pas étourdiment. »

Je faillis revenir sur mes pas en entendant prononcer ce nom d'Orme. Comment cet homme pouvait-il connaître ce mot inscrit sur un fragment de papier brûlé ? Mais je continuai ma route. Le bohémien n'était qu'un charlatan. Il avait pu entendre le nom n'importe où et l'utiliser pour capter ma crédulité. Si je retournais à lui, il me réclamerait de l'argent. Il n'avait rien à me dire, sinon un ramassis de superstitions.

Et pourtant, il ne ressemblait pas à d'autres diseurs de bonne aventure. Je ne savais plus que penser. Mais soudain, levant la tête, je vis, dominant les tentes qui l'entouraient, la forme gigantesque de *l'Empereur* qui m'attendait, silencieux et magnifique. Sur le côté de la passerelle était accroché mon parachute, tendu sur forme de bambou, et lui aussi m'attendait. Je ne pouvais pas hésiter plus longtemps.

Je courus vers l'enclos. Un brusque coup de vent gonfla ma cape de velours ; le ciel menaçant s'assombrissait de nouveau. Je me frayai un passage dans la foule, à présent silencieuse, M. Jowker avait disparu, le capitaine Devereaux avait déjà pris place dans la nacelle. Il cria quelque chose aux policemen qui gardaient l'entrée de l'enclos, et ils me laissèrent passer.

Mon apparition fut accueillie par un murmure qui s'enfla, devint une sorte de grondement animal. Je me tournai vers le public, mon public, afin de montrer à ces gens que je n'avais pas peur, et je laissai glisser ma cape de mes épaules. Autour de moi, le bruit augmenta. Je regardai les visages qui encerclaient l'enclos ; jamais je n'en avais vus de semblables, grimaçant, riant, rageant. Les enfants criaient en tendant le doigt vers moi ; je ne comprenais pas leurs paroles. Je reculai en direction du ballon, saluant et souriant, saluant, souriant...

J'entendis à mon oreille la voix du capitaine.

— Bravo, Hester ! Nous ferons de vous une étoile !

Ne leur montrez jamais que vous avez peur. Et maintenant, montez vite : si nous les faisons encore attendre, on ne pourra pas les tenir.

A cet instant, un bras gesticulant attira mon attention et je vis enfin un visage amical. Luttant pour demeurer au premier rang, je reconnus Barty Hambro.

Il réussit à franchir les cordes et le barrage de police et je courus à lui. J'avais tant besoin de lui, besoin d'un ami dans cet enfer de faces cruelles.

— Barty... cher Barty ! Comment êtes-vous venu ? Madame Skues vous a permis... ?

— Je n'ai rien demandé. Il fallait que je vous avertisse.

Autour de nous, le bruit était assourdissant. Nous étions obligés de hurler pour nous entendre.

— M'avertir de quoi ?

— Il y a un mandat d'arrêt contre vous, dit Barty, au bord des larmes. Le contenu du tiroir-caisse... la coupe d'argent... tout a disparu. Et vous avez disparu en même temps. Comme si vous aviez tout volé.

— Mais..., c'est impossible ! protestai-je.

Je fus tirée en arrière : le capitaine venait me chercher. Je n'entendis pas ce qu'il disait. Au-dessus de nous, le ciel galopait comme une mer en fureur. La pluie commençait à tomber. Je ne sais comment, j'escaladai le bord de la nacelle et je tombai au fond comme un paquet. Le capitaine criait des ordres. La corbeille se balança... je parvins à me remettre debout.

— C'est de la folie, me dit mon compagnon, mais nous allons leur montrer, vous et moi...

Dans l'enclos, la foule se précipitait, bousculant les hommes qui tenaient les cordes. Le ballon s'éleva par secousses à quelques pieds au-dessus des têtes. Je me ressaisis, me souvenant de mes devoirs, je me penchai, je souris, je fis des gestes des bras. A côté de moi, le capitaine faisait de même. Il était plus calme.

— Nous leur avons échappé de peu, me dit-il, mais si je ne me trompe, les difficultés ne font que commencer pour nous...

Tout près de ma tête, je voyais les cordes du parachute et le cercle de bois. Le capitaine fit, du bras, un geste magnifique, et les cordes furent lâchées. Les visages levés s'enfoncèrent soudain, s'effacèrent avec une incroyable rapidité. Les bruits de la fête s'éteignirent aussi. Le vent nous emportait, silencieusement et sans effort à travers la vallée.

CHAPITRE VI

Je venais, semblait-il, d'échapper à un danger mortel, personnifié par une foule ivre de fureur. J'avais été troublée par les propos d'un homme qui se moquait de moi devant sa roulotte. J'étais habillée comme une saltimbanque. Je m'appropriais le nom d'une autre, et je me laissais entraîner sans discussion dans une carrière louche et dangereuse. J'étais seule, à plusieurs centaines de mètres au-dessus de la terre, en compagnie d'un homme, certes fascinant, mais qui n'était pour moi qu'un étranger quelques heures plus tôt.

Dans des circonstances pareilles, le vol ne m'apparaissait pas comme un miracle. Je refusai de penser, au passé ou à l'avenir, à l'étranger debout à côté de moi, au balancement de la nacelle, au bruit intermittent de la pluie sur l'enveloppe du ballon, au défilé des arbres et des toits au-dessous de moi, pour me concentrer sur une seule tâche : placer correctement sous mes bras le harnais du parachute.

Le capitaine, lui aussi, s'occupait de questions pratiques, tirant des cordes, examinant des instruments scientifiques, surveillant à chaque instant la valve inférieure de l'enveloppe qui nous soutenait. En fait, il s'activait à tant de choses qu'il ne fit attention à moi qu'au moment où j'achevais de disposer le harnais d'une manière satisfaisante.

— Seigneur, petite ! s'exclama-t-il. Que voulez-vous faire ?

Je m'estimai insultée.

— Je me prépare, dis-je.

— Vous vous préparez à sauter ? Mais voyons, ce ne sera pas nécessaire ! Pas cette fois !

Du geste, il me désigna le bord du panier.

— Regardez, Hester ! Voyez-vous le parc ? Voyez-vous les gens que nous avons laissés là-bas ?

J'eus beau regarder, je dus confesser que je ne les voyais pas. Il passa un bras sur mes épaules.

— Et je vous garantis qu'ils ne vous voient pas davantage. Le vent nous a emportés bien loin de leur champ visuel. Gardez votre courage pour un autre jour, Hester. Une fois hors de la ville, je verrai ce que je peux faire pour nous ramener sains et saufs sur le sol.

Dans l'air calme qui nous entourait, il était difficile d'imaginer que nous avions parcouru une distance quelconque. Je cherchai du regard, dans la ville que je distinguais parfaitement, les tentes et les espaces libres des jardins que nous avions quittés si récemment, convaincue que seule la nouveauté de la situation m'empêchait de les voir, et à ce moment, je m'aperçus que les bâtiments, sous nos pieds, filaient à toute vitesse. Nous avancions effectivement avec la rapidité du vent, et si l'air était calme autour de nous, c'est parce que nous en faisions partie.

Cette idée était extraordinaire, enivrante. Je sentis que je serais heureuse de voler ainsi indéfiniment. Un cri de mon compagnon me rappela à la réalité. Devant nous se dressait une éminence couronnée d'une forêt de cheminées d'usines. J'étais si étourdie par l'apparente sécurité de notre vol que je n'aurais pas levé un doigt pour éviter l'obstacle. Heureusement, le capitaine ne rêvait pas. Il ouvrit un sac et le sable se répandit dans l'atmosphère comme une traînée de fumée, nouveau phénomène que je contemplai avec admiration.

— Nous montons ! dit-il en serrant le bord de la nacelle. Je crois vraiment que nous allons passer au-dessus !

Je n'en doutais pas un instant, et nous passâmes en effet, mais à une distance si minime que pendant une

seconde, je pus contempler l'orifice d'une cheminée revê-
tue de suie. Puis tout à coup nous nous retrouvâmes dans
un nuage, en un instant, je fus trempée et glacée. Il n'y
avait plus rien à voir autour de nous qu'un brouillard
gris et froid.

Le silence était impressionnant. Notre frêle esquif de
cordes et d'osier devenait un bateau dérivant au hasard.
Frissonnante, je n'osais pas bouger, chaque mouvement
provoquant des craquements terrifiants.

— Montons-nous encore ? demandai-je.

— Je ne sais pas, dit le capitaine. Mais si nous montons, le poids de la condensation sur l'enveloppe nous fera
vite redescendre.

Je regardai l'énorme globe. L'humidité perlait sur la
soie cramoisie, formait de petites rigoles, retombait sans
bruit. Le capitaine parla de nouveau, sa voix se réper-
cutait sourdement sur les murs gris du brouillard.

— En un moment pareil, Hester, comme on souhaite
avoir un dirigeable ! Comme on voudrait être, même ici,
maître de sa destinée !

— Un dirigeable ? dis-je sans comprendre.

— Ne vous rappelez-vous pas ma petite « Joséphine » ? Pouvoir aller où on le souhaite, avoir le pouvoir de vaincre les éléments !

Il fit un geste théâtral.

— Un Français offre un prix, cinquante mille francs
pour un simple vol : aller à un point donné et en revenir en trente minutes... Cela, ce serait vraiment être
maître de son destin !

Je ne répondis pas. Pour le moment, voler en ballon,
dans n'importe quelle direction, avait perdu son charme
pour moi. Je me sentais seule, perdue dans un univers de
vapeur grise, pour l'éternité.

Je frissonnai encore et regrettai la cape de velours
que j'avais laissée à terre, dans ma hâte de monter dans
la nacelle. Le capitaine retira sa jaquette et la mit sur
mes épaules nues.

— Nous sortirons bientôt de là, me dit-il doucement.
N'ayez pas peur. La terre est toujours à sa place.

Comme pour le faire mentir, la nacelle tangua violemment et il me sembla que le nuage bouillonnait autour de nous. Le brouillard se déchirait par endroits et le silence était rompu par les grincements des cordes qui glissaient à la surface du ballon.

Le capitaine gardait tout son calme.

— Ce n'est rien, me dit-il. C'est seulement un intervalle entre deux courants d'air. Nous descendons maintenant sans aucun doute, et vite.

Tout à coup, la brume diminua, remplacée par une étrange lueur grisâtre, et nous nous retrouvâmes dans une atmosphère dégagée. Nous volions au-dessus des faubourgs de la ville, le panorama n'avait plus rien de magique ; il était incolore, vaguement menaçant. L'estuaire était beaucoup plus proche.

Comme pour mettre le comble à nos ennuis, il se mit à pleuvoir à verse.

Sans se troubler, le capitaine avait saisi un télescope et il examinait les toits avec intérêt.

— Incroyable ! marmonna-t-il. Je n'aurais pu mieux réussir si j'avais essayé...

Personnellement, je ne voyais pas de raison de me réjouir. Il avait parlé de nous faire atterrir quand nous serions sortis de la ville, mais il me semblait que nous descendions très vite sur une zone où se pressaient les arbres et de grandes maisons à tourelles. J'essayai de me rassurer en me disant qu'il allait jeter encore du sable et que nous remonterions, mais nous tombions toujours, et il me parut certain que le capitaine avait perdu l'esprit et que nous courions à la catastrophe.

J'essayai de me faire entendre de lui, mais il ne bougea pas. Nous n'avions plus beaucoup de temps : le poids de la pluie qui ruisselait sur le ballon augmentait l'inexorable rapidité de la descente.

Un instinct aveugle me poussa à m'accrocher aux cordes glissantes et je me hissai sur le bord de la nacelle : je m'y accroupis, ainsi pourrais-je sauter au moment de l'impact. Peut-être pensais-je naïvement que le parachute auquel j'étais encore attachée amortirait le choc.

Et puis enfin, au moment où il allait être trop tard, au moment où un toit luisant était si proche que je

voyais les gouttières encombrées de feuilles, le capitaine
se décida à agir.

— Hester, ne sautez pas ! cria-t-il. Pour l'amour du
ciel, ne sautez pas !

Je me cramponnai, glacée d'épouvante, n'osant faire
un mouvement. Il saisit les sacs de lest l'un après l'autre,
jeta de gros paquets de sable mouillé. Le ballon se balança
et bondit si brusquement qu'une des cordes me fut arra-
chée de la main. Je perdis l'équilibre, demeurant suspendue au-dessus du vide pendant une éternité..., puis ma
main trouva une autre corde et la serra avec l'énergie
d'un homme qui se noie. Le capitaine était près de moi
maintenant, me tenant par les chevilles. Sous mes yeux,
le sol diminuait, comme si je tombais vers le ciel.

Peu à peu, j'entendis la voix qui me tirait de mon
épouvante.

— Hester, ma chère... Il n'y avait pas de danger ! Je
ne vous aurais pas laissée vous faire mal ! Nous avions
encore cinq cents pieds de marge...

La chute à l'envers ralentit, puis s'arrêta. La terre ne
diminua plus comme une pierre qui tombe dans un puits.
Je réussis à ne plus la regarder, je me rappelai où j'étais
et ce que je devais faire. J'écoutai le capitaine me dire de
redescendre dans la corbeille, de venir me mettre en
sûreté. J'avais honte de moi, mais il me fallait de la
force pour arracher mes doigts crispés aux cordes, et de
la volonté pour passer mes pieds par-dessus le bord de
la nacelle.

Ce fut à ce moment crucial qu'un coup de vent
contraire saisit *l'Empereur*, nous fit tournoyer et redescendre en un horrible mouvement de spirale. Je venais de
prendre conscience de ma sécurité et je ne parvins pas à
réagir assez vite à ce nouvel état de chose. Je perdis
totalement l'équilibre. Je gesticulai frénétiquement, for-
çant le capitaine à lâcher mes chevilles. Je tombai en
poussant un hurlement.

Un moment, je me balançai, puis très au-dessus de
ma tête, le mécanisme du parachute entra en action et le
sépara de la nacelle. Je flottai, libérée du ballon, libérée
de mon beau capitaine, libérée de tout, sauf de la verti-

gineuse et murmurante atmosphère. Autour de moi, la
pluie tombait doucement, presque caressante, tombait sur
la terre au-dessous.

Dire que je conservai mon sang-froid pendant l'éter-
nelle durée de ma descente serait exagéré. J'étais certainement au-delà de la peur. Je crois même qu'à un
moment, je me mis à rire tout haut. J'étais évidemment
capable de me rendre compte du vide du ciel et de
comprendre que, délivré de mon poids, le ballon s'était
élevé brusquement. Je me sentais trempée et glacée et le
fard qui coulait de mon front piquait mes paupières.
Mais je ne pensais pas une seconde à ce que j'allais faire,
je n'étais même pas consciente de la solitude où je me
trouvais, suspendue, hors de portée de tout secours, entre
un ciel de plomb et la terre indifférente.

Je retrouvai des idées claires, cependant, en m'aper
cevant soudain que mes courroies n'étaient pas correctement bouclées. J'avais la poitrine douloureusement
comprimée ainsi que les omoplates et je compris que
j'étais en train de perdre lentement connaissance.

Je n'étais plus très haut maintenant, mais je savais
que le moment n'était pas encore venu de me séparer de
mon parachute. Une fois de plus, l'instinct prit le dessus.
Et pour la seconde fois en quelques minutes, mon instinct
se trompa.

Il me fit saisir convulsivement le cercle de bois au-
dessus de ma tête. Aussitôt le harnais glissa autour de
mes épaules dont le geste diminuait l'envergure, de sorte
que je ne fus plus retenue que par mes mains.

Que je sois encore là pour raconter cette histoire
prouve que mes mains ne me trahirent pas. Les derniers
instants de ma descente sont aussi brefs à raconter qu'à
vivre. Je dérivai, à la hauteur des frondaisons, à travers
un chemin, au-dessus d'un mur, je heurtai les branches
d'un, sapin. puis je survolai un bâtiment bas, en pierre
grise, descendant régulièrement, pour être enfin plaquée
brutalement contre l'étage supérieur d'une demeure imposante. Là, je demeurai un instant, tandis que des cris
montaient vers moi de la cour, puis je glissai jusqu'au toit
d'une fenêtre en surplomb du rez-de-chaussée. Je ne

demeurai que fort peu de temps sur les tuiles en pente, et de mon arrivée sur le pavé mouillé, je ne sais rien, sinon que j'eus vraiment beaucoup de chance de ne pas y gagner une infirmité définitive.

***

J'ai peu de souvenirs des heures qui suivirent. Quelques éclairs de connaissance, accompagnés de douleur et de nausées, de l'odeur fade de l'éther. La plupart du temps, j'évoluais dans un monde de rêve, où passaient les événements récents, troubles et confus, comme des images vues dans un miroir déformant. Mordello, le bohémien, jouait dans ces rêves un rôle ridiculement important, sa roulotte m'emportait, ainsi que Barty Hambro, en un galop effréné, au milieu de la nuit, jusqu'à un mur de brouillard gris. Mordello éclata de rire et je poussai un cri d'épouvante qui me réveilla. Mes mains se crispaient contre les montants métalliques du lit dans lequel j'étais couchée.

Brusquement, je me rendis compte que ce trajet dans une voiture folle, je me l'étais imaginé cent fois : le dernier trajet effectué par mon père et ma mère, et qui devait s'achever dans les eaux tumultueuses sous le pont effondré. A cet instant, un souvenir oublié me revint à l'esprit, alors que je l'avais recherché en vain. Je me rappelai ce nom d'Orme, et la place qu'il occupait dans mes frayeurs enfantines. Je revoyais la scène avec une singulière netteté : mon père debout à côté d'une fenêtre aux rideaux de dentelle, une autre personne, ma mère, je crois, assise hors de ma vue, dans l'ombre. Et la voix de mon père, aussi forte qu'il était grand : « Orme ? Ne me parle plus d'Orme ! Cet homme nous étranglerait s'il le pouvait ! Il nous étranglerait et nous livrerait aux corbeaux ! »

C'étaient les mots exacts prononcés par Papa, je n'en doute pas un instant. Ce genre de terreur incomprise demeure gravé dans le cerveau d'un enfant. Et maintenant encore, alors que je savais la tendance des gens à la métaphore et à l'exagération, le mot avait encore le pouvoir de me faire frissonner. *Nous étrangler et nous livrer aux corbeaux !*

Mon cri attira l'attention et une porte s'ouvrit. Une porte inconnue, haute et finement boisée, avec une élégante poignée de cristal. Une femme assez âgée parut dans l'embrasure, lourdement charpentée, au corps pesant, vêtue d'une robe bleu sombre, très ordinaire, que seuls égayaient un col et des manchettes de toile blanche, et un petit médaillon d'or qui pendait à son cou.

Elle me regarda sans aménité, puis entra dans la chambre.

— Alors, vous êtes réveillée ? dit-elle.

Une réponse ne me semblait pas nécessaire. Je souris avec hésitation et tentai de me redresser. Elle s'approcha du lit.

— Faites cela et vous le regretterez, dit-elle sans émotion.

Elle parlait encore que je fus prise d'une nausée que je maîtrisai avec peine. Mes jambes étaient étrangement lourdes, comme paralysées. Je retombai sur mon oreiller, remarquant que je portais une simple chemise de flanelle blanche.

— Suis-je malade ? demandai-je.

Elle grogna et fit le tour du lit, rectifiant les couvertures.

— C'est l'éther, dit-elle froidement. Ça va passer.

Je n'en demandai pas plus. Je regardai le mobilier massif de la chambre, armoire, chiffonnier, coiffeuse, fauteuils, le tout très grand et très sombre. Au mur, les tableaux étaient également immenses et ténébreux. Un énorme feu brûlait dans une cheminée monumentale, et devant la fenêtre, les rideaux formaient un mur de damas brun et pourpre. Une image me revint : celle d'un château à tourelles, sombre et inquiétant sous un ciel plombé, grandissant à vue d'œil tandis que je tombais sur lui.

— L'éther ? dis-je soudain sans rien comprendre. Pourquoi ?

— Pourquoi, vraiment ? Il y en a beaucoup pour les-

quels on n'en chercherait pas si longtemps ! Mais pour
madame Devereaux, on dirait que rien n'est assez beau !

Cela faisait trop de problèmes pour mon esprit
embrumé. Kitty ? Etait-elle là aussi ? Je tentai de bouger,
mais tout le bas de mon corps demeurait immobile. Kitty...
le ballon... Le parachute... les pavés mouillés d'une cour...
L'éther... Des images terribles me frappèrent. Je me dé-
battis pour me dresser sur mes coudes, je luttai contre la
nausée, et je repoussai drap et couverture. Je ne vis pas
mes jambes, dissimulées sous une cage d'osier. Je repoussai cela aussi.

L'infirmière se croisa les bras et contempla calmement
l'abominable ensemble de planchettes, de courroies et de
bandages qui enveloppait ma jambe droite.

— Le docteur a fait un joli travail, dit-elle. C'est un
miracle que vous soyez encore vivante. Le diable veille
sur les siens.

La maison, la cour, ma chute, cette chambre... Tous
les faits se rassemblèrent. Je regardai anxieusement le
visage dur de la femme.

— Qu'est-ce que... Je vous en prie, dites-moi... ? Ma
voix s'étrangla sur la terreur que je n'osais pas exprimer.

Elle leva un sourcil moqueur.

— Une cheville cassée, des bleus et des bosses. Rien
de plus.

Toute faible de soulagement, je regardai ma pauvre
jambe. Mon pied sortait ridicule du pansement, il avait
l'air séparé de moi. L'infirmière dut deviner ma pensée,
elle se pencha et le tordit brutalement. La douleur me
fit retomber sur le lit avec un cri. C'était bien mon pied.
Aucun doute à cela.

— Que d'histoires ! dit l'infirmière. Il faut laisser
votre jambe là-dedans : ce sont les ordres du docteur
Craggan. Je pense qu'il va venir vous voir, maintenant
que vous êtes réveillée et que vous allez bien.

Réveillée, je l'étais peut-être, mais jamais je ne m'étais
sentie plus mal.

— A qui est cette maison ? demandai-je.

L'infirmière eut un petit rire.

— Allons, madame Devereaux ! Ne faites pas l'innocente !

Elle sortit de la pièce, estimant sans doute m'en avoir dit assez. Elle ne m'aimait pas...

Seule, je tentai de faire le point sur ma situation. Si l'infirmière me prenait pour Kitty, erreur évidemment compréhensible vu les affiches qui couvraient les murs, n'était-ce pas un avantage pour moi ? Si j'étais Kitty Devereaux, je ne pouvais pas être Hester Malpass qui fuyait la justice. Mon instinct me disait que me faire passer pour une autre était de la folie et que je ferais mieux de prendre contact immédiatement avec la police, lui faisant confiance. Mais le bon sens me rappela tout ce qui m'accusait : j'étais orpheline, fille d'un homme qui avait fait banqueroute. J'avais fui le lieu de mon prétendu crime, d'une manière scandaleuse, je m'étais déguisée et avais pris le nom d'une autre, et de plus, je m'étais compromise auprès de bohémiens et de bateleurs qui ne posent pas de questions, achètent les objets volés, et n'en parlent pas, c'est bien connu. Prouver mon innocence dans des circonstances aussi accablantes serait bien difficile.

Une chose me semblait claire, cependant : la femme célèbre pour laquelle on me prenait était, en fait, coupable de vol. Quelle ironie ! Je me rappelais trop bien son grand sac de tapisserie, et l'expression terrifiée, exagérément innocente de son regard, exactement l'expression d'une voleuse craignant d'être prise en flagrant délit. Voilà la femme que j'avais traitée amicalement ! Elle avait froidement profité de ma bonté. Mon opinion, en cet instant, était que, sortie du ruisseau, elle y retournait. Et c'était justice.

La seule chose à faire pour moi était de quitter mon lit le plus vite possible, en tant que Kitty Devereaux, et de me mettre à la recherche du capitaine. J'espérais en son influence sur elle, en son admiration à elle pour lui : si la coupe et l'argent volés étaient restitués, je pourrais peut-être m'arranger avec Mme Skues.

Continuer à me faire passer pour Mme Devereaux, c'était continuer à subir la visible hostilité de l'infirmière.

J'en étais là de mes réflexions quand la porte s'ouvrit doucement et un jeune homme entra avec précautions. Bien qu'il portât des vêtements de travail, il ne ressemblait guère à un ouvrier. Il avait plutôt l'air d'un étudiant, avec son teint pâle, sa maigreur, et ses cheveux roux, ébouriffés.

Il m'adressa une sorte de salut.

— Madame Devereaux, vous paraissez beaucoup mieux.

— Etes-vous le médecin ? demandai-je.

— Seigneur, non !

Il passa une main sur son front.

— Le médecin est mon tuteur, expliqua-t-il. Il va venir. Je voulais seulement vous dire de... de ne pas faire attention... de ne pas vous inquiéter de... sa manière d'être. Je suis sûr, avec le temps, de lui faire admettre votre innocence.

J'hésitai. Kitty Devereaux aurait peut-être su à quoi il faisait allusion ? En fait de réponse, je posai une question.

— Une infirmière était là à l'instant... Je lui ai demandé si cette maison était celle du médecin... Elle n'a pas voulu me répondre.

Il me regarda avec stupeur.

— Voulez-vous dire que vous ne le savez pas ? C'est vrai ?

Il s'approcha un peu plus.

— Je l'ai bien dit au Patron. Je lui ai bien dit qu'il se trompait peut-être...

Il s'interrompit, gêné, puis, se redressant, se réfugia dans une attitude cérémonieuse.

— Cette maison appartient à mon tuteur, madame Devereaux, le docteur Cashel Craggan. Je m'appelle Peter Quennel.

Il claqua les talons et salua timidement. Sans doute n'avais-je pas tout à fait repris mon équilibre, car je ne pus m'empêcher de rire, à la fois de son étrange attitude, et de ma chance incroyable d'être tombée sur la maison d'un médecin.

Peter Quennel s'avança vivement, évidemment surpris.

— Madame Devereaux, je vous en prie... Votre présence ici est tout de même quelque chose de sérieux. Si le Patron vous entendait rire...

— C'est extrêmement sérieux en effet, madame Devereaux.

Cette voix nouvelle provenait d'un personnage maigre et barbu, à présent encadré dans l'embrasure de la porte, derrière mon jeune visiteur.

— Vous avez pénétré sans autorisation dans une propriété privée. C'est là une faute grave !

Mon rire s'éteignit aussi vite qu'il était né.

Le docteur Craggan, car c'était certainement lui, entra dans la chambre, suivi par l'infirmière. C'était un véritable géant, aux yeux sombres qui étincelaient, profondément enfoncés sous de broussailleux sourcils blancs. Il était impeccablement habillé d'une jaquette et d'un pantalon rayé, et tenait d'une main un pince-nez cerclé d'or dont il frappait avec irritation la paume de son autre main.

— Peter, dit-il, retourne à ton travail. Il n'est pas convenable que tu sois dans la chambre de cette jeune personne. Et tu y es venu en dépit de mes ordres formels.

J'avoue que je tremblais en attendant l'explosion de sa colère.

— Votre rire était inconvenant, madame. Comme toute votre conduite, mais je suis médecin et compatissant.

Il balança son lorgnon au bout de son ruban.

— Il doit pouvoir s'établir une entente entre nous, je pense. Il semble, madame Devereaux, que vous deviez demeurer dans cette maison pendant quelque temps. Je sais que cela ne vous plaira pas, et je tiens à vous assurer que cela ne me plaît pas non plus. Néanmoins...

Je ne pouvais pas laisser passer cela.

— Dans ce cas, je vais partir immédiatement, docteur Craggan, dis-je. Si ma présence est importune, je ne peux pas...

— Votre état ne vous permet pas de partir, déclara le médecin en désignant la couverture étalée sur la cloche d'osier. Vous désirez pouvoir marcher de nouveau, je le présume ?

Je le regardai, horrifiée.

— Certes, votre présence est importune. Je m'étonne même que cela vous surprenne. Mais si vous voulez remarcher un jour, vous devez rester immobile. Il faut donner à l'os le temps de se ressouder. Si vous n'obéissez pas, je ne réponds pas des conséquences.

Etais-je sans défense à ce point ?

— Docteur Craggan, dis-je, je ne voudrais pour rien au monde être un fardeau pour vous ! Je suis sûre que mon mari se chargera...

— Votre mari, vraiment ? Et où est-il ? Je vous le déclare, madame, si ma femme avait disparu dans de telles circonstances, je la chercherais depuis longtemps dans toute la région !

Il alla à la cheminée et se retourna vers moi.

— On ne l'a pas vu, madame Devereaux ! On ne l'a vu nulle part ! On pourrait en conclure...

Il mit son lorgnon sur son nez et me fixa d'un air sarcastique.

— On pourrait en conclure que pour le moment, il trouve embarrassant le lien qui l'unit à vous.

Il faisait encore allusion à une chose que j'étais censée comprendre. Il me fallait maintenant me rappeler que je n'étais pas Kitty Devereaux. Et que le capitaine le savait. Pourtant, il devait tout de même se faire du souci à mon sujet !

Mon regard tomba sur la pendule qui trônait sur la cheminée et dont les aiguilles indiquaient une heure cinq. Les rideaux étaient fermés, j'en conclus que nous étions au milieu de la nuit, et cela expliquait l'apparente indifférence du capitaine Devereaux.

— Si la pendule marche, monsieur, dis-je, le capitaine Devereaux n'a guère eu le temps d'atterrir et de venir.

Le médecin me regarda avec ironie.

— Vous ergotez, madame ! Sans doute avais-je tort de

croire à un regret de votre part. Sachez donc que votre mari sera informé de la situation, et s'il ose venir vous chercher, il ne sera pas molesté.

— Molesté ? répétai-je. Pourquoi serait-il molesté ?

A cette question assez innocente, la fureur que je sentais prête à exploser flamba avec une violence sans bornes.

— Vous entendez, madame Buckingham, ce qu'elle me demande ! Vous entendez cette manière de me défier ? Cette fausse naïveté est plus que je n'en puis supporter... !

Il revint devant moi.

— Devrais-je vous jeter dehors, madame ? Devrais-je vous rejeter au ruisseau dont vous sortez ? Que m'importe que vous viviez ou non ?

Chose curieuse, ce fut l'infirmière qui vint à mon aide, et de la façon la plus extraordinaire. Sans bouger de sa place, au pied de mon lit, elle murmura :

— La cour, docteur ! Rappelez-vous la cour !

D'un seul coup, le docteur Craggan recouvra, au moins partiellement, son sang-froid. Il semblait toujours aussi furieux, mais les paroles de l'infirmière semblaient l'avoir rappelé à la raison.

— Sondez votre conscience, madame Devereaux, et vous verrez mieux encore que je ne puis vous le démontrer ce que votre mari peut attendre de moi. Vous connaissez son esprit d'intrigue, sa folle ambition. Nous ne nous sommes jamais rencontrés, madame Devereaux, mais c'est la guerre entre nous. Et vous le savez, sinon vous ne seriez pas ici. Alors, renoncez à vos airs innocents. Assez de mensonges.

Il fixait sur moi un regard perçant, me mettant au défi de lui répondre tout en me l'interdisant. Mais je n'avais pas le choix, car je ne pouvais rien dire, je ne pouvais même pas protester de ma très réelle innocence. Il attendit, penché vers moi, ses yeux scrutant mon visage, pendant une éternité, puis il me tourna le dos et sortit.

Madame Buckingham ne se troubla pas. Elle vint retirer le bord du drap de mes doigts crispés.

— Le docteur n'est pas commode, dit-elle. Il s'est mis en colère, mais vous l'avez bien cherché. Mais je

vais vous dire une chose : votre capitaine n'est pas le
seul à avoir des ambitions. Et si vous êtes prise entre ces
deux-là..., j'ai pitié de vous.

A l'entendre, elle n'avait pas tellement pitié de moi.
Elle tapa mes oreillers et me prépara pour la nuit. J'étais
horriblement fatiguée et ma jambe me faisait mal. Je
regardai l'infirmière éteindre les lampes : il ne me resta
plus que la lueur du feu. Je restai seule, sûre de ne pas
pouvoir dormir.

Et puis, soudain, ce fut le jour : le soleil envahit ma
chambre entre les rideaux de damas. Mon pénible séjour
chez le docteur Cashel Craggan commençait à peine.

CHAPITRE VII

Les quelques jours qui suivirent se déroulèrent dans une angoisse grandissante. Chaque fois que le médecin venait me voir, il ne manquait pas de me faire comprendre que son inimitié pour mon fier et beau capitaine s'étendait à moi. Je ne voyais plus le jeune et plus aimable M. Quennel, bien que j'entende parfois un échange de paroles murmurées entre lui et son tuteur dans le couloir. Un jour même, les voix plus fortes trahirent un dissentiment.

L'infirmière demeurait attentionnée mais lointaine. Mon seul espoir était que mon capitaine sache ce qu'il en était de moi et qu'il vienne à mon secours.

On me donnait des livres, mais je restais sans nouvelles du monde extérieur. A part ma jambe blessée, je ne gardais pas beaucoup de traces de ma chute : un bras égratigné et une épaule meurtrie, qui n'avaient pas besoin de soins.

Fait surprenant : Mme Buckingham se montra un jour un peu plus aimable ; elle m'avait fait lever pour changer mes draps et m'avait installée devant la fenêtre, d'où je contemplais une pelouse mal entretenue et des oiseaux libres...

J'appuyai ma tête contre la vitre. Derrière moi, l'infirmière tapait les oreillers.

— Depuis combien de temps êtes-vous auprès du

docteur Craggan ? demandai-je, espérant que ma question serait bien accueillie.

— Trente-neuf ans, répondit l'infirmière. Je suis arrivée pour soigner madame Draggan qui attendait un enfant. Je suis restée pour m'occuper du bébé après sa naissance. Il était tout petit et tout maigre. Et quand Madame est morte, je lui ai promis de rester avec son mari et le bébé.

J'eus l'impression que sa promesse l'avait liée plus qu'une éventuelle sympathie pour le vieux médecin.

— L'enfant que vous avez élevé, demandai-je, où est-il ?

— Il est mort, dit-elle. Vous ferez bien de ne pas parler de lui. Maintenant, monsieur Peter est le fils du docteur, sauf qu'il n'a pas le même nom.

Elle étala sur mon lit le drap du dessus. Je la regardais, songeant au docteur Craggan.

L'infirmière s'arrêta de nouveau dans son travail, évoquant le passé.

— J'aurais fait n'importe quoi pour madame Craggan, dit-elle.

Ses doigts allèrent caresser le médaillon qui pendait à son cou.

— Elle m'a donné son portrait. Pour me remercier de ce que j'avais fait.

Elle hésita, me regardant, puis elle s'approcha de moi, se pencha et ouvrit le médaillon pour me montrer l'intérieur. Je vis une jeune personne à l'air décidé, aux traits fins, aux cheveux coiffés en hauteur. Et ce fils, né de l'une, élevé par l'autre, comment était-il ?

Dans bien des familles, il vaut mieux laisser dormir certains souvenirs. Aussi, je ne posai pas de question.

— Oui, dit-elle, parlant vite, comme pour faire oublier sa petite crise sentimentale. Je suis dans la maison depuis trente-neuf ans. Ce n'est pas parce qu'on a besoin d'une infirmière, car le maître a lâché la clientèle.

Elle étala les couvertures, les borda, tout en parlant.

— Il y a douze ans de ça. A ce moment, il n'a plus pensé qu'aux bicyclettes. Les clients qui avaient le cœur ou les poumons malades, ceux qui avaient des rhuma-

tismes, il leur disait d'aller s'acheter des bicyclettes. Il a
fait comme ça des guérisons qui l'ont rendu célèbre.
Ensuite, il a dessiné une bicyclette lui-même. On l'a appelée la « Sémillante Craggan ». Il s'en est vendu par mil-
liers dans tout le pays. Il a acheté une fabrique sur la
route de Cheltenham et il s'y est mis carrément. Et ça
a été fini pour la médecine.

Ce qui n'était pas une perte, pensai-je, pour le monde
médical. Dehors, je voyais un homme qui traversait lentement la pelouse, un costaud en vêtements de travail,
suivi d'un grand chien-loup. Il s'arrêta, regarda autour de
lui, puis passa son chemin. Je pouvais observer ces activités, avoir l'impression que j'y prenais une petite part...
Pour un peu, j'aurais frappé au carreau. Mais l'infirmière
vint à ce moment pour me faire recoucher.

— Vous voyez, madame Devereaux, dit-elle, c'était
avant qu'il cesse de s'intéresser aux bicyclettes et qu'il
prenne cette nouvelle lubie, cette terrible...

Elle s'interrompit. Son regard suivit la direction du
mien.

— C'est un des jardiniers, dit-elle précipitamment. Il
y en a une foule ici.

Ce renseignement, que je ne demandais pas, me parut
bizarre, mais je fus contente de regagner mon lit. J'avais
vu mon herbe, mes arbres, ma serre, mon jardinier et
son chien... Il fallait dire que l'état de la pelouse ne faisait
pas honneur au jardinier.

Après cela, il ne se passa rien. Le seul événement de
mes journées était mon trajet jusqu'à la fenêtre et mon
retour jusqu'à mon lit. La vie, au contraire, était très
agitée dans la maison. Non seulement il y avait des
périodes d'intense activité, de lointains coups de marteau,
des appels, mais très souvent, le jour comme la nuit, le
calme de ma chambre était rompu par des explosions,
des détonations.

D'abord, ces bruits m'effrayèrent : on aurait cru que
la maison était attaquée et allait tomber aux mains des
envahisseurs. Quand j'eus constaté qu'il n'en était rien, je
supposai que, près de là, on s'exerçait au tir, probable-

ment dans ce grand bâtiment que j'avais remarqué en passant au-dessus avec mon parachute.

Un jour, l'infirmière entra dans ma chambre, apportant du charbon. Je savais qu'elle n'aimait pas les questions, mais j'osai cependant lui demander ce qui se passait après une violente explosion. Et je perdis aussitôt tout le terrain gagné dans ses bonnes grâces depuis qu'elle m'avait parlé de Mme Craggan et montré son portrait.

— Le docteur a raison ! gronda-t-elle. On ne peut pas vous faire confiance ! Vous essayez de vous renseigner comme si nous étions tous des imbéciles ! Vous savez aussi bien que moi d'où viennent ces bruits !

Avant que j'aie eu le temps de protester, elle sortit de la chambre en claquant la porte, oubliant le feu qu'elle était venue entretenir. Je la suivis des yeux, médusée. Evidemment cette maison recélait des secrets que Kitty et le capitaine ne devaient pas connaître.

Le médecin essayait-il des armes nouvelles ? Etait-il chargé d'exercer une armée secrète ? La maison était suffisamment grande pour cela et les troubles en Irlande offraient un prétexte plausible. Et l'Irlande n'était, par un vaisseau rapide, qu'à quelques heures...

Quelques jours plus tôt, ma vie était simple. Etroite sans doute, mais ordonnée et progressant toujours dans la même direction. Mes ambitions étaient raisonnables, limitées à l'humble emploi d'une secrétaire. L'unique espoir que je nourrissais désormais était tout bonnement de conserver ma vie !

Cinq jours passèrent ainsi, puis un sixième. Il me semblait incroyable que le capitaine n'ait pas été averti de ma présence en ce lieu et ne soit pas venu me voir. Un terrible soupçon naquit dans mon esprit, et le septième jour, je rassemblai mon courage pour demander au docteur Craggan comment, et en quels termes, des nouvelles de ma personne avaient été envoyées.

Il me tâtait le pouls et ses doigts serrèrent mon poignet un peu plus fort. Il me répondit plus aimablement que d'habitude.

— Une lettre a été envoyée à votre mari, madame Devereaux, par l'intermédiaire du directeur de la fête.

Le capitaine Devereaux avait certainement laissé une adresse. Votre cœur bat trop vite. Ne vous agitez pas. Le capitaine viendra certainement quand l'effroi que je lui inspire sera dépassé par son désir de vous retrouver.

Sa douceur me fit comprendre qu'il mentait. Avec épouvante, je devinai qu'aucune lettre n'avait été envoyée. Pour un motif inexplicable, ma présence dans cette maison était gardée secrète. J'acceptai sa réponse d'un air digne et je n'insistai pas.

La preuve dont j'avais besoin me vint le lendemain, le huitième jour de ce que je considérais maintenant comme ma captivité, et elle me fut fournie par la personne la moins suspecte et la moins soupçonneuse.

Vers onze heures du matin, heure à laquelle j'étais habituellement seule, la porte de ma chambre s'ouvrit pour livrer passage au jeune Peter Quennell, non plus en vêtements de travail, mais fort soigneusement habillé ; d'une main, il dissimulait quelque chose derrière son dos. Il était très pâle et il avait les traits tirés, mais il avait des yeux très clairs et très bleus sous des sourcils châtains et des cheveux indisciplinés. Il ferma prestement la porte et s'avança vers moi sur la pointe des pieds.

— Madame Devereaux... Je ne vous gêne pas ?

Avant même que j'aie pu répondre, et comme s'il s'attendait de ma part à une protestation scandalisée, il ajouta très vite :

— Voyez-vous, j'espérais qu'une visite à un malade ne serait pas inconvenante.

Je souris.

— Une visite à une malade est la chose la plus normale du monde, monsieur Quennel, dis-je prudemment.

En fait, j'étais ravie de voir un autre visage et les convenances m'importaient fort peu.

— Dans ce cas, dit-il, je pense avoir le droit de vous apporter un présent.

De derrière son dos, il tira un gros bouquet de marguerites jaunes bien enveloppées dans du papier-journal.

— Le jardin est très négligé, m'expliqua-t-il, mais ces fleurs-là sont partout. Et elles sont jolies.

Elles étaient jolies en effet. Dans cette chambre trop

4

meublée, trop chauffée, trop fermée, leurs clairs pétales
faisaient le plus charmant effet.

— Merci, monsieur Quennel, dis-je. C'est là le présent qui pouvait me faire le plus de plaisir. Mais...

Inquiète soudain, je levai les yeux vers lui.

— Mieux vaudrait ne pas laisser ces fleurs ici... Votre
tuteur devinera certainement qui les a apportées et...

— Je ne suis pas un enfant, madame Devereaux.

Il avait une mâchoire carrée et une bouche énergique.
Non, il n'avait rien d'enfantin, pensai-je.

— La semaine dernière, je me suis laissé mettre à
la porte de votre chambre parce que vous étiez fiévreuse
et malade ; je voulais vous éviter le spectacle d'une dis-
pute, mais je ne suis pas toujours aussi docile, je vous
assure !

Ses paroles me plaisaient autant que ses fleurs. Je devinais à sa voix et à son attitude un reflet de l'autorité de
son tuteur, sans doute gagnée à son exemple, mais
employée avec plus de douceur et de sagesse.

— Je ne voudrais pas être entre vous un motif de
discorde, murmurai-je.

Il rit avec un peu de mélancolie.

— Il y aura toujours quelques dissensions entre nous,
j'en ai peur, dit-il, mais malgré cela, nous nous enten-
dons bien, et j'ajoute que je lui dois tout. Et nous avons
le même rêve...

Là, je sentais qu'il ne disait pas tout à fait la vérité.
Il s'interrompit et alla à la fenêtre.

— Au diable tout cela, grommela-t-il. Je suis venu
pour vous distraire. Je voulais vous parler de vos sauts
en parachute : vous devez être extraordinairement courageuse ! Et je ne fais que vous parler du patron et de
moi ! C'est trop bête !

— Vous me distrayez énormément ! dis-je en toute
sincérité. Et rien que savoir que j'ai un ami dans la
maison est...

Il se retourna, fronçant les sourcils.

— Non, dit-il, pas un ami... Ce serait déloyal. De
plus, vous êtes la femme de cet homme !

Une fois de plus, j'avais envie d'en finir avec ma ridicule comédie et de dire enfin la vérité, mais il semblait que ma présence en fût plus aisément acceptée par le docteur Craggan. Alors, je baissai la tête et gardai le silence.

Le jeune Peter Quennel se laissa tomber sur le fauteuil devant la fenêtre.

— Dieu sait que je regrette, dit-il. Je voudrais tellement que les choses soient différentes... C'est que... d'après ce que nous avions entendu dire de vous, nous nous attendions à quelqu'un d'autre... Une personne qu'il aurait été plus facile de... de détester.

Je n'avais rien à répondre à cela non plus. Nous étions prisonniers d'une situation dont nous n'étions pas responsables.

— Ne vous désolez pas, dis-je. Je vous en prie, parlez-moi. Il doit y avoir des sujets que nous pouvons aborder... Je vais vous dire : j'ai une ambition secrète. Je suis sûre que vous ne devinerez jamais laquelle !

Sans lui laisser le temps de réfléchir, je lui confiai mon cher rêve : écrire à la machine, devenir secrétaire. Il me regarda sans rire, ayant à peine l'air de comprendre.

— A votre tour maintenant, dis-je. Quel est votre secret espoir ?

Il hésita, puis il secoua la tête, se leva et se dirigea vers la porte.

— Je suis resté trop longtemps, dit-il. Je n'aurais pas dû venir. Le patron me fait confiance...

Il ouvrit la porte, puis soudain perdit son air anxieux.

— Mon espoir secret ? dit-il. Je n'en ai jamais parlé à personne, on se moquerait de moi. C'est d'aller dans les mers du Sud, naviguer sur de grands vaisseaux. Oublier tout ça !

Il haussa les épaules avec découragement et s'en alla.

Je n'aurais jamais cru qu'un homme comme lui, jeune, possédant toutes sortes d'avantages, pouvait souffrir des mêmes frustrations que moi. Ma sympathie grandit pour le jeune Peter Quennel, avec ses rêves innocents.

Quels enfants nous étions tous les deux... Je soupirai, revenant à la réalité.

Les marguerites, sur mon lit, s'échappaient du jour-

nal. Je les rassemblai et les mis, faute de vase, dans le
verre posé sur ma table de chevet. C'étaient les premières
fleurs qu'on m'eût jamais offertes et toute une partie de
ma chambre était égayée par leur joyeuse présence. Je
pliai le papier qui les avait contenues et mon regard erra
distraitement sur la feuille et tomba sur un titre. Un
titre sinistre et imprévu qui me glaça subitement jusqu'aux
os.

« *L'épouse de l'aérostier meurt au cours d'une aventure aérienne.* »

Le journal datait de quatre jours. On y annonçait ma
mort ! Un instant, je tremblai de tous mes membres.

Je me calmai de mon mieux, et je lus tout l'article.
Mon parachute avait été découvert par un bateau de
pêche, flottant sur l'estuaire. On n'avait pas trouvé trace
de son chargement, et on en avait conclu que le corps,
mon corps, avait été emporté en haute mer par les
courants. On surveillait encore la côte, mais on gardait
peu d'espoir...

Peu à peu, je repris mes esprits. J'étais ici, dans un
lit, nullement noyée. Mon parachute, délivré de mon
poids, avait dû s'envoler et naviguer dans le vent pour se
poser finalement sur l'eau. Je comprenais facilement le
mécanisme de l'erreur. Mais ce que sous-entendait cette
erreur me donnait le vertige.

Le docteur Craggan n'avait certainement pas écrit
au capitaine : sinon, les journaux auraient publié la vérité.
Le capitaine Devereaux me croyait morte. Quant au
médecin, qui me prenait pour Kitty, cette Kitty qu'il exé-
crait, il pouvait faire de moi ce que bon lui semblait puisque Kitty Devereaux avait officiellement disparu. J'étais
totalement à sa merci. L'idée était inquiétante. Pourtant,
il m'avait bien soignée. Un homme formant le projet
d'un meurtre n'aurait pas été aussi généreux. Alors ?
Quelles étaient ses intentions ?

Et que pensait mon fier et beau capitaine ? J'avoue
que je l'admirais un peu moins. Il croyait Hester Malpass
morte. Pourquoi ne rectifiait-il pas la nouvelle annoncée
par les journaux ? Pourquoi gardait-il le secret sur ma
véritable identité ? Et mon cher Barty ? Me croyait-il

morte, lui aussi ? Pourquoi lui non plus ne disait-il pas
ce qu'il savait ?

Le capitaine avait-il du chagrin ? Me pleurait-il un
peu ?

Des questions..., toutes sans réponse. Etre clouée sur
un lit en pareilles circonstances était une torture. Si seulement je savais... Si seulement je pouvais dissiper les
mensonges qui m'enveloppaient...

Je ne pouvais faire qu'une chose : patienter jusqu'au
moment où ma cheville remise me permettrait de partir.
Je me mettrais alors à la recherche du capitaine Devereaux.

Dans l'immédiat, il me fallait éviter des ennuis au
jeune Peter Quennel dont la loyauté envers son tuteur
me touchait. Sans doute ne lisait-il pas les journaux.
Pour lui éviter des ennuis, je devais faire disparaître
cette feuille au plus vite.

Je ne voyais que le feu pour m'y aider. Résolument,
je repoussai drap et couverture, je relevai la cage d'osier,
mis pied à terre et me relevai. J'allai à cloche-pied jusqu'à la cheminée, j'y jetai le journal roulé en boule et je
le regardai brûler. Le trajet de retour dans mon lit fut
moins facile : je faillis tomber.

Recouchée, je réfléchis. Peter étant à l'abri de tout
soupçon, il me fallait faire croire à l'infirmière que
j'avais appris par elle la nouvelle de ma prétendue mort.
Ceci fait, je pourrais demander des explications au vieux
médecin. Je supposais que Mme Buckingham lisait le
journal de la première ligne à la dernière.

Elle arriva à une heure avec mon déjeuner. Elle posa
le plateau sur mes genoux et retira un couvercle d'argent
d'une assiette où je découvris avec joie une côtelette de
mouton et des carottes printanières, avec des petits pois
tellement fins que leur vue aurait consterné Mme Skues.
Le docteur Craggan pouvait avoir des torts envers moi,
mais il me nourrissait bien.

— Mademoiselle, dis-je soudain, entre deux bouchées, qu'est-il advenu de mon parachute ? Je me le
demandais ce matin.

Je la vis tressaillir d'un air coupable. Elle était au

courant. Elle leva impatiemment les épaules pour cacher son embarras.

— Que voulez-vous que j'en sache ? demanda-t-elle. Il a dû être emporté par le vent !

— Oui ? Mais où cela ? continuai-je d'un air innocent. Un parachute est un objet coûteux. Ne pourrais-je le récupérer ?

— Il peut être allé n'importe où...

Elle hésita, puis comme tous les menteurs adroits, opta pour la vérité.

— Il a dû tomber dans le canal de Bristol, dit-elle.

— Mais... c'est terrible ! Si jamais on l'a vu flotter à la surface de la mer, qu'en a-t-on déduit ?

Elle vit le piège trop tard.

— Peut-être qu'il n'est pas allé aussi loin. Peut-être...

— Si on l'a trouvé, on doit croire que je suis morte. On doit croire que je me suis noyée ! dis-je.

Elle me jeta un regard aigu.

— Quelqu'un vous a parlé dit-elle. Qui vous a parlé ?

Pour rendre plus vraisemblable ma feinte stupeur, je lui saisis les bras, renversant mon délicieux déjeuner, en m'exclamant d'un air horrifié :

— Voulez-vous dire que c'est cela qui est arrivé ?

— Je ne veux rien dire du tout, gronda-t-elle, la colère luttant en elle contre l'inquiétude. Vous devriez avoir honte de faire tout ce gâchis !

— Mais, vous venez de dire...

— Je n'ai rien dit. Rien du tout.

Mais elle avait été trop bavarde et elle le savait aussi bien que moi. Dans un silence furieux, elle répara les dégâts. Je lui aurais demandé pardon si son air courroucé me l'avait permis.

Quand elle me parla de nouveau, ce fut avec tristesse.

— Vous profitez de la situation, madame Devereaux. Pourquoi ne pensez-vous pas que si on vous cache les choses, c'est simplement pour que vous ne vous tourmentiez pas ?

J'avais un peu honte d'avoir joué la pauvre femme.

— Je ne suis plus une enfant, dis-je. J'ai droit à la vérité.

— Je ne vois pas le bien que cela vous fera ! lança-t-elle.

Elle reprit le plateau et s'en alla, me laissant seule avec mes pensées. Mon excitation tomba. Tout ce que j'avais gagné, c'était une froide certitude à la place d'une supposition. Aux yeux du monde, je n'existais plus. Je ne pouvais espérer aucun secours de l'extérieur.

Je n'eus pas le temps de beaucoup m'inquiéter. L'infirmière dut aller droit à son maître : il arriva très vite, me dominant de son impressionnante présence.

— Qu'est-ce que j'entends ? gronda-t-il. Vous renversez votre déjeuner ? Vous affolez votre bonne infirmière ? Vous n'avez plus l'âge des caprices !

Je restai immobile, rassemblant tout mon courage.

— Je pense à votre lettre au capitaine Devereaux, dis-je hardiment. Je ne crois pas que vous l'ayez écrite.

Il se pencha pour me prendre le poignet, voulant sans doute me faire croire que nos relations étaient celles de médecin à patiente. Je cachai mon bras sous mon drap.

— Les autorités ont certainement dit au capitaine Devereaux que j'étais morte, dis-je. Noyée dans l'estuaire. Sans votre lettre, il a cru cette histoire. C'est pour cette raison qu'il n'est pas venu me chercher.

— Noyée dans l'estuaire ? Quelle sottise !

— Il est trop tard pour le nier ; madame Buckingham elle-même l'a admis.

— Je connais mon infirmière, déclara le médecin. Je jurerais qu'elle n'a rien admis de semblable.

— Mais vous ne démentez pas ce que j'ai dit, docteur Craggan ?

— Vous oubliez votre position, jeune personne, dit-il. Vous êtes ma patiente. Je n'ai rien à démentir, rien à confirmer. Vous êtes venue ici sans y être invitée : cependant, vous avez bénéficié de toute la considération...

— Suis-je vraiment votre patiente ? demandai-je. Ne serais-je pas plutôt votre prisonnière ?

— Prisonnière ?

Visiblement, il était prêt à répondre à cela. Il fit un geste large.

— Vous n'êtes pas prisonnière ! dit-il. Voyez-vous des barreaux à cette fenêtre ? Des verrous à la porte ? Votre bonne infirmière vous apporte même des fleurs ! Ne bénéficiez-vous pas de tous les conforts ?

— Dans ce cas, puis-je partir ? demandai-je.

— Naturellement, vous le pouvez. On va vous apporter des béquilles dans un instant.

Il ouvrit la porte toute grande, puis hésita et se retourna, me regardant au-dessus de la monture d'or de son lorgnon.

— Je dois vous avertir : si vous restez debout trop longtemps, il y aura un afflux de sang dans votre jambe blessée, ce qui sera très douloureux et compromettra sérieusement votre rétablissement. C'est mon opinion, mais c'est à vous de choisir.

Il savait très bien que je n'avais pas le choix. J'étais effectivement prisonnière tout au moins de mon état. Il était fort possible qu'il eût dit la vérité. Un instant, je songeai à réclamer une ambulance, mais la réponse serait la même. Il y aurait danger, me dirait-on, à être secouée sur une route.

— Si je ne suis pas prisonnière, pourquoi suis-je tellement isolée, docteur Craggan ? demandai-je. Même le charbon est apporté par l'infirmière ! Vos autres serviteurs risqueraient-ils de me dire quelque chose ?

J'étais soudain désespérée.

— Je vous en prie, docteur Craggan ! suppliai-je. Je vous en prie, dites-moi quelles sont vos intentions !

Il revint dans la chambre et ferma doucement la porte.

— N'est-ce pas plutôt à moi de vous poser cette question, madame Devereaux ? Voulez-vous me faire croire que votre venue ici, dans cette maison et non pas dans n'importe quelle autre, soit un simple hasard ? Ne puis-je supposer plutôt que vous êtes venue ici en tant qu'espionne ?

La stupeur me rendit muette. S'il pensait vraiment cela depuis le début, cela expliquait beaucoup de choses.

— Vous niez, madame..., mais vous êtes condamnée par vos complices. Vous savez très bien que votre mari et son équipe voudraient par-dessus tout voir mon travail ici réduit à néant. Alors, mieux vaut ne pas parler d'intentions. Et rappelez-vous ceci : bien des gens tueraient pour ce qui nous sépare. Réjouissez-vous que je sois médecin, et pour le moment, généreux.

Ceci dit, il me laissa à mes pensées.

Ce n'était pas pour rien qu'il m'avait rappelé que, d'un instant à l'autre, il pouvait me retirer sa clémence. Cela tout au moins était clair. Allongée dans la solitude de ma chambre, je me demandai ce que cet entretien, courageusement abordé, me rapportait. Certainement rien quant à l'avenir. Seule, cette accusation d'espionnage était nouvelle. Et cela me rappela désagréablement le capitaine avec son télescope. Je me souvenais d'un instrument semblable que possédait jadis mon père, et qu'il surnommait ses « lunettes d'espion ». Le terme convenait particulièrement bien aux accusations du docteur Craggan, tout comme certaines phrases étranges prononcées plus tôt par le capitaine et M. Jowker.

Le médecin était peut-être plus proche de la vérité que je ne l'avais cru. Et dans ce cas, je resterais en son pouvoir, car jamais je ne pourrais le convaincre de mon innocence. Même quand ma jambe serait remise, rien ne prouvait qu'il me libérerait. Cette conclusion me jeta dans la crainte et le découragement et les heures de l'après-midi passèrent lentement.

Un bruit familier de coups de feu lointains me rappela à la minute présente. Depuis un jour ou deux, je n'avais rien entendu de semblable. J'imaginais l'immense demeure où régnaient de mystérieuses activités. Que faisait-on dans ses innombrables pièces ? J'imaginais la fabrique au travail. je songeais aux hautes murailles qui entouraient la propriété. Comme il serait facile de m'oublier dans mon coin. comme une chandelle qu'on laisse éteindre sans que cela dérange personne...

Ce qui me sauva fut le simple bons sens. Je me souvins de la pelouse inculte que je voyais de ma fenêtre. Je me rappelai que Peter Quennel parlait du jardin négligé...

Et pourtant, l'infirmière avait signalé une « foule de jardiniers ». Je me demandai ce que ces jardiniers pouvaient bien faire !

Au dehors, les coups de feu continuaient, devenaient plus réguliers. Jamais encore ils n'avaient duré si longtemps. Soudain, ils s'interrompirent par une énorme explosion. J'entendis des cris, le bruit pénible du verre qui se brise. Je me bouchai les oreilles, mais les murs de ma chambre demeurèrent debout autour de moi.

Je demeurai en alerte, pourtant. Mon dîner était en retard. Mon déjeuner ayant été compromis par ma conduite déraisonnable, et mon goûter oublié, je mourais de faim.

CHAPITRE VIII

Mon repas, quand il arriva enfin, témoignait d'un bouleversement dans les habitudes de la maison. Le plateau, mal préparé, me fut apporté non par l'infirmière mais par le jeune Peter Quennel, apparemment fort agité. Il posa le plateau sur mon lit et serait parti sans un mot si je ne l'avais pas retenu.

— Monsieur Quennel, que se passe-t-il ? Où est l'infirmière ? Est-ce que tout va bien ?

— Non ! dit-il. Tout ne va pas bien ?

Il maîtrisa sa visible émotion.

— Vous avez sûrement entendu l'explosion ? La fabrique est en ruines. Le patron a été blessé : il a eu un doigt presque emporté. Madame Buckingham s'occupe de lui.

— Oh ! Le pauvre homme ! m'exclamai-je. Je suis désolé, monsieur Quennel.

Il semblait à peine m'entendre.

— Et il y a notre travail, naturellement. Des mois d'efforts détruits. Des mois !

Je tendis une main vers lui.

— Je suis navrée que le docteur Craggan et vous ayez tant d'ennuis.

— Vous êtes navrée ? Vous l'êtes vraiment ?

Il s'approcha, me regarda, me prit la main.

— Oui... savez-vous... je crois vraiment que vous êtes sincère.

Bien sûr, je l'étais. Je ne souhaiterais à personne d'être infirme et de plus, le docteur Craggan n'était peut-être pas le plus aimable des médecins, mais après tout, de son point de vue, je n'étais pas la meilleure des patientes.

Soudain, ce jeune homme changeant fut pris d'un nouvel enthousiasme. Il se mit à arpenter la pièce à grands pas.

— Je vais le dire au patron. Je vais le forcer à me croire. J'ai toujours su que nous nous trompions sur votre compte, madame Devereaux !

Je ne pouvais rien dire. J'étais seule à savoir qu'en effet ils s'étaient trompés.

— Je vous en prie, madame Devereaux. Dites-moi une chose. Une seule.

Il était près de mon lit à présent, ses yeux bleus me fixant avec une anxieuse intensité.

— C'est tellement important ! La cour, madame Devereaux... Je vous en prie, dites-moi franchement, le jour où vous êtes descendue dans notre cour, qu'y avez-vous vu ?

— Ce que j'ai vu, monsieur Quennel ? Je n'ai rien vu. Je me croyais sur le point de mourir ! Je n'ai rien vu... sauf le mur que j'ai heurté, et les tuiles, en dessous, sur lesquelles j'ai glissé.

— Oui, c'est exactement ce que je pensais. En fait, je l'ai dit à mon tuteur. Je vais le lui dire encore. Et cette fois, il faudra qu'il me croie !

Il se pencha sur moi.

— Vous avez été très brave. Je vous ai vue, madame Devereaux. Je sais ce que vous avez dû subir. Je... j'en suis venu à vous respecter.

Il rougit, puis continua précipitamment :

— Maintenant, il faut que vous ayez confiance en moi. Votre épreuve s'achèvera bientôt. Je vous le promets.

De nouveau, il me prit la main et la serra, puis il partit. Mais il me laissait une lueur d'espoir, une lueur merveilleuse. Il serait courageux et obstiné pour m'aider. Lui faire confiance était facile.

Je commençais à entrevoir la vérité. Il semblait qu'on me gardât prisonnière à cause d'une chose mystérieuse que j'aurais pu voir dans la cour au moment de mon arrivée en catastrophe, une chose, ou une personne, que le monde extérieur devait ignorer..., ou que devait ignorer seulement mon fier et beau capitaine. On m'avait prise pour une espionne, pis que cela : une espionne munie de renseignements. Il importait donc de m'empêcher de communiquer avec l'extérieur. Voilà qu'avec une simple question et une simple réponse, une simple manifestation de confiance, tout était changé. Bientôt, je serais libre !

Ma joie fut de courte durée. Vingt minutes plus tard, mon plateau me fut retiré par l'infirmière en fureur.

— Vous êtes rusée, madame Devereaux ! cria-t-elle. Vous m'avez presque convaincue et, à entendre Peter, on croirait que vous êtes un ange, un pauvre petit ange malmené ! Vous avez peut-être pensé que le docteur aurait la faiblesse de croire vos histoires. Tout ce que je peux vous dire, c'est que vous ne le connaissez pas !

Avant que j'aie pu lui répondre, elle avait gagné la porte, non sans m'avoir crié triomphalement :

— Je peux vous promettre, en tout cas, que vous êtes à Orme pour un bon bout de temps. Et vous serez moins bien traitée, j'ose le dire !

Orme ? Le mot me fit frissonner. Désespérément, je demandai :

— Vous avez dit « *Orme* » ?

Mais la porte claquait, et pour la première fois, j'entendis tourner la clé dans la serrure. J'étais seule de nouveau, et accablée d'un plus total découragement. J'étais donc prisonnière dans un lieu qui s'appelait Orme. Orme, ce château à tourelles grises caché derrière ses hautes murailles, Orme, l'endroit qui représentait une si terrible menace pour mon père. Orme qui n'avait pas répondu au capitaine, d'après la lettre brûlée, Orme qui m'enfermait comme un tombeau. J'étais pratiquement morte. Je n'existais plus.

Cependant, en cette minute de détresse, une image s'imposa à mon esprit, l'image d'un homme. Non pas, comme on aurait pu s'y attendre, celle de mon père, ni celle de mon beau capitaine. Ce fut celle, imprévue, singulière, du bohémien Mordello que j'avais aperçu un instant seulement, avec son costume de velours râpé et sa chemise aux vives couleurs. Et je crus entendre sa voix, dominant le tapage de la fête : « *Le secret que recherche Orme vous appartient, à vous et à personne d'autre. Quand vous le retrouverez, ne le révélez pas étourdiment...* »

Chose curieuse, c'était Mordello que j'aurais voulu voir auprès de moi pour me conseiller, me guider. Il m'avait parlé de mon père, il m'avait parlé d'Orme, il avait parlé d'un secret. Peut-être, à sa manière mystérieuse, m'avait-il également parlé de mon bienfaiteur inconnu et même de mon capitaine. Existait-il un lien entre tous ces éléments ? Avait-il tenté de m'avertir ? Pressentait-il l'endroit où mon aventure me conduirait ce jour-là ? J'ignorais quels étaient les pouvoirs de cet homme ; à la légère, je l'avais considéré comme un saltimbanque, mais j'étais sûre que, s'il s'était trouvé dans cette demeure du nom d'Orme, si près du secret qui m'appartenait, il m'aurait donné un avis judicieux.

Mon vœu ne pouvait recevoir aucune réponse. J'étais plus seule que je ne l'avais jamais été de toute ma vie. Etais-je plus en danger qu'une heure plus tôt ? Je ne l'étais certainement pas moins. Mon infirmière, ma geôlière m'avait menacée. Ce qu'elle pouvait contre moi était peu de chose, mais l'interminable captivité qu'elle m'annonçait m'épouvantait.

La nuit venait. Je n'entendais rien sauf le tic-tac de la pendule. Le feu se mourait. Pour ne pas m'éteindre comme lui, je me levai, je sautillai désespérément dans la pièce, tirant les rideaux, allumant les lampes, reconstituant le décor habituel de mes soirées. Quand je regagnai mon lit, j'étais épuisée. Il était bien inutile de m'enfermer, pensai-je. Avec ma jambe dans une gouttière, je n'aurais même pas pu gagner le fond du couloir.

Je pleurai dans mon oreiller, je frappai ma jambe immobilisée et je pleurai encore. Même les jolies marguerites, près de mon lit, se moquaient de ma peine .

J'essayais de me résigner. Pourtant, j'avais peur de la résignation. Soudain une idée folle me passa par la tête. Mes geôliers me fournissaient le moyen de m'enfuir. Une demi douzaine de becs de gaz brûlaient dans ma chambre : au moyen d'un seul, je pouvais mettre le feu à la maison, et m'échapper en profitant de l'affolement général.

Ce n'était qu'une idée stupide, née de mon désespoir. Elle ne tenait pas compte de mon état d'infirme, du monstrueux danger qu'elle impliquait pour d'autres. Mais j'aurais bien pu la mettre à exécution dans mon désespoir. J'avais repoussé mon drap, j'avais mon pied sur le tapis, quand un bruit léger m'immobilisa : la clé de ma porte tournait doucement dans la serrure. Très vite, un visiteur entra, refermant la porte derrière lui.

C'était Peter Quennel. Il était habillé, bien que ma pendule indiquât deux heures du matin. Il tenait d'une main une bougie et de l'autre une paire de ciseaux.

— Je suis venu vous libérer, dit-il simplement.

Peter Quennel posa le bougeoir sur la table et jeta sur mon lit la cape qu'il portait sur son bras.

— Il faut que nous sortions d'ici, dit-il.

Stupéfaite, je n'en croyais pas mes oreilles.

— Mais..., balbutiai-je, mademoiselle Buckingham m'a dit que... le docteur Craggan voulait...

— Mon tuteur a pris un remède pour calmer la souffrance de sa main. Il va dormir profondément pendant des heures.

— Alors..., vous agissez en secret ?

Son honnête visage se troubla.

— L'obéissance ne doit aller que jusqu'à un certain point, madame Devereaux, dit-il. La loyauté aussi. Je... je doute parfois qu'en ce qui concerne son travail, mon tuteur ait toute sa raison.

— L'accident de cet après-midi a changé bien des choses, poursuivit-il. Nous pensions être près du succès. Lors de votre arrivée, nos efforts semblaient sur le point de triompher. Le patron m'a persuadé que vous garder ici quelques jours était raisonnable. Si l'essai d'aujourd'hui avait réussi, le monde entier l'aurait su. Vous seriez

partie, tout allant bien. Evidemment, son tuteur et lui
s'appliquaient à perfectionner une invention mécanique.

Mon idée d'entraînement d'une armée était fausse
et cela ne me surprenait guère, mais quelle pouvait être
la mécanique qui faisait un bruit d'armes à feu, avec la
rapidité d'une machine ?

— J'ai parlé au patron comme je vous l'avais promis,
reprit Peter. Je lui ai dit que vous n'aviez rien vu et que
vous n'aviez aucun mauvais dessein. Il s'est mis dans
une colère terrible. Elle restera ici, a-t-il déclaré, même
si la reconstruction de l'atelier doit prendre des mois.

Il était visible que cette résolution avait consterné
Peter.

— J'ai vu que rien ne pourrait le fléchir. L'ambition
le rend fou. Mais moi, je ne peux plus, je ne dois plus
le suivre sur ce terrain. Je dois agir selon ma conscience.

— Votre tuteur sera encore plus furieux contre vous
quand il découvrira ce que vous avez fait, dis-je.

— Il sera en colère, oui, mais plus tard, quand il
sera calmé, je crois qu'il me sera reconnaissant.

Peter me prit la main. Sa voix supplia :

— Mon tuteur n'est pas un monstre, madame Devereaux. C'est un homme capable d'une grande bonté. Mais
une vision d'avenir l'obsède et obscurcit parfois son
jugement.

Il s'aperçut qu'il tenait toujours ma main et la lâcha
vivement.

— Vous devez comprendre cela très bien. De bien
des façons, mon tuteur ressemble à votre mari.

Mon fier et beau capitaine ? Que savais-je de lui ?

— Bien sûr, dis-je, le docteur Craggan n'est pas un
monstre. Il m'a très bien soignée. Sans lui, j'aurais pu
rester infirme !

— J'ai autre chose à vous révéler, dit-il. Une chose
dont j'ai honte.

Il était profondément ému. Cherchant à se maîtriser,
il jeta un regard sur la cape.

— Cela appartient à mademoiselle Buckingham, dit-
il. Je l'ai prise en bas. Vous avez besoin d'un vêtement

chaud pour mettre sur votre costume de parachutiste. Il est là, dans la commode.

Il parlait très vite, en reculant vers la porte.

— Je vais vous laisser vous habiller. Nous avons tout le temps, mais il faut vous vêtir...

J'allais protester, répondre que je ne pouvais pas marcher sans béquilles, que je ne pouvais pas, sans danger, me tenir sur mes jambes, mais il me devança, trouva le courage de dire ce qui devait être dit.

— Il faut que je vous fasse un aveu, madame Devereaux... Pour mon tuteur et pour moi... Vous n'avez pas eu la cheville brisée. Foulée seulement. Ce doit être tout à fait guéri maintenant.

Je le regardai bouche bée.

— Nous vous avons menti pour que vous ne pensiez pas qu'on vous gardait prisonnière. Les attelles et les bandages vous empêcheraient de vous rendre compte... Et nous avions une excuse si jamais la police était venue...

Peter, tête basse, ajouta :

— Vous retirerez facilement les bandages en utilisant les ciseaux.

J'avais peine à le croire... Il ouvrit la porte.

— Vous voyez, murmura-t-il, nous avons beaucoup à nous faire pardonner, mon tuteur pour vous avoir si cruellement trompée, moi pour avoir laissé faire. Si je peux vous aider pour me racheter, croyez que je le ferai.

Il s'en fut aussi doucement qu'il était venu.

Un instant, je restai à regarder la porte, tellement stupéfaite que j'en étais paralysée. Mon indulgence pour le docteur Craggan me semblait maintenant abusive. Soudain, je fus prise d'une hâte fébrile. Je saisis les ciseaux, coupai l'un après l'autre tous mes bandages.

Peter Quennel avait dit vrai. Je remuai mon pied et ma jambe sans ressentir aucune douleur. J'avais seulement la jambe un peu raidie par l'immobilité. Je pliai mon genou, j'agitai ma jambe, envoyant de tous côtés des bouts de bois et de fer, des morceaux de bandes. Et je me levai. Je me tins debout sur mes deux pieds. Bien droite. Je marchai.

Tout à coup, je fus prise d'une crampe et je dus

m'accrocher au pied du lit, mais je ris tout de même. C'était une bonne douleur. La protestation d'une jambe saine trop longtemps immobilisée. Je titubai jusqu'à la commode, j'y trouvai le costume de Kitty, et tout ridicule qu'il fût, je le regardai avec ravissement.

Quand Peter Quennel frappa légèrement à ma porte, il me trouva paradant devant la glace. La cape m'enveloppait presque jusqu'au sol, et quand je marchai, elle découvrait à peine la chemise de flanelle que j'avais remise pour être convenable. Evidemment, mes légères chaussures de parachutiste étaient trop minces pour la marche, mais je m'en souciais peu. Joyeusement, je fis entrer Peter Quennel.

— Il vous faut un chapeau, me dit-il après m'avoir regardée d'un air critique. Espérons que Buckingham en aura laissé un en bas. Une femme aussi jeune et jolie que vous a besoin, en pleine nuit sur la route, de cacher son visage.

— Regardez comme je marche bien ! dis-je.

Le mouvement le plus modeste était un bonheur pour moi.

— On dirait que vous n'avez fait que cela toute votre vie ! dit-il en souriant. Vous marchez très bien en effet !

Brusquement, il reprit son sérieux.

— Maintenant, écoutez-moi bien. Ce que vous devez faire ne sera pas facile.

Il me fit signe de m'asseoir et j'obéis.

— Sachez, madame Devereaux, qu'il y a un gardien dehors jour et nuit. Et des chiens. Dans la journée, on les enferme, mais, la nuit, la porte de leur chenil reste ouverte. Votre fuite reste possible, cependant, je vous le promets.

J'avais froid dans le dos. C'était donc l'explication de l'homme et du chien que j'avais vus par la fenêtre.

— Le gardien fait une ronde à deux heures et demie du matin, reprit Peter Quennel. Il rentre chez lui vers trois heures et ouvre la porte du chenil. Les chiens me connaissent bien et je pense pouvoir fermer leur porte sans provoquer trop de tapage. Ce sera le bon moment pour vous.

Il était assis en face de moi, plus pâle que jamais, mais calme et résolu.

— Quand je sifflerai, vous sortirez de la maison et vous suivrez l'avenue. Je n'ai pas la clé de la grille principale, mais avant que vous n'y arriviez, un sentier part sur la droite et conduit à une petite porte. C'est par celle-là que je sors et elle sera ouverte. Les chiens sauront tout de suite qu'il y a quelqu'un sur la propriété et ils se mettront à aboyer, mais ils ne pourront pas sortir avant que le gardien ne vienne voir ce qui se passe. Je serai là et je le retiendrai aussi longtemps que je pourrai. Vous aurez tout le temps de filer.

— Mais vous ? demandai-je.

— Oh... ! je raconterai une histoire au gardien. C'est Robbins qui est là cette nuit et il n'est pas très malin. Personne ne saura que vous êtes partie jusqu'au moment où Buckingham vous apportera votre déjeuner. A ce moment-là, vous serez loin et ils ne pourront plus rien contre vous.

Je restai silencieuse. A quoi bon demander ce qui se passerait pour Peter ? La violence du docteur Craggan me faisait tout craindre. Sans doute devina-t-il ma pensée.

— Même si le patron me jette dehors, me dit-il, il n'y aura pas grand mal. J'ai tout ce qu'il faut pour bien gagner ma vie, et s'il ne revient pas à la raison, je n'ai pas envie de rester avec lui.

Je sentais qu'il ne parlait pas à la légère.

— Trois heures moins cinq. Cela nous donne, en gros, dix minutes encore.

— Je ne devrais pas vous laisser faire cela pour moi, dis-je.

— Euh... ce n'est pas vraiment pour vous que je le fais, dit-il, gêné. Après tout, vous êtes toujours la femme du capitaine. C'est une question de principes. Il faut que le patron sache qu'il ne peut pas continuer à piétiner les gens impunément. Il est des choses plus importantes sur la terre que notre travail ici.

Avant que j'aie eu le temps de l'interroger, il s'engagea sur un chemin moins dangereux.

— Voyez ma mère, par exemple : elle dit que nous aurions parfaitement pu nous débrouiller sans lui. Il était un vieil ami de mon père... A sa mort, il a pris les choses en mains, il a imposé silence à ma mère qui essayait de résister. Il a été merveilleux pour moi, pour nous deux, mais il veut toujours agir comme il lui plaît. Pour une fois, il verra que ce n'est pas toujours possible.

— Et votre mère ? demandai-je. Où est-elle maintenant ?

— A ma grande joie, elle s'est remariée, il y a quatre ans, avec un marchand de grains, un excellent homme. Ils habitent Bath.

Je cherchais du ressentiment derrière ses paroles..., il n'y en avait pas. Quel âge pouvait-il avoir ? Vingt-trois ans ? L'âge, en tout cas, de la laisser refaire sa vie sans amertume ni jalousie.

La pendule sonna trois coups. Peter me sourit.

— Il est temps de nous mettre en route, dit-il. Avez-vous peur ?

Je lui rendis son sourire, sans rien avouer. Je ne crois pas être particulièrement timide, mais la sauvagerie irraisonnée des grands chiens m'a toujours impressionnée. Je me souvenais du berger que j'avais vu par ma fenêtre, puissant, râblé, attentif...

— Tout ira bien.

Il se leva, me tendit la main et me fit lever.

— Je m'arrangerai pour que les chiens ne vous approchent pas, dit-il. Evidemment, quand vous serez sortie de la propriété, il faudra vous débrouiller seule...

Il s'interrompit brusquement, très agité.

— Et que ferez-vous ? Quel imbécile je suis ! J'aurais dû y penser plus tôt ! Le patron dit toujours que je ne prévois jamais les choses dans tous leurs détails !... Il y a plus de sept kilomètres d'ici à la ville ! Qu'alliez-vous faire ?

— Je suis bonne marcheuse, dis-je en riant.

Tout ce que je voulais, c'était fuir cette maison. On verrait ce qui m'arriverait ensuite.

— J'ai beaucoup d'amis à Bristol, affirmai-je. Il n'y a aucun problème.

Il fouillait dans ses poches.

— Vous aurez besoin d'argent. Je n'en ai jamais beaucoup...

Il trouva un demi-souverain et une poignée de pences. Malgré mon anxiété, je ne pus m'empêcher de sourire. Ce qu'il appelait « pas beaucoup d'argent » aurait nourri une famille d'ouvriers pendant une semaine.

— Je n'ai pas besoin d'argent ! protestai-je.

Il secoua la tête et mit la pièce de force dans ma main.

— On ne sait jamais, dit-il, cela peut vous être utile. Vous pourrez toujours me la rendre en même temps que la cape et le bonnet.

Je m'inclinai. Les manières impérieuses de son tuteur avaient déteint sur lui plus qu'il ne pensait.

Il prit sa bougie.

— Maintenant, écoutez-moi très attentivement. D'abord, vous allez me suivre jusqu'en bas. Près de la porte d'entrée, il y a une patère où vous trouverez sûrement un bonnet accroché. Je vous laisserai le mettre pendant que j'irai m'occuper des chiens. Laissez la porte d'entrée ouverte après mon départ, mais ne sortez pas avant que je siffle. A ce moment-là, suivez l'avenue aussi vite que vous pourrez, contournez le massif de rhododendrons : la petite porte est à quelques mètres. Sortez et refermez-la. Personne ne vous poursuivra parce que personne ne saura que vous êtes partie.

Cela paraissait très simple en effet. A condition, évidemment, qu'il fût vraiment en mesure de garder ces terribles chiens. Il me regarda pour s'assurer que j'avais bien compris, puis il ouvrit la porte et s'engagea dans le sombre couloir. Je me retournai pour jeter un bref regard sur cette chambre qui avait été ma prison pendant sept longs jours et que je quittais sans plus de cérémonie. J'aperçus le bouquet de marguerites jaunes, et impulsivement j'allai le prendre : elles me rappelleraient la générosité de Peter. Puis je le suivis.

Le couloir était long et coupé de tournants et de marches. Mon compagnon demeurait près de moi et m'aidait quand je trébuchais.

Enfin, nous arrivâmes à un palier, en haut d'un grand escalier. En bas, très loin semblait-il, des becs de gaz éclairaient vaguement un vestibule dallé de blanc et de noir. Sur les murs s'alignaient des fusils et des épées, et des têtes de lions et de tigres qui montraient les dents. Au pied de l'escalier, un énorme ours empaillé montait la garde. Pour tout l'or du monde, je ne serais pas descendue seule.

— Le chasseur de grosses bêtes était le frère du patron, m'expliqua Peter tout bas. Il s'est fait manger par un tigre du Bengale l'année de la révolte indienne.

Nous descendîmes jusqu'à cette effrayante ménagerie. Une fois en bas, je saisis le bras de Peter ; nous marchions sur la pointe des pieds, mais nos pas, réveillant les échos autour de nous, ressemblaient à ceux d'un régiment. Mais personne ne pouvait nous entendre, m'affirma le jeune homme.

Mon compagnon ouvrit la porte et les rassurants parfums de la nuit entrèrent.

— Nous nous séparons ici, me dit Peter. Je vous laisse la bougie, il y a là un bonnet qui sera parfait. Rappelez-vous : ne bougez pas tant que vous ne m'entendrez pas siffler.

Il alla à la porte, s'arrêta.

— Bonne chance, madame Devereaux. J'espère sincèrement vous revoir en de meilleures circonstances.

Je levai les yeux sur lui. Son visage était dans l'ombre et il était difficile de déchiffrer son expression.

— Merci ! dis-je. Merci pour tout.

Il rit comme un gamin.

— C'est agréable d'avoir des principes, dit-il, quand ils vous font vivre des aventures avec de belles jeunes femmes.

Il me serra la main et disparut sans bruit dans la nuit noire.

Je commençai par mettre le bonnet de Mlle Buckingham et j'en attachai les rubans sous mon menton. Je n'aimais guère emprunter des vêtements sans permission, mais je ne pouvais affronter le monde extérieur vêtue seulement de ma chemise de nuit et de mon costume de parachutiste. Dès que je serais installée quelque part, je lui renverrai sa cape et son bonnet, avec le demi-souverain que je serrais toujours dans ma main avec le bouquet de marguerites.

Je soufflai la bougie. Ainsi, j'étais prête à partir, attendant le coup de sifflet de Peter.

Je pensai soudain que je quittais Orme sans connaître son secret. Me trouvant à l'intérieur de ses murs, ne pouvais-je pas retarder un peu ma fuite pour essayer de voir ce qu'il en était ? Je continuai à compter. Mais quel beau cadeau pour mon noble capitaine que lui apporter les renseignements que... Le coup de sifflet retentit...

J'ouvris la porte toute grande, descendis les marches du perron et m'élançai vers l'avenue. Habitués maintenant à la nuit, mes yeux distinguèrent aussitôt l'entrée de l'allée sablée qui partait entre les arbres, sous le ciel tout brillant d'étoiles. Je courais... Très vite, mes jambes trop longtemps immobiles, me firent mal : je n'y fis pas attention, pas plus qu'aux aboiements furieux qui s'élevèrent à peine mes pieds foulèrent-ils le sol de la cour. Je continuai à courir. La mante volait derrière moi.

Sous les arbres, l'avenue était plus sombre. Je cherchai les rhododendrons sur la droite : un taillis quelconque formait une muraille continue. Je ralentis, ne voulant pas manquer le chemin qui conduisait à la grille. Déjà, j'entendais des voix mêlées aux aboiements des chiens, celles de Peter et d'un autre homme, Robin, sans nul doute. Ainsi, le gardien s'était réveillé et se montrait curieux.

Les buissons se séparèrent. Je tournai à droite, courant maintenant sur l'herbe. Le sentier serpentait entre deux hautes haies, s'élargit... soudain il n'y eut plus rien sous mes pieds. Je tombai en avant.

J'essayai de me relever, j'y réussis presque, puis je retombai sur mes mains et mes genoux, dans quelques centimètres d'eau. Je me remis sur mes pieds tout de suite, chancelante, retirant des herbes et des feuilles de nénuphars de mes bras mouillés. Les marguerites, que je n'avais pas le temps de regretter, avaient disparu mais je serrais toujours mon demi-souverain dans ma main. J'étais terrifiée, non parce que j'étais trempée, ni parce que je m'étais fait mal, mais je me savais perdue et cela m'épouvantait. J'avais dû tourner trop tôt ou trop tard : Peter ne m'aurait certainement pas fait emprunter un sentier qui conduisait à une mare. Je n'avais pas idée de la direction à prendre maintenant et dans quelques instants, les chiens seraient lâchés. Une silhouette surgit de l'ombre, Peter.

— Seigneur Dieu ! murmura-t-il, quelle histoire !

Il me prit le bras et m'entraîna en courant.

— Ne parlez pas : ménagez votre souffle. Vous avez pris le mauvais sentier, naturellement. C'est ma faute : j'ai oublié qu'il y en avait deux.

Nous courions entre les troncs d'arbres, Peter s'expliquant tout bas :

— J'ai deviné ce qui se passait quand j'ai entendu le bruit de l'eau... Je ne crois pas que Robin l'ait remarqué... il est trop occupé à ouvrir le cadenas qui ferme la porte du chenil. La clé s'est mystérieusement coincée dedans...

Il parvint à rire puis brusquement il serra mon bras plus fort. Derrière nous, on n'entendait plus les chiens.

— Mauvais..., grommela-t-il. Cela signifie que Robin a ouvert la porte... Ils sont dressés à chasser en silence.

Je m'arrêtai. Notre course était absurde. Jamais nous ne pourrions distancer des chiens prêts à l'attaque. Et maintenant, ma jambe me faisait mal ; pendant sept jours, j'étais restée couchée, et voilà que je devais courir un marathon de cauchemar !

— Avec vous, ne suis-je pas en sûreté ? murmurai-je.

Il fallait qu'il réponde *oui*.

— Je ne peux rien vous promettre, dit-il. Les affronter auprès d'une personne inconnue, sous bois au milieu de la nuit... Ce n'est pas moi qui les dresse, je ne peux pas vous promettre de les tenir à distance. Continuons à marcher tranquillement, avec calme. Nous verrons bien.

Nous fîmes cela. Nous marchâmes tranquillement, calmement, et Peter siffla les chiens pour les appeler.

Ils devaient nous suivre de près car ils furent là instantanément. Peter les appela par leurs noms, d'une voix où

mon oreille humaine ne décelait aucune inquiétude. Ils
grondèrent, s'avançant brusquement, reculant tandis que
nous marchions toujours. Ils se mirent à décrire des cer-
cles autour de nous ; je voyais l'éclair blanc de leurs dents
et leurs yeux qui luisaient...

J'ai toujours cru que si un animal féroce sent que vous
avez peur de lui, il attaque. Pendant cette terrible promenade sous les ombrages d'Orme, ma peur devait flotter
comme de pesants miasmes dans l'atmosphère. Je marchais comme sur des semelles de glace, pensant que chacun de mes pas serait le dernier. Jamais de ma vie, je
n'ai eu aussi peur.

Tout a une fin, même les pires cauchemars. Les chiens
n'attaquèrent pas. Au moment où un bruit de pas et la
lueur d'une lanterne derrière nous signalèrent l'approche
de Robin, nous arrivâmes devant une petite grille. Ainsi
que Peter l'avait promis, elle était ouverte. Il me poussa
de l'autre côté, la ferma doucement, et j'entendis la clé
tourner dans la serrure.

— Adieu, madame Devereaux ! murmura-t-il. Pensez
à moi avec indulgence. Bonne chance !

Les chiens aboyaient derrière la grille. Peter les appela
et s'éloigna.

Soudain, mes jambes tremblantes ne me portèrent plus.
Je m'appuyai contre le mur, et les yeux fermés, par réaction, je me mis à trembler des pieds à la tête.

De l'autre côté du mur, le gardien avait rejoint mon
libérateur. Je vis luire la lumière de sa lanterne entre
les barreaux de la grille, projetant de longues ombres
sur l'herbe tout près de moi.

— Monsieur Quennel, puis-je vous demander ce qui
se passe ? dit une voix.

— Ce qui se passe, Robin ? J'allais justement vous
poser la même question !

— Sauf votre respect, Monsieur, le docteur Craggan
n'aime pas que les gens se promènent hors de la maison à
n'importe quelle heure !

— Pas plus, Robin, qu'il n'aime voir les chiens enfer-
més au lieu de garder la propriété.

Peter parlait calmement, mais avec fermeté.

— Il m'a semblé entendre quelque chose dans les taillis, reprit-il, et je suis venu voir ce qu'il en était. Le temps que vous lâchiez les chiens, s'il y avait eu là un malfaiteur, j'aurais pu être attaqué !

— Peut-être bien, monsieur... Mais ce n'est pas moi qui ai enfermé les chiens !

— Le diable vous emporte ! Prétendriez-vous que je l'ai fait ?

— Pourrais-je savoir, monsieur, ce que vous faisiez dehors ?

— Je me promenais, Robin. Cet accident, à l'atelier, me procure bien des soucis.

Ils repartaient et je ne les entendis plus. Evidemment, Robin n'était pas convaincu, mais il n'oserait pas accuser ouvertement le pupille de son maître, et quand, au matin, le petit complot de Peter serait connu, je serais, moi, hors d'atteinte.

Les chiens s'attardèrent un moment, près de la grille, puis un coup de sifflet les rappela à l'ordre et je demeurai seule dans le silence de la nuit. Seule avec mes réflexions. J'avais affirmé à Peter Quennel que j'avais des amis chez lesquels je pouvais me réfugier, ce qui était un mensonge dans la bouche d'Hester Malpass, accusée de vol. Me jeter à la merci de la douteuse clémence de Mme Skues m'était interdit, aussi bien que tout contact avec toute personne en rapport avec le buffet de la gare, même Barty Hambro. Mon seul espoir reposait sur mon noble et beau capitaine, mais où pouvais-je le trouver ? Kitty m'avait dit qu'il possédait une fabrique de ballons et de tentes près de Stroud. Mais quelle distance me séparait de Stroud ?

Le demi-souverain donné par Peter paierait mon transport, mais il ne devait pas être plus de quatre heures du matin.

Je cessai de trembler et quittai l'abri du mur. Je me trouvais sur un chemin herbeux qui devait bien conduire à une route. Mon arrivée avait été si précipitée que je n'avais aucune idée de la topographie générale des lieux.

Je pris un chemin descendant sur la gauche qui m'amena tout de suite à une route importante. Mais mar-

cher sur le sol empierré me rappela très vite la minceur
des semelles des pantoufles données par Kitty Devereaux. J'essayai de marcher sur le bas-côté, mais je butai
continuellement dans des touffes d'herbe et je dus revenir
au milieu de la route.

Je continuai en trébuchant. Sur ma gauche, le grand
mur d'Orme se dressait. Puis je vis des piliers surmontés
d'aigles plus noirs que la nuit qui encadraient les deux
battants d'une immense grille. Comme je la regardais en
passant, je faillis me cogner à un grand véhicule immobile
au bord de la route. A l'avant, un cheval renâcla et frappa
le sol de ses sabots. Je reculai, méfiante. Que pouvait être
cet équipage, attendant au plus noir de la nuit, devant les
grilles d'Orme ?

Soudain, je sentis dans l'air calme l'odeur d'un feu
de bois et au même instant une voix s'éleva dans l'obscurité.

— Ainsi, vous voilà, disait-elle. Je savais que vous
viendriez.

Je me serais enfuie si mes jambes avaient consenti à
me porter. J'aurais crié s'il y avait eu dans mon corps
assez de souffle pour me le permettre. Non pas que la
voix me fît peur, je l'avais reconnue, mais à cause de ce
pouvoir effrayant, surnaturel, qui amenait sur ma route
son propriétaire à me porter secours.

Car la voix était celle de Mordello, et la voiture que
j'avais failli heurter était sa roulotte.

CHAPITRE IX

Mordello rit doucement.

— Vous m'avez appelé, dit-il, alors je suis venu. Montez près de moi et éloignons-nous de cette triste demeure.

Abasourdie, mais sans aucune frayeur, je m'avançai le long de la voiture. Il tendit un bras vigoureux et m'aida à monter. Puis il agita les rênes et le cheval se mit en marche lentement. Je m'abandonnai au siège, serrant fort les accoudoirs de fer. Dans le silence de la nuit, les roues faisaient un bruit inquiétant : je tremblais d'être poursuivie. Et pourtant j'avais en cet homme une confiance absolue. Pendant plusieurs minutes, nous ne parlâmes ni l'un, ni l'autre. Je ne savais qu'une chose : j'étais sauvée.

— Vous avez dit que je vous ai appelé ? demandai-je enfin. Comment serait-ce possible ? Je ne vous savais pas dans la région.

— J'étais loin d'ici, dans les dunes. Mais vous avez appelé Mordello. Vous l'avez appelé aussi sûrement que si vous aviez crié son nom sur les toits. C'était un cri du cœur qu'il ne pouvait refuser d'entendre. Alors... Il est venu.

Je me rappelais brusquement cet instant de profonde détresse, dans cette chambre qui était une prison. Je me souvins de l'infirmière, de ce nom d'Orme qui flambait dans ma mémoire et aussi de cet appel au secours surgi de mon cœur, de mon désir d'avoir près de moi le

sage conseiller, le gitan Mordello. Pas un homme n'aurait
pu entendre cela. Mordello avait entendu. Et il était
venu.

— Seriez-vous entré dans la maison ? demandai-je.
Si je n'avais pu m'échapper, seriez-vous entré pour me
délivrer ?

Il tourna la tête pour me regarder d'un air moqueur.

— Mordello ne peut s'occuper de ce qui aurait pu
être. Il sait seulement ce qui est.

Un instant, je retrouvai ma méfiance devant ces
façons de bonimenteur de foire, les grandes phrases sous
lesquelles il cachait sa pensée. Pourtant, ce n'était pas
un tour de passe-passe qui l'avait amené là, ce n'était pas
une tricherie qui lui avait fait deviner ma situation tra-
gique.

— Où allons-nous ? demandai-je.

— Nous allons, dit-il, là où il vous faut aller, près
de chez le capitaine Devereaux.

Avant que j'aie pu exprimer ma stupeur devant cette
nouvelle preuve de voyance, il leva une main pour m'interrompre.

— J'avais reçu un renseignement, mademoiselle Malpass. Ce n'est pas une supercherie, je vous le promets.

Je fus contente de l'obscurité qui dissimulait mon
visage rouge de confusion. Pouvait-il lire dans ma
pensée ?

— Un ami à vous est venu me voir, reprit-il. Le fils
de mon frère. Un jeune homme très bon, très bien. Bar-
tholomew Hambro.

— Barty !

La stupeur me faisait oublier toute discrétion.

— Le fils de votre frère ? Mais Barty ne peut être
un gitan !

— Pourquoi pas ?

Mordello se moquait gentiment.

— Parce qu'il était soldat, peut-être ? Parce qu'il s'est
battu bravement pour la reine d'Angleterre ?

— Non... bien sûr que non...

Que pouvais-je dire ? Parce qu'il est bon et laborieux ?
Parce qu'il ne triche pas et ne ment pas ? Parce que son

teint est aussi clair que le mien ? Puis je me rappelai...
Non, son teint n'était pas clair. Nous pensions que s'il
était brun, cela tenait aux climats brûlants qu'il avait subis
en guerroyant avec le général Roberts.

Mordello mit doucement sa main sur mon bras.

— Vous avez tout à fait raison, dit-il. Bien sûr, Bar-
tholomew n'est pas un gitan ordinaire. Il a renoncé à la
vie errante. Il avait des raisons pour cela. Je...

La simple politesse exigeait que je montre un peu plus
d'intérêt.

— Ainsi, dis-je, vous êtes son oncle. Pourquoi ne
m'a-t-il jamais parlé de vous ?

— Son oncle ? Pas de la manière que vous pensez,
je crois. Nous autres gitans considérons comme nos
frères tous les hommes de notre tribu. Quant à vous
parler de moi... Non, il n'aurait pas risqué cela. Il a son
chemin à faire dans le monde. Pour un honnête soldat
blessé au service de la reine, c'est possible. Pour un gitan,
pas tellement.

Je me rappelai soudain que Barty ne voulait jamais
parler de sa famille. Il était triste qu'il n'ait pas pu me
faire confiance. Pourtant, en fouillant ma conscience, je
ne pouvais croire que je l'aurais trouvé différent parce
qu'il appartenait au peuple mystérieux des gitans. A ma
façon, je me sentais tout aussi étrangère aux autres que
lui.

Nous roulions sous un ciel qui s'éclairait. Mordello
m'expliqua que Barty était allé le trouver pour lui demander son avis et son aide : il était plein d'anxiété à mon
sujet. Le vieux gitan lui affima que j'étais vivante et que
je n'étais pas en danger. Sur le moment, il n'avait pas pu
en dire davantage. Il avait suivi ma trace jusqu'à Orme
plus tard.

Tandis qu'il parlait, le soleil se leva sur les cheminées
et les flèches de Bristol. Comme toujours, une brume
de fumée grise flottait sur la ville. Mordello me dit qu'il
ne pouvait pas me conduire jusqu'à la maison du capitaine, près de Stroud, car il avait un engagement à Bath
le lendemain et le village se trouvait dans la direction
opposée. Il m'emmènerait au port ; de là, des bateaux se

rendaient régulièrement jusqu'à un village tout proche de Stroud où le capitaine avait sa fabrique de tentes et de ballons. Il ne pensait pas que les mariniers se soucieraient beaucoup de mon identité et du fait que je sois recherchée par la police.

Je remarquais qu'en discutant de ces détails ses paroles perdaient leur ton mystérieux et théâtral. De temps à autre, il arrêtait la roulotte et y entrait pour garnir le petit poêle à bois dont le tuyau noir dispersait un délicieux parfum de résine sur les champs alentour. Le soleil était haut, quand il s'arrêta à l'écart de la route au bord d'un petit ruisseau et m'invita à déjeuner. Je visitai, ravie, l'intérieur de la roulotte, qui était d'une propreté méticuleuse. Il remplit une bouilloire au ruisseau me fit asseoir et me servit du pain et des œufs.

Quand je me remémore cette matinée, je m'émerveille à l'idée que pas un instant, seule au fond de la campagne avec cet homme à l'étrange pouvoir, je n'ai éprouvé la moindre crainte, ni la moindre gêne. Cela tenait certainement à Mordello lui-même, à sa paisible dignité, à sa manière de tout trouver naturel. J'avais même oublié la façon peu correcte dont j'étais vêtue, si bien que je fus tout étonnée quand il m'indiqua un coffre, dans la roulotte, où je trouverais des vêtements mieux adaptés à la suite de mon voyage. Après quoi il me laissa seule.

Le coffre contenait des jupes et des blouses aux teintes vives que je n'aurais jamais osé porter naguère. Mais les circonstances avaient changé, et moi aussi. Je me demandai un instant comment il pouvait être en possession de tout cela, n'étant pas marié à ma connaissance, et les coutumes de son peuple m'étant inconnues. J'oubliai bientôt mes scrupules en m'amusant à choisir un accoutrement qui ne fût pas trop voyant. Malgré mes efforts, en sortant de la roulotte avec une jupe jaune et brune, une blouse froncée autour du cou et un châle orange sur mes épaules, je me demandais quelle tête ferait Mme Skues si elle me voyait ainsi.

Mordello bouchonnait le cheval. Il se retourna, et à ma vue il tressaillit, visiblement bouleversé. Je serrai davantage le châle autour de moi.

— Cela ne va pas ? demandai-je anxieusement.

— Cela ira très bien !

Il s'était ressaisi, mais les explications qu'il me donna de son émotion ne me parurent pas très convaincantes.

— J'avais peur simplement, me dit-il que ce ne soit un peu trop bien. Vous allez vous trouver parmi des gens simples, mademoiselle Malpass. Et le capitaine Devereaux lui-même n'est pas...

— Mais ce sont les vêtements les plus simples que j'aie pu trouver, dis-je.

A vrai dire, en dépit de leurs vives couleurs, ils étaient passablement vieux et usés.

— Ils sont sûrement mieux que ce que je portais avant !

J'avais l'impression qu'il était sur le point de dire quelque chose de désobligeant sur mon noble et beau capitaine, et quoi que ce fût, je n'avais pas envie de l'entendre.

— Très bien, mademoiselle Malpass, dit Mordello en souriant. Si l'effet produit est remarquable, nous en rendrons responsable non pas les vêtements, mais la personne qui les porte. Elle serait tout aussi belle, je le crains, habillée de vieux sacs.

Le compliment était aussi charmant qu'inattendu. Vraiment, cet homme tranquille, réfléchi, n'était pas un gitan ordinaire. Je me rappelai les livres que j'avais vus rangés sur des rayons, dans la roulotte, l'encre et la plume sur la table près de la couchette. Je le remerciai de mon mieux de sa courtoisie. Il me salua gravement, m'aida à remonter sur le siège, et la voiture reprit la route. La matinée était radieuse. Bientôt, les chemins que nous suivions s'animèrent : des hommes en blouses brunes partaient travailler dans les champs, ou tiraient vers la ville des charrettes chargées de laitues et de radis. Des carrioles attelées de poneys emmenaient au marché les fermiers et leurs femmes. Pour tous, Mordello avait un geste amical, une plaisanterie. Et ils répondaient, conquis et réjouis par sa joie de vivre.

Pourtant, malgré le plaisir du voyage et ma fatigue, je n'avais dormi que trois ou quatre heures la nuit pré-

cédente, j'étais nerveuse et agitée, tourmentée par nombre de questions demeurées sans réponse. Un moment
vint où il me fut impossible de me taire plus longtemps.

— Vous m'avez parlé d'un secret, dis-je, quand je
vous ai vu à la fête. Vous m'avez dit qu'Orme cherchait à
découvrir un secret qui m'appartenait. Vous m'avez re-
commandé de ne pas le révéler à la légère.

— Ai-je dit tout cela ?

Ses sourcils se joignirent.

— Parfois je vois des choses, mademoiselle Malpass. Mais il est rare que je m'en souvienne aussi longtemps après.

Il passa les rênes du cheval d'une de ses mains dans
l'autre et parut changer de sujet de conversation.

— Cela vous surprendrait-il si je vous disais que j'ai
connu Edmund Malpass, votre père ?

J'attendis la suite. Rien de ce qu'il aurait pu dire ou
faire en ce moment ne m'aurait étonnée.

— Edmund Malpass était un homme d'un genre
particulier, reprit Mordello. Je ne dirais pas un *grand*
homme : la grandeur demande à être prouvée et il est
mort trop tôt pour cela, mais un homme brillant et courageux. Sa mort a été certainement un drame pour vous,
mais elle pourrait bien avoir été un drame pour le monde
aussi.

Je m'agitai sur mon siège, mal à l'aise. Je n'avais pas
envie d'entendre parler de mon père. Avec l'intolérance de
mes dix-huit ans, j'avais mon opinion sur lui et elle n'était
pas bonne. Je me souvenais du tabouret à vis, des
moments où ma mère et moi avions besoin de lui et où,
absorbé par ses rêves, il ne s'en apercevait même pas.

— Et ma mère ? demandai-je L'avez-vous connue ?

— Très bien. Elle avait la tête pleine d'oiseaux
chanteurs et il l'adorait pour cela. Heureusement... Elle
lui a créé tant de difficultés...

— *Elle* lui a créé des difficultés ? A lui ? J'aurais cru
que c'était l'inverse !

Il hocha la tête, mais avec un sourire qui ne me recon-
naissait pas vraiment adulte.

— Les pires difficultés, dirais-je, mademoiselle Mal-

pass. Des problèmes familiaux. Ne vous êtes-vous jamais
étonnée de n'avoir ni grands-parents, ni oncles, ni tantes,
ni cousins ?

— Ils m'ont dit que mes grands-parents étaient morts.

Je fixai son profil sombre, impassible.

Il soupira, mais ne me contredit pas.

— En ce qui concerne les oncles et les tantes, dit-il,
vos parents étaient des enfants uniques, alors évidemment vous n'en avez pas.

Il parut hésiter, comme s'il souhaitait en dire davantage. Il parla enfin.

— Vous devriez vous rappeler, Hester Malpass, que
parfois les morts vivent. Et que même les enfants
uniques peuvent avoir des frères et des sœurs...

Et cet oracle, tout évasif et agaçant qu'il fût, mit un
terme à la conversation. Il ne voulut rien me dire des circonstances qui l'avaient fait rencontrer mes parents,
malgré mon insistance et mes questions. Je ne devais
apprendre que lorsqu'il le voulait, Mordello savait garder
le silence.

Nous descendîmes bientôt un chemin tortueux vers
la ville, laissant derrière nous un nuage de poussière.
Des enfants en haillons vinrent courir à côté de nous
dans les rues. Je me sentais très grande dame, ainsi per-
chée sur mon siège, et j'avais envie de leur jeter des
pièces, et puis je me rappelai que j'étais à peine moins
pauvre qu'eux, ne possédant en tout et pour tout que le
demi-souverain de Peter Quennel.

Nous suivîmes les rues pavées jusqu'au port, et jusqu'à l'endroit où le quai rejoignait le canal par lequel je
partirais pour Brimscombe.

Un pont enjambait le canal. Mordello s'arrêta et me
dit de rester dans la voiture pendant qu'il allait sur le
quai.

— Les gens d'ici sont bien gentils, me dit-il, mais
j'aime autant faire mon enquête.

Le canal... je me rappelai soudain Amy Dobbs dont
le frère, Patrick, transportait du charbon à Stroud et au-
delà. Bien vite, je parlai de lui à Mordello : Patrick était

venu voir sa sœur plus d'une fois, je le connaissais, et je savais que c'était un garçon honnête et franc.

— Je vais le demander, dit le gitan. Mais nous aurons de la chance s'il est là.

Mais je n'avais pas peur. Je savais qu'en un jour, il serait là, prêt à me rendre service. Et j'avais raison. Cinq minutes plus tard, Mordello reparut, avec Patrick, et je répondis à ses questions sur Amy, sur moi, sur la chère Kate. Oui, tout allait bien pour moi en vérité : j'appris bientôt que lui et son patron partaient dans l'heure avec leur plein de charbon. Il connaissait bien la fabrique de ballons et de tentes, qui se trouvait sur leur chemin : nuit et jour, me dit-il, pour faire de la réclame, un ballon flotte au-dessus des bâtiments.

Dans l'agitation et l'excitation de mon départ, mes adieux à Mordello furent plus brefs que je ne l'aurais voulu. Il n'était pas, d'ailleurs, homme à éterniser une séparation ou des manifestations de gratitude.

— Je ne serai pas loin, me dit-il. Laissez-moi une semaine ou deux, et je pourrais bien venir voir comment vous allez.

Il fit tourner la roulotte. Cela me désolait de le voir partir et je fis quelques pas à côté de lui. Je tendais la main vers lui quand soudain, il se figea. Il fixa sur moi des yeux noirs comme des puits d'ombre et quand il parla, sa voix semblait venir de très loin.

— Rappelez-vous, Hester, le destin d'un homme est ce qu'il a le courage et la sagesse d'en faire. Et le destin de la femme aussi.

Je sentais qu'il me regardait jusqu'au fond de l'âme.

— Rappelez-vous aussi que vous ne serez jamais seule. Mordello a des yeux qui voient et des oreilles qui entendent. Il est près même quand il est loin. Souvenez-vous de cela.

Le charme s'effaça. Je retirai ma main. Le cheval alla plus vite et s'éloigna. Je restai là un moment, regardant la roulotte verte et jaune cahoter entre les maisons. Le courage et la sagesse... Mordello demandait beaucoup, mais il promettait beaucoup en retour. Lentement, je me détournai, et le petit paquet de mes affaires sous mon bras, je réintégrai le gai tohu-bohu du monde.

Le patron de Patrick s'appelait Osgood ; c'était un homme d'aspect fruste, mais à la parole et aux façons réservées. Il me présenta à sa femme qui me fit voir un beau bébé gigotant. Leur existence était d'une primitive simplicité. Ils vivaient dans une cabine de bois dépourvue de fenêtre, à l'arrière de leur bateau, et Patrick dormait auprès d'eux quand le mauvais temps l'empêchait de coucher dehors.

Je fus contente d'apprendre que je parviendrais à destination avant la nuit. Je n'avais pas envie d'embarrasser mes hôtes.

Dix minutes plus tard, le vieux cheval harnaché, notre voyage commença. Je marchais sur le chemin de hâlage au côté de Patrick. Mais les pierres du chemin ne tardèrent pas à me meurtrir les pieds à travers les semelles trop minces de mes chaussons. Je retournai sur la péniche.

Ainsi, j'abordai la dernière partie de mon voyage d'Orme à la demeure de mon noble et beau capitaine, les paisibles heures ensoleillées accompagnées du murmure de l'eau, des pas réguliers du cheval, du bavardage de la mère et de l'enfant. Patrick sifflait un petit air et je m'abandonnais à la calme douceur de glisser sans hâte vers le but proche qui m'attendait. Quelle heure était-il ? Nul ne le savait, ou ne s'en souciait.

Le soir tombait quand nous dépassâmes Stroud pour entrer dans le Val d'Or, ainsi nommé, me dit fièrement M. Osgood, par la reine Victoria elle-même. J'atteignais la fin de mon voyage : j'aperçus, au-dessus des arbres, à un tournant de la vallée, un immense ballon rouge. Je savais qu'au-dessous, invisible encore, se trouvait la fabrique du capitaine Devereaux.

Le bassin de Brimscombe était vaste et de nombreuses péniches y entraient pour passer la nuit. D'une auberge proche parvenaient des chants et de gros rires. Monsieur Osgood s'arrêta un instant contre la berge pour me permettre de débarquer : ni lui, ni Patrick ne m'avaient posé aucune question. Au moment de me dire au revoir, Patrick me tendit la main.

— Amy m'a écrit, me dit-il. J'ai reçu la lettre l'autre jour. Il n'y a pas une fille pour croire que vous avez fait ça... je veux dire le vol des objets.

Il secoua la tête en fronçant les sourcils.

— Faut-il que les gens soient mauvais, quand même..., quand vous êtes pauvre et que vous n'avez personne pour vous défendre !

Sa sympathie, tellement sincère m'émut aux larmes. Comme par magie, pendant mon trajet sur l'eau, j'avais oublié mes soucis, ne vivant que pour ces moments bénis. Avant que j'aie pu lui répondre, Patrick avait repris la longe du cheval et il repartait. Je ne le suivis pas : comme Mordello, il n'avait pas le temps d'écouter mes remerciements.

⁂

La maison du capitaine Devereaux, se dressait sur la droite d'une cour pavée, sur le côté du principal bâtiment de la fabrique. Je luttai contre une soudaine et violente méfiance et je frappai fermement à la porte. Ayant fait tant de chemin dans l'intention de me confier à la générosité de mon fier et beau capitaine, j'aurais été ridicule de reculer au dernier moment. Mon inquiétude augmenta, cependant, quand la porte fut ouverte par M. Jowker, soupçonneux.

Il ne me reconnut pas.

— Qu'est-ce que c'est que ça ? cria-t-il. Les marchands et les colporteurs doivent passer par derrière... Et nous n'avons besoin de rien.

— Monsieur Jowker, dis-je, c'est moi, Hester Malpass. Je vous en prie, dites au capitaine que je suis là.

Peut-être aurais-je dû être moins brutale, sachant qu'il me croyait morte. J'aurais dû penser qu'il n'était plus jeune et que de trop grandes surprises pouvaient lui être fatales. Il supporta le choc assez bien, cependant ; il commença par ouvrir la porte toute grande pour éclairer mon visage, après quoi il me fit entrer sans douceur.

— D'où sortez-vous, vilaine fille ? demanda-t-il avec indignation. Vous nous avez fait une telle peur, un tel chagrin ! Et qu'est-ce que c'est que cette façon de vous habiller ?

Je commençais à peine à formuler des explications quand j'entendis un cri qui venait d'une pièce, tout au fond du vestibule. Au même instant, le capitaine Devereaux parut à une porte. Ses yeux brillaient et il levait ses noirs sourcils avec une stupeur presque comique. Son sourire de bienvenue effaça aussitôt toutes mes inquiétudes. Il était content de me voir. J'étais sauvée !

— Hester ! hurlait-il. Mes oreilles me tromperaient-elles ? Est-ce vraiment bien Hester Malpass, revenue d'entre les morts, le plus charmant fantôme qu'un homme ait jamais rencontré ?

Il ouvrit les bras. Sans hésiter, je courus m'y jeter et il me serra contre lui avec autant de chaleur que de joie.

— Non, ce n'est pas un fantôme ! dit-il.

Il m'écarta de lui et me regarda.

— C'est bien elle, Jowker. Et fatiguée, et affamée, probablement.

Je ne pus que sourire et hocher la tête. A la vérité, j'étais épuisée après cette longue journée, et je mourais de faim, n'ayant mangé que quelques bouchées du repas frugal des Osgood. Le capitaine me fit entrer dans un bureau meublé de fauteuils de cuir. Il me fit asseoir et envoya M. Jowker chercher ce qui restait de leur repas, récemment achevé. Rapidement je vis arriver la moitié d'un pâté, des choux, du pain et un bon vin rouge.

Tandis qu'au dehors la nuit tombait lentement, je mangeai et je bus, tout en racontant mon histoire aux deux hommes. Je racontai, pour être plus précise, une petite partie de mon histoire, car très vite, ma fatigue ajoutée à la nourriture et au vin, me terrassa. Ma parole s'embarrassait, mes phrases demeuraient inachevées... Un souvenir de cette soirée demeure dans ma mémoire, celui du visage de mon capitaine tout proche du mien, et sa voix insistant doucement à mon oreille :

— Croyez-moi, Hester, j'ai tenté de vous retrouver. J'ai frappé à toutes les portes à des kilomètres à la ronde. Je suis allé à Orme, j'ai demandé si vous étiez là... Craggan est venu en personne me jurer qu'il ne vous avait pas vue, et qu'il lancerait ses chiens contre moi si j'essayais d'entrer. Croyez-moi, ce n'est pas de gaieté de cœur que je vous perdais...

Je m'éveillai toute raide et courbatue pour me retrouver dans la pièce où j'avais été reçue la veille au soir, étendue sur une chaise-longue de cuir incroyablement dure. J'y avais été déposée endormie, et même un peu ivre. Derrière d'épais rideaux, je pouvais constater que la journée était bien avancée. J'étais seule mais j'entendais du bruit dans la maison ainsi que le cliquetis rythmé des machines de la fabrique. Je me rappelai la façon dont j'avais été accueillie la veille et je me sentis heureuse. Mes impressions confuses sur le capitaine se rassemblèrent pour former une image de rassurante tendresse.

J'appuyais contre la vitre fraîche mon front brûlant quand la porte s'ouvrit derrière moi et M. Jowker entra.

— Ah ! dit-il. Vous voilà réveillée. J'espérais que mes vieilles oreilles ne m'avaient pas induit en erreur.

Je ne répondis pas. Ses façons ne me plaisaient guère. Il semblait à la fois vaniteux et obséquieux. Comme il s'approchait, je vis qu'il portait un tablier de serge verte sur un pantalon d'étoffe semblable et une chemise douteuse. Il s'éclaircit la gorge.

— Vous avez bien dormi, je pense ? Nous n'avons pas jugé convenable de vous transporter ailleurs, ni de vous dévêtir.

Tant de correction de sa part et de celle du capitaine était rassurante.

— J'ai très bien dormi, merci, monsieur Jowker, dis-je.

— Le capitaine a ordonné qu'on ne vous dérange pas. Il travaille. Je dois vous conduire à lui dès que vous serez prête, après le déjeuner.

Kitty m'avait dit que le capitaine et M. Jowker n'avaient fait connaissance que tout récemment. Sans doute le vieux bonhomme s'était-il rendu indispensable. S'acquittant adroitement des tâches accomplies jusque-là par la jeune femme. Je n'avais évidemment aucune illusion sur les relations probables entre le capitaine et sa collaboratrice, mais elles avaient évidemment pris fin. Tout en déjeu-

nant avec M. Jowker, j'essayai de savoir où se trouvait
maintenant Kitty, mais je fus convaincue qu'elle était
non seulement partie mais oubliée. Cette pensée, aussi
réconfortante fut-elle, me créait un autre problème : si
je voulais être délivrée des soupçons de la police, je
devais la retrouver.

Après avoir déjeuné, je fus conduite au bureau du
capitaine, séparé par une cloison d'un atelier très propre
au rez-de-chaussée du bâtiment principal. Je passai entre
des rangées de machines à coudre en pleine activité.
Devant elles, étaient assises une armée de jeunes femmes,
à la tête couvertes de grands mouchoirs, qui dirigeaient
sous les aiguilles de grands morceaux de toile ou de calicot rouge. Pour rien au monde je n'aurais voulu être à
leur place ; pourtant, elles étaient joyeuses, et on entendait
leurs voix bavardes au-dessus du bruit de l'atelier.

Par contraste, le bureau du capitaine était singuliè-
rement silencieux. En manches de chemise, il était assis
à une table de bois blanc, étudiant des factures et des
bons de commandes. Je le voyais sous un jour inconnu :
ce n'était plus un saltimbanque ni un bateleur, mais un
homme penché sur des questions importantes, un homme
qui devait équilibrer ses comptes, un homme qui, à en
juger par son expression, avait des soucis comme tout le
monde. Mon cœur battit pour lui plus encore qu'auparavant.

Quand il me vit, son visage s'éclaira. Il se leva d'un
bond et me reçut avec un peu de son extravagance d'autrefois. Il me fit asseoir en face de lui, et M. Jowker, qui
ne montrait aucune envie d'aller reprendre ses tâches
domestiques, s'installa sur un tabouret près de la porte.
Le capitaine semblait content que le vieux bonhomme
fût là et je dus me résigner à subir sa présence.

— Kitty ? déclara le capitaine après ma question. Je
ne l'ai pas vue depuis le lundi de la Pentecôte... Cela fait
dix jours. Et vous, Jowker ?

Le vieux secoua la tête d'un air lugubre.

— Que lui voulez-vous ? demanda le capitaine.

J'hésitai. Je ne savais trop ce qu'il dirait quand je

l'accuserais des vols dont on me croyait coupable. J'exposai l'affaire aussi discrètement que je pus.

Il ne s'émut pas le moins du monde.

— La voilà revenue à ses anciens errements ! dit-il. Cela ne me surprend guère. Elle a toujours eu les doigts crochus, la pauvre enfant. Je vous l'ai dit : Kitty est un diamant brut ; j'ai fait ce que j'ai pu pour elle tant qu'elle était avec moi, mais évidemment...

Il haussa les épaules.

— Je m'informerai, naturellement, mais elle peut être très loin d'ici maintenant. Quant à récupérer l'argent du buffet et la coupe d'argent, je serais bien étonné que vous y parveniez : elle ne doit plus rien avoir.

— Il y avait une inscription gravée sur la coupe. Peut-être n'a-t-elle pas osé chercher à la vendre.

— De toute façon, mon enfant, déclara-t-il, vous n'avez pas à vous tourmenter. Votre prétendue culpabilité n'est pas de taille à préoccuper indéfiniment la police. Vous pouvez rester ici aussi longtemps que vous voudrez, nous sommes heureux de vous avoir auprès de nous. N'est-ce pas, Jowker ?

Jowker hocha la tête.

— En ce qui me concerne, capitaine, dit-il, mademoiselle Hester est la bienvenue ici.

Ils étaient bons, et pourtant, j'étais inquiète. Certainement, je ne demandais pas mieux que de rester là, mais dans quelles conditions ? Et à quel titre ? Chausser gaiement les souliers de Kitty, par exemple, était hors de question.

Une autre incertitude me préoccupait : j'y avais beaucoup pensé pendant que j'étais prisonnière du docteur Craggan. Je me forçai à poser une question qui frisait l'impertinence.

— Capitaine Devereaux, dis-je, je dois être franche avec vous.

— Je sais que je me tromperais, Hester, répliqua-t-il, si je vous croyais capable d'autre chose.

— Dans ce cas, dis-je, je dois vous demander pourquoi vous n'avez pas démenti la nouvelle, annoncée par les journaux, selon laquelle Kitty s'était noyée dans l'es-

tuaire. Vous pensiez que c'était moi qui étais morte, et
pourtant vous n'avez rien dit. Je trouve cela difficile à
comprendre.

Il me regarda en fronçant les sourcils d'un air féroce,
puis il éclata de rire.

— Elle trouve cela difficile à comprendre, Jowker !
On voit bien qu'elle n'a aucune idée des ennuis qui guettent un homme dans ma position !

Il se pencha vers moi au-dessus de sa table, de nouveau sérieux.

— Hester, ma chère enfant, le public est friand
d'émotions. Il est enchanté que de belles jeunes femmes
comme vous risquent leur vie pour lui procurer ces
émotions-là. Mais il ne se soucie pas de prendre sa part
des responsabilités quand, parfois, son plaisir se termine
par une tragédie. Dans ce cas, il se débarrasse du blâme...
et cette fois-ci, c'est moi seul qui l'aurais supporté.

Il fit un geste las.

— Imaginez l'indignation générale, Hester, et en cette
occurrence, je l'aurais fort bien comprise, si l'on avait su
que la pauvre parachutiste noyée était une jeune fille
sans entraînement, une novice accomplissant son premier
saut dans des conditions qui auraient effrayé la personne
la plus expérimentée. Imaginez...

— Ce n'est pas de votre faute si j'ai sauté ! Vous
avez fait de votre mieux pour me retenir !

Il leva les mains.

— Qui aurait cru cela ? L'excuse était cousue de fil
blanc ! Non, Hester, il était beaucoup plus sage d'accepter le mensonge. La mort de Kitty, venant après nombre
de descentes, ne pouvait pas m'être reprochée. Et qui
pouvait souffrir de cette petite tromperie ? Pas vous, je
vous croyais morte. Pas votre famille, vous m'avez dit
n'en pas avoir...

Il s'interrompit.

— Pardonnez-moi, reprit-il. J'ai succombé à la faci-
lité. Le mensonge qui ne faisait de mal à personne et qui
m'évitait la condamnation du monde. La vérité aurait fort
bien pu mettre un terme à ma carrière. Le mensonge me
permettait de vous pleurer dans une ombre décente.

Je lui en aurais pardonné bien davantage ! Et pas un instant il ne m'avait reproché ma stupidité, qui aurait pu lui coûter si cher.

— Morte ou vivante, murmurai-je, je n'aurais pas voulu vous causer le moindre ennui.

Il me prit la main sur le bureau encombré.

— Dieu vous bénisse, mon enfant !

Il revint à M. Jowker, fort occupé à effacer les plis de son tablier sur son genou.

— Jowker, mademoiselle Hester, j'en suis sûr, voudra se rendre utile. Je suggère qu'elle vous aide dans la maison. Et vous pourriez ensemble faire le ménage de la chambre d'amis, au-dessus de mon cabinet, pour qu'elle puisse s'y installer. Il lui faut un domaine privé, un endroit où elle soit chez elle.

J'étais tout à fait rassurée. J'allais avoir un rôle convenable dans la maison, ma position, désormais, était claire. Pour la première fois depuis mon enfance j'aurais une chambre à moi, et j'étais convaincue que M. Jowker ferait un chaperon parfaitement qualifié.

Avant que j'aie pu exprimer ma gratitude, cependant, le capitaine Devereaux était revenu à moi et me fixait d'un regard perçant. Je me sentis soudain tendue.

— Et pour vous rendre utile, Hester, je serais heureux que vous me disiez ce que vous avez pu découvrir sur le travail du vieux Craggan. Je suis prêt à jurer que le vieil imbécile n'a pas une journée d'avance sur moi mais j'aimerais fort que mon opinion soit confirmée.

— Le travail du docteur Craggan ? répétai-je.

Je me remémorai les alertes et les étrangetés que j'avais connues pendant mon séjour à Orme.

— Vous parlez de cette machine qui fait des explosions ? demandai-je. Ce fusil mécanique qui tirait à n'importe quelle heure du jour ou de la nuit ?

— Une machine à explosions ? Un fusil mécanique ?

Le capitaine rit aux éclats, tapant sur sa table dans sa joie.

— Excusez-moi, ma chère enfant. Je dois avoir l'air affreusement impoli ! Mais une « machine à explo-

sions »... vous ne pouvez savoir combien cette idée peut
être comique !

Il lutta pour dominer ce rire irrépressible et y réussit.

— Puis-je en conclure que vous n'avez jamais vu
de vos yeux cette mécanique à explosions ?

Il se moquait de moi et cela m'agaça. Je déclarai
sèchement :

— Hier soir, monsieur, je vous ai décrit les conditions
de ma captivité. Je croyais avoir été parfaitement claire...

— Hester ! Je vois que mon étourderie vous a fâchée !
Pour rien au monde je ne voudrais cela...

Il hésita, puis prit une décision et se leva.

— Je vous dois une compensation, mon enfant.
Notre association vous a causé beaucoup de souffrances.

Il alla à la porte de son bureau.

— En retour, je vais vous révéler des secrets que
même mon ami Jowker, ici présent, ignore. Je vous
accorde ma confiance parce que vous la méritez, et parce
que je sais que vous n'en profiterez pas.

CHAPITRE X

Laissant là M. Jowker, il m'emmena à travers l'atelier aux machines à coudre, me fit descendre des marches, et suivre un couloir, pour m'arrêter devant une porte fermée par un lourd cadenas. J'attendis, un peu surprise, tandis qu'il cherchait une clé dans un trousseau fixé à sa ceinture par une chaîne.

— Derrière cette porte, Hester, dit-il, se trouve le secret qui me passionne plus que tout autre chose. Il m'a conduit au bord de la banqueroute, il m'a obligé à me transformer en saltimbanque pour me défendre de mes créanciers. Mais un jour, il m'apportera la gloire, il m'apportera la maîtrise de l'éther... L'œuvre de toute ma vie, mon enfant... La plus grande bénédiction que connaîtra l'humanité.

Dans sa voix, j'entendais des inflexions rêveuses que je reconnaissais. Déjà il avait parlé de maîtriser l'éther. D'un autre, j'aurais considéré cela comme une ambition proche de la folie, mais le capitaine n'avait pas l'air fou le moins du monde. Il mit la clé dans le cadenas et ouvrit la porte.

Je vis un grand atelier bas de plafond, aux murs blanchis à la chaux, qui ressemblait à une cave. Il y avait là des rayonnages chargés d'outils, des établis et des appareils incompréhensibles. Il referma la porte derrière nous et la verrouilla, puis il me prit par la main et m'entraîna. Au fond de la salle, il s'arrêta devant une construction métallique très compliquée : des roues, des axes, des tubes de cuivre, de lourdes pièces de fer... La raison d'être de tout cela dépassait de très loin les limites de mon entendement.

Le capitaine lâcha ma main. Il fit tourner la roue de la machine et regarda d'un air extasié ses diverses parties glisser, se joindre et se disjoindre. Quand il parla enfin, ce fut si bas que je l'entendis à peine.

— Cinq années de travail, Hester, et la théorie est bonne. Je le jure.

Sous sa main, les pièces de la machine allaient et venaient, s'engrenaient, se séparaient...

— Pourtant, un principe m'échappe encore. Un seul !

Il soupira. Mais j'y arriverai. Croyez-moi ! Un jour très prochain mon moteur à pétrole deviendra réalité.

Essayant de comprendre, je répétai le seul mot qui ne me fût pas totalement inconnu.

— Le pétrole ? demandai-je.

— La progression logique. D'abord la vapeur, puis le gaz, et maintenant la compression des vapeurs de pétrole...

Il s'interrompit. Il pensait peut-être qu'il m'ennuyait ; il s'imaginait peut-être, comme mon père, qu'une pauvre femme ne saurait s'intéresser à ce genre de chose. Il se trompait. Si c'était là son rêve, je voulais qu'il soit aussi le mien.

— Vous voulez fabriquer ce moteur, dis-je, afin de le placer sur un ballon, un ballon semblable au petit modèle que vous nous avez fait voir au buffet de la gare ? Semblable à « Joséphine » ?

Il s'approcha d'une fenêtre et regarda le morceau de ciel qu'on apercevait au-dessus des arbres.

— Imaginez qu'on ait le pouvoir de voguer dans le vent comme le vaisseau vogue sur la mer ? Imaginez un aérostat avançant sans se lasser, obéissant à votre volonté seule, et à nulle autre !

Si c'était là son rêve, je le comprenais sans peine.

— Cinq longues années sur ce moteur, murmurat-il. Et avant cela, combien de temps ? Une vie entière de réflexion, de recherches, d'études.

Il fixait l'insondable azur du ciel.

— On dit que tous les enfants rêvent de voler. Mais en ce qui me concerne, ce rêve a grandi, jusqu'au jour où sa réalisation est devenue ma raison de vivre. Pouvez-vous comprendre cela ?

Je croyais le pouvoir, moi qui berçais un humble, un modeste rêve, mais il ne me laissa pas le temps de répondre.

— J'avais à peine douze ans lors de ma première ascension, dit-il, se parlant plutôt à lui-même. Cela se passait dans une fête foraine : un ballon captif. Cela ne m'a nullement satisfait. Mais j'ai décidé à cet instant qu'un jour je volerais comme un oiseau, sans me soucier de la direction ou de la force du vent, indifférent à ses humeurs, libéré à jamais de la terre et de ses mesquineries...

Soudain, il frappa du poing le chambranle de la fenêtre.

— Et maintenant ce jour est presque arrivé. Mon moteur me donnera la liberté. Il donnera la liberté à tous les hommes prisonniers de la terre. Toute la gloire, toute la beauté du monde seront pour qui voudra les prendre !

Il se retourna vers moi. Lentement, la flamme s'éteignit dans ses yeux pour y faire place à quelque chose très proche du dégoût.

— Et je vous le demande, à quoi ce vieil aventurier de Craggan veut-il faire servir son moteur, en admettant qu'il le fasse jamais fonctionner ? Imaginez-vous la ridicule, la pitoyable ambition de ce vieil idiot ? Alors, je vais vous le dire. Il veut construire un moteur à pétrole pour faire avancer l'un de ses grotesques petits tricycles ! Voilà l'étendue de ses désirs !

Si c'était là le projet du docteur Craggan, je ne le trouvais pas aussi abominable que le prétendait mon fier et beau capitaine, et j'étais très contente de savoir enfin la réelle nature des activités mystérieuses de Craggan. Cependant, si c'était vraiment là le secret d'Orme, selon les dires de Mordello, je ne voyais pas du tout comment je pouvais y être mêlée. Je ne voyais pas davantage quel rapport il y avait entre cela et les détonations qui secouaient la maison.

— Le bon docteur Craggan, dit le capitaine, tandis que nous quittions la pièce, essaye l'allumage à tube incandescent... et cela lui coûte cher, j'en ai peur. C'est impossible à diriger !

Cela m'étonnait qu'il en sût si long sur les travaux du docteur Craggan.

— Il a prétendu que vous vous étiez introduit chez lui, dis-je. Est-ce vrai ?

Il haussa les épaules.

— Disons que j'étais curieux. Il m'a tiré dessus avec un fusil de chasse.

Il eut un sourire mélancolique.

— A sa place, je dois dire que j'aurais fait de même.

Nous remontions l'escalier.

— Il y a une chose que je ne comprends pas, dis-je. Il comptait me libérer dès qu'il aurait achevé ses travaux. Comment aurait-il pu le faire puisqu'il me prenait pour Kitty et que, celle-ci n'avait aucune raison de ne pas courir se plaindre à la police, et l'accuser de l'avoir séquestrée ?

— Votre cheville était un alibi parfait. Qui aurait pu prouver qu'elle n'avait pas été vraiment brisée ? En somme, d'après ce que vous m'avez dit, il vous a traitée en malade privilégiée. En fait, il pourrait fort bien m'envoyer une note d'honoraires pour soins professionnels !

— La règleriez-vous ? demandai-je en riant.

— Pour avoir Hester Malpass saine et sauve ? Cent souverains ne seraient pas cher !

Il redevint sérieux et regagna son bureau.

— Ce que vous venez de voir, mon enfant, transformera le monde un jour. N'en parlez à personne, je vous en prie. Les gens savent, naturellement, le genre de travail que j'effectue ici, mais les détails, le chemin particulier que je suis, doivent rester rigoureusement secrets. Il en est, qui tenteront de le connaître par vous.

Je m'engageai à une totale discrétion. A la vérité, j'aurais été une bien piètre informatrice car le « chemin particulier » suivi par le capitaine était toujours aussi mystérieux pour moi. Il me remercia cependant de ma promesse, et avec regret, m'envoya à la recherche de M. Jowker.

— Il faut que je me remette au travail, dit-il, en s'excusant.

Je trouvai la porte de la cuisine et entrai. Un parfum d'agneau rôti flottait dans l'air ; M. Jowker épluchait des pommes de terre. Un instant je le regardai, penché sur son humble besogne, essayant de reconnaître en lui l'ivrogne fou qui brandissait une chope brisée au buffet de la gare. C'était difficile, mais pas impossible.

Je dus faire un peu de bruit : il leva la tête et me vit. Il bondit aussitôt sur ses pieds, mais non pas pour me saluer courtoisement.

— C'est bien de venir rendre service ! dit-il en me mettant avec autorité son couteau dans la main. Vous pouvez continuer à éplucher ces pommes de terre Ce n'est pas parce que c'est indigne de moi, mais je ne suis pas doué pour ce genre de travail.

J'allais répondre que je lui ressemblais en cela quand je vis un échantillon de son habileté ; je pensai alors que nous mangerions davantage et gâcherions moins si je le délivrais de cette tâche peu appréciée. De plus, ayant pris mon parti de recevoir des ordres de M. Jowker, je me dis qu'éplucher des pommes de terre pour mon noble et beau capitaine était la moindre peine que je pouvais me donner dans sa maison.

Jowker me regarda m'asseoir devant la table et se frotta les mains.

— Le thé et le café, ça, c'est ma spécialité, dit-il. Je fais des bonnes tartes et mes choux sont un vrai régal. Mes sauces, ressemblent à du porridge réchauffé. Quant à mes puddings, mieux vaut n'en rien dire.

En ce qui me concernait, étant donné qu'au buffet, nous ne nous occupions pas de la cuisine, j'ignorais totalement s'il serait possible ou non de parler de mes puddings. Cependant, M. Jowker semblait me proposer une équitable répartition du travail. Il se mit aussitôt à faire la liste des tâches domestiques en les attribuant à chacun de nous.

J'acquiesçai avec bonne humeur, n'ayant ni le désir ni le droit de faire autrement. De toute façon, mon énergie ne serait pas, semblait-il, exagérément mise à contribution.

Ayant achevé son énumération, M. Jowker passa ses pouces sous les cordons de son tablier, se pencha vers moi et me considéra sévèrement.

— Et maintenant, mademoiselle Hester, passons à un autre sujet, dit-il. Je sais que vous n'êtes pas une gitane. Ce temps-là est fini et bien fini, et j'ose dire que cela vaut mieux parce que ça risquait de donner mauvaise réputation à l'établissement. Je ne cherche pas à vous offenser, mais je suis un homme respectable. Je l'ai toujours été. Et je ne veux pas qu'il y ait de commentaires.

— Il y en aura de toute façon, ne le pensez-vous pas ? demandai-je calmement. Une jeune fille comme moi seule dans la maison avec deux hommes ?

Il prit un air digne.

— Des commentaires comme ça seraient injustes. Mais nous pouvons supporter l'injustice, elle est le lot des êtres humains.

— Tout ce que je possède est sur mon dos, dis-je revenant à ma robe de gitane. Je ne voudrais pas obliger le capitaine à m'acheter des vêtements.

— Vous n'avez donc pas, les moyens nécessaires pour faire quelques dépenses ?

Je secouai la tête, n'étant pas en situation de m'irriter devant son impertinence. Puis une idée me vint.

— Kitty vivait ici autrefois, dis-je. S'il restait des vêtements qui lui aient appartenu ? Je pourrais peut-être...

— La chambre a été vidée, dit-il sèchement. Il ne reste rien.

Cela me parut étrange, à moins, évidemment, qu'elle ne fût revenue après la fête de Bristol pour prendre toutes ses affaires. Ou bien et c'était plus étrange encore, le capitaine Devereaux lui-même avait voulu débarrasser la maison de tout souvenir de la fugitive.

Jowker interrompit mes réflexions.

— Alors, vous n'avez rien ? dit-il. Pas d'économies ?
Rien du tout, nulle part ?

— Je n'ai qu'un demi-souverain, dis-je. J'ai aussi des
économies, mais je ne peux pas les récupérer. Pas en ce
moment.

— C'est grand dommage ! dit-il, l'air sombre. Il faudra voir ce qu'on peut faire.

Je ne répondis pas. Tant que je pouvais gagner ma
subsistance, j'étais contente. Les vêtements que j'avais
sur le dos m'importaient peu. J'achevai de peler les
pommes de terre et je les mis à bouillir dans une grande
marmite. J'inspectai la viande qui cuisait dans le four :
elle me parut à la fois brûlée et crue. Je l'arrosai comme
j'avais vu faire à la cuisinière pour les clients du buffet et
cela l'améliora énormément. M. Jowker s'occupait à présent de ces choux dont il devait faire un régal. Il excitait
ma curiosité et le moment me parut bien choisi pour lui
rendre, tout au moins en partie, son inquisition sur moi
et mes possibilités.

— Monsieur Jowker, dis-je, vous ne connaissez pas le
capitaine depuis très longtemps, je crois ? Que faisiez-
vous avant de venir ici ?

Il abandonna un moment sa planche à hacher.

— C'est une question compréhensible, et je pensais
bien qu'elle viendrait.

Il poussa un soupir lugubre et parut sur le point de
pleurer. Malgré cela, je ne m'attendais pas à ce qui
suivit.

— Ambrose Jowker est incapable de mentir, déclara-
t-il. A ce moment-là, il était enfermé dans une prison.
Il y est resté six ans. Tout ça pour avoir vidé une poche
ou deux.

Horrifiée, je ne savais que dire. Il n'était certes pas
homme à plaisanter sur un pareil sujet.

— Six ans ! répétai-je. C'est terrible !

Il semblait au bord des larmes.

— Mais, voyez-vous, les personnes en question... elles
étaient noyées...

Je frémis. Tant de franchise me paraissait non seulement inutile, mais positivement choquante. Avoir volé des

morts... ! Quel aveu sordide ! Je ne posai pas d'autre question, de peur de ce que je risquais d'apprendre.

Tout au moins cela expliquait-il l'accoutrement incongru de M. Jowker la première fois que je l'avais vu. Mais que devenait mon noble et beau capitaine dans cette affaire ? L'associé complaisant d'un criminel reconnu, ou une âme généreuse aidant un être humain dans son malheur ? Il me fallut, naturellement, un petit effort pour croire la deuxième hypothèse. Après tout, le capitaine n'était-il pas tout aussi généreux envers moi en ce moment-même ?

Le capitaine vint déjeuner à deux heures. Nous prîmes place tous les trois à la table de la cuisine, comme le ferait une famille, commodément, sans cérémonie. Tout aussi simplement M. Jowker parla de ma pénible situation financière, lui et le capitaine m'évitant toute gêne par le calme bon sens de leurs observations.

— Vos économies peuvent attendre, dit tranquillement le capitaine. Le problème sera facile à résoudre, et en toute justice, car je vous dois deux guinées, ainsi qu'il était convenu, pour votre collaboration du lundi de la Pentecôte.

Je protestai, ma descente n'avait certes pas été le tour de force théâtral que je devais effectuer.

— La faute revient au mauvais temps, dit le capitaine en riant. Vous avez fait de votre mieux et vous avez apaisé la foule : croyez-moi, vous avez cent fois gagné votre argent rien qu'en surmontant votre peur. Mais je suis bien étourdi. Vous ne souhaitez pas retrouver vos économies seulement, je suppose ? Vous devez avoir autre chose, des objets personnels dont vous aimeriez reprendre possession ?

J'admis que c'était vrai : je voulais récupérer le portrait de ma mère, les papiers de mon père, mes petits trésors. Je les énumérai, un peu honteuse de leur insignifiance. Pour moi, cependant, ces souvenirs de mon passé étaient importants et précieux.

Le capitaine parut comprendre parfaitement.

— Nous verrons ce que nous pouvons faire... N'est-ce pas, Jowker, dit-il simplement.

Ce dernier acquiesça, puis il grommela quelque chose
à propos de mes vêtements. Le capitaine me regarda.

— Elle est jolie comme un cœur ! dit-il. Vous êtes
une vieille commère, Jowker !... Pourtant, si cela vous
tracasse tant que cela, il doit y avoir ici des affaires à
Kitty qui lui iraient.

— Je ne pense pas, capitaine, dit-il. L'armoire est
vide.

— Vous en êtes sûr ?

Le capitaine semblait perplexe et il ajouta :

— Alors, elle restera comme elle est. Si on la prend
pour une gitane, ça n'en vaudra que mieux. N'oublions
pas que la police la cherche peut-être encore.

Je l'avais sous-estimé pourtant. Il se préoccupa aussitôt de ce problème. Il m'interrogea soigneusement sur
l'hôtel où logeait le personnel du buffet, sur Mme Skues,
sur l'endroit où ma boîte en fer blanc pouvait se trouver.
D'abord, je ne compris pas ses intentions et je lui dis
que jamais elle ne donnerait la boîte, pas plus à lui qu'à
un autre.

— Cette boîte est à vous, dites-vous ? Elle vous appartient, à vous et à nul d'autre ?

Je hochai affirmativement la tête.

— Dans ce cas, vous admettrez qu'il n'y aurait pas de
malhonnêteté à la reprendre, avec ou sans la permission
de madame Skues ?

— Vous voulez dire que vous avez l'intention d'aller
la chercher ?

J'étais effarée.

— Ce serait du vol !

— Est-ce du vol de récupérer ce qui vous appartient ?

— Nous serons pris !

Il rit aux éclats.

— Voilà bien ma raisonnable Hester ! Elle a toujours
l'œil sur les détails importants ! Nous ne serons pas pris
si nous agissons prudemment, mon enfant, en pleine nuit,
quand tout le monde dormira.

— Je ne peux pas faire cela ! Jamais je n'oserai !

— Mais si, vous oserez ! C'est la plus belle aventure
que l'on puisse imaginer... Il n'y a pas de temps à per-

dre : nous irons cette nuit-même. Ma voiture n'est pas
bien belle, mais Jowker va la mettre en état. Et il nous
accompagnera, pour veiller à ce qu'il ne nous arrive
aucun mal.

Ma volonté faiblissait.

— La porte de l'hôtel est fermée à clé, observai-je.

— J'ai un véritable génie pour faire fonctionner les
serrures, dit le capitaine en faisant claquer ses doigts.

— Et à l'intérieur, il fera noir. Vous ne saurez pas
comment vous diriger.

Soudain, il devint très sérieux.

— Evidemment, dit-il, je ne saurais pas. C'est pourquoi vous entrerez seule, Hester. Ce n'est que justice. Le
tort vous est causé à vous, c'est à vous de le redresser.
Vous devez comprendre cela !

Il me mettait au défi. Si j'avais peur..., la peur est
une émotion qu'on peut dominer. Et après tout, le risque ne serait pas grand, les filles dormaient d'un si profond sommeil... Le capitaine m'observait, la tête penchée
de côté, les yeux brillants. Pour lui, toute l'aventure
n'était qu'un jeu. Et il savait que je ne refuserais pas.

*
**

Il n'y avait pas de lune dans le ciel chargé de nuages,
et la première partie de notre voyage jusqu'à Bristol fut
pénible et lente. Je m'efforçais de dominer mon impatience.

Le capitaine menait deux chevaux rétifs ; j'étais assise
à côté de M. Jowker sur de durs coussins qui sentaient le
moisi.

L'après-midi et la soirée avaient passé pour moi dans
une appréhension grandissante ; je ne réussissais pas à
partager la joie enfantine du capitaine à la perspective
de notre entreprise. Tant de choses dépendaient de
Mme Skues ! Si elle m'avait trouvé une remplaçante,
ma boîte de fer blanc aurait été retirée de sa place, sous
mon lit, et rangée dans le débarras tout en haut de la
maison. Si, par contre, il n'y avait personne dans mon lit,
je serais obligée de braver le dortoir plein de filles endor-

mies. Au regard de la loi, j'étais déjà une voleuse ! De quel crime me soupçonnerait-on en me trouvant là au milieu de la nuit ?

C'était une éventualité pénible. Pourquoi risquer cela pour le maigre avantage de retrouver quelques souvenirs de famille et onze livres économisées dans une tirelire ?

Pendant quelque temps, la route fut moins noire, après tout, il nous serait peut-être possible d'atteindre notre but au moment que j'estimais le mieux choisi, trois heures du matin ; à ce moment-là, le sommeil est le plus profond et il restait une heure environ avant que la serveuse de nuit vienne se coucher. Mais le ciel s'obscurcit de nouveau et le capitaine dut ramener les chevaux à un petit trot tranquille.

En dépit de mon anxiété, je sommeillai, je crois. Jowker dormait profondément et ronflait abominablement. Je m'éveillai en entendant l'horloge d'une église sonner trois coups.

— Où sommes-nous ? demandai-je.

— Nous venons de dépasser Winterbourne, répondit le capitaine. Nous n'arriverons guère avant une heure.

— Il ne faut pas que nous arrivions à quatre heures ! criai-je. Barty ramène la fille qui est de service de nuit juste à ce moment !

— Je vais prendre mon temps, dit-il en riant. A cinq heures, le jour sera levé. Vous pourrez au moins voir ce que vous faites !

CHAPITRE XI

C'est ainsi que notre expédition clandestine atteignit Bristol au grand jour, la voiture roulant allègrement sur le pavé de rues où régnait déjà une certaine animation. J'étais à présent sur le siège à côté du capitaine, enveloppée dans la mante de Mlle Buckingham, son bonnet sur la tête.

Nous nous arrêtâmes à quelque distance du but. M. Jowker, qui dormait toujours, fut réveillé et chargé de tenir les chevaux. Le capitaine et moi coupâmes court par une ruelle qui nous amena dans le quartier du Temple.

— Je n'aurais jamais cru que vous habitiez un quartier pareil, murmura-t-il. Pas une fille comme vous...

— De braves gens habitent là, répondis-je avec irritation. Il y en a de bons et de mauvais, comme partout.

Nous arrivions à l'hôtel du personnel de la Compagnie. Il monta prestement les quelques marches qui nous séparaient de la porte, et à peine avais-je eu le temps de regarder si la rue était déserte, qu'il avait ouvert et m'entraînait à l'intérieur pour refermer sans bruit derrière nous. Comme convenu, je laissai mon compagnon dans l'entrée sombre et je montai l'escalier avec précaution. Chaque marche était une véritable symphonie de craquements et de gémissements. Cependant, quand je passai sur le palier du premier, les ronflements de Mme Skues me rassurèrent.

Pour aller à l'étage au-dessus, il n'y avait pas de tapis dans l'escalier et le parquet se mit à grincer, à craquer plus fort.

A la porte du dortoir, je m'arrêtai pour prêter l'oreille. Une fille cria : je m'aplatis contre le mur, épouvantée. Elle se mit à geindre, puis le silence retomba. Les journées de travail étaient longues et dures, il fallait plus qu'un mauvais rêve pour réveiller les dormeuses. J'entrouvris la porte, je jetai un regard dans la pièce. La lumière matinale l'éclairait vaguement à travers les minces rideaux à fleurettes bleues et je distinguai les huit lits, tous occupés. Ainsi, j'étais remplacée, par une pauvre fille de douze ans sans doute et qui venait d'un orphelinat.

Mon modeste bagage ne se trouvait sûrement plus sous mon lit. Alors je devrai monter à l'étage supérieur chercher dans le débarras.

L'escalier était encore plus raide, et la distance augmentait entre moi et la sécurité. La porte de Barty était ouverte, sa chambre déserte. Je fus étonnée de voir une bible ouverte sur le lit et des journaux sur une chaise : je ne pensais pas que Barty savait lire.

Je ne sais combien de temps je restai dans l'ombre et les toiles d'araignées, car la peur qui montait en moi me faisait perdre le sens des réalités. La boîte n'était pas là, mais je cherchai longtemps par entêtement, par refus de croire à la pénible vérité.

Quand je redescendis l'escalier, j'étais pleine de poussière et prête à m'évanouir de peur en pensant qu'en cette dernière minute, je serais peut-être découverte. Puis j'aperçus le capitaine qui me faisait signe de me dépêcher ; nous ne prononçâmes pas un mot à l'intérieur de la maison, et il ne parut pas étonné de me voir revenir les mains vides : il me poussa au dehors sans cérémonie. Personne ne nous vit descendre le perron et gagner la rue.

Je précédais le capitaine, trop essoufflée pour parler, pour raconter mon échec. Nous tournâmes dans la ruelle par laquelle nous étions venus et je retins de justesse un cri de terreur : un gigantesque policier venait à notre rencontre, nous étions pris au piège.

J'avoue que sans l'aide du capitaine, je n'aurais pas pu

avancer. Quand nous arrivâmes à la hauteur du sergent de ville, il souleva son chapeau et le salua. Mon cœur s'arrêta ; l'homme nous regardait sévèrement sans dire un mot. Evidemment, j'avais l'air plutôt minable et il était étrange de me voir en compagnie d'un homme comme le capitaine, en un tel endroit, à pareille heure. Le policier nous observa pendant un moment qui parut interminable, puis il poussa un grognement peu aimable, toucha son casque et s'éloigna à regret.

Nous continuâmes à marcher tranquillement, et quand nous eûmes atteint enfin le bout de la ruelle, j'entendis le capitaine pousser un soupir de soulagement, puis se mettre à rire sans bruit. Il s'arrêta, s'appuya contre le mur, écarta sa cape et me montra une boîte de fer sur laquelle on pouvait lire mes initiales.

J'aurais voulu l'embrasser. J'aurais voulu l'injurier pour n'avoir rien dit jusque là. Il est vrai que notre rencontre avec le sergent de ville aurait été impossible à supporter pour moi si j'avais su quel danger nous courions.

Son rire se calma et il m'expliqua les choses.

— J'ai trouvé la boîte à peine étiez-vous partie, me dit-il. Sachant que je devais vous attendre quelque temps, j'ai regardé autour de moi pour voir s'il n'y aurait pas un endroit où m'asseoir. Et elle était là, près de la porte, la boîte que vous alliez chercher ! Sans doute ne l'aurais-je pas compris si je n'avais pas vu vos initiales sur le couvercle...

Il posa la boîte par terre et s'épongea le front.

— Que devais-je faire ? Risquer de réveiller tout le monde en courant derrière vous ?

— Mais, dis-je, pourquoi ma boîte se trouvait-elle près de la porte ?

— Il y a une étiquette attachée à la poignée, Hester.

Je me penchai et je reconnus l'écriture de Mme Skues. « A faire emporter par Jacob Fish. » Je fus prise d'une colère folle. J'étais contente, pourtant, car je n'avais plus à avoir honte de ce que je venais de faire. Jacob Fish était un prêteur sur gages et un marchand d'objets usagés bien connu des habitants du quartier. Et Mme Skues s'apprêtait à lui livrer mes humbles possessions, en remboursement, aurait-elle dit sans doute, de ce que j'avais « volé ! » N'étais-je pas, cependant, une citoyenne britannique, considérée comme innocente jusqu'à ce que ma culpabilité soit prouvée ? N'était-ce pas elle la voleuse ?

J'aurais dit tout cela, et bien autre chose, au capitaine, mais il me pressait maintenant de retourner à la voiture.

— Ne me croyez pas habitué à ce genre d'expédition, me dit-il, mais quelque chose m'incite à ne rester ici que le moins de temps possible.

Nous arrivâmes à la voiture, M. Jowker fouetta les chevaux et nous partîmes à une allure folle. Pendant assez longtemps, je restai immobile, ma précieuse boîte serrée contre moi. Hors de la ville, il me devint possible d'examiner mes trésors. M. Jowker arrêta les chevaux et descendit de son siège pour assister à l'opération.

Avec horreur, je découvris que la clé ne serait pas nécessaire : la serrure qui fermait le couvercle avait été forcée. Les mains tremblantes, j'ouvris la boîte. Et je découvris ce que j'aurais dû prévoir depuis le début : Mme Skues n'aurait pas laissé partir mon humble bagage sans l'examiner... et sans en retirer les onze livres que je conservais dans ma tirelire dont je ne trouvai plus que quelques fragments...

Je pleurai. Je jure que je pleurai autant la perte de cet objet de mon enfance que celle des économies qu'il contenait.

Mes compagnons n'y comprenaient rien. M. Jowker se penchait déjà pour chercher, peut-être, la raison de mon chagrin, mais le capitaine le retint.

— Qu'y a-t-il, mon enfant ? demanda-t-il avec douceur. Quelque chose est abîmé ou a disparu... ?

Je me dominai. Seule la tirelire avait souffert. Le reste, les papiers, le portrait de ma mère dans son cadre d'argent, mes petites chaussures de fête, les quelques souvenirs, estimés sans valeur, probablement, étaient restés. Et ils étaient ce que j'avais de plus précieux, ces modestes détails qui me conféraient un passé, une identité.

J'essayai de sourire et j'expliquai ce qui s'était passé. Le capitaine jeta un bref regard sur le contenu de la boîte, puis me dit de la fermer et de la garder soigneusement.

— Cela ne valait-il pas la peine de courir cette chance ? murmura-t-il. N'est-ce pas vivre ? N'est-ce pas l'Aventure ?

Ceci dit, il me quitta, remonta sur le siège, fit monter M. Jowker à côté de lui, et nous repartîmes. Je lui étais reconnaissante d'avoir compris que je préférais être seule, car, en vérité, j'étais épuisée par toutes ces heures d'angoisse.

Je dormis tout le long du chemin. Je ne fus réveillée que par l'arrêt de la voiture devant la maison, à la fin de la matinée. La portière s'ouvrit et le capitaine m'aida à descendre. Ses deux mains entourèrent ma taille, il me souleva en riant et me déposa sur le sol. Mais à ce moment-là, il ne me lâcha pas tout de suite. Entre nous, le rire s'arrêta.

Son regard chercha le mien. Je le soutins, osant à peine respirer, ne sachant ce qui allait se passer.

— Vous êtes une fille courageuse, Hester, dit-il doucement, de me suivre dans mes folles entreprises !

— Pourquoi ne l'aurais-je pas fait ? demandai-je d'un ton volontairement léger, puisque tout l'avantage était pour moi ?

— Ne seriez-vous pas aussi brave si un autre gagnait dans l'aventure ?

J'hésitai, cherchant à répondre sincèrement. Il m'embrassa sur le front et me libéra.

— Venez, dit-il, je ne vous ennuierai pas avec cela. Le courage ne doit pas se montrer à la légère.

Il me quitta et partit avec M. Jowker conduire les chevaux à l'écurie. Je pris ma boîte et l'emportai dans la maison. Au seuil de la porte, je me retournai pour le regarder : devant la misérable voiture, les chevaux baissaient la tête, fourbus. Il les avait poussés durement, mais maintenant, il les entraînait avec douceur à travers la cour. La vue de sa silhouette robuste, de son allure décidée, m'émut profondément. Et me fit un peu peur.

Quelque chose d'autre m'effraya au même instant, l'impression soudaine qu'un regard m'observait. Vivement, je fis des yeux le tour des murs, de la route visible par la grille ouverte, de la vallée... Naturellement, je ne vis aucun guetteur secret. Je pensai que cette impression, maintenant dissipée, relevait de mon imagination.

Je portai ma boîte dans ma chambre et subitement, une autre idée me frappa. Certes, je n'étais pas au courant des habitudes de ceux qui sont riches, mais n'était-il pas singulier qu'un célèbre aérostier comme le capitaine, propriétaire et directeur d'une fabrique en pleine activité, voyageât dans une voiture en si piteux état, soignât lui-même ses chevaux, n'eût pas chez lui l'armée de serviteurs que sa position semblait exiger ? Peut-être ce qu'il m'avait dit sur sa pauvreté était-il exact ? Peut-être la machine qu'il m'avait montrée engloutissait-elle plus d'argent que son aspect et sa taille le donnaient à supposer ? J'étais obligée de fuir la police, ma liberté dépendait d'une robe de gitane et du bon vouloir de deux amis fort mal assortis. Personnellement, je n'avais pas envie de prolonger cette situation.

Plus tard dans l'après-midi, le capitaine vint me voir ; j'étais dans ma chambre, assise, oisive, devant la fenêtre, regardant la colline derrière la voie du chemin de fer, songeant à mes problèmes. Ses pensées, chose curieuse, avaient suivi le même chemin que les miennes. Je fus frappée de constater que même séparés, nous étions extraordinairement proches.

Il s'assit, et comme à son habitude, en vint immédiatement à l'objet de sa visite.

— Dites-moi, mon enfant, vous désirez vivement que je retrouve la pauvre Kitty ?

Je hochai la tête.

— Comment, autrement, pourrais-je prouver mon innocence ?

— C'est cela que je craignais. Hester, il faut que vous sachiez une chose : même si je retrouvais Kitty, les chances d'établir sa culpabilité sont minces.

— Je ne veux pas la voir en prison, mais si je pouvais restituer la coupe gravée...

— Mais vous ne le pourrez pas, ma pauvre petite. Il est des gens malhonnêtes qui peuvent faire fondre en une heure une coupe semblable. Kitty n'aurait pas été assez folle pour conserver un objet aussi compromettant !

J'aurais dû penser à cela mais j'avais préféré me bercer de faux espoirs. Confrontée à la dure réalité, je restai silencieuse un long moment.

— Que me conseillez-vous ? demandai-je enfin.

— Je vous conseille d'oublier le passé.

— Déjà, vous avez pris un nouveau départ, dit-il en prenant mes mains dans les siennes. Vous êtes une fille comme je les aime, honnête et courageuse. Je vous conseille de rester chez moi. Nous travaillerons ensemble. Le succès de mon moteur ne saurait être bien loin : nous aurons alors une existence nouvelle, passionnante, que nous méritons tous les deux.

Que je méritais ? Il me connaissait si peu. L'alliance qu'il m'offrait me sembla bien peu avantageuse pour lui et je le lui dis.

Il ne rit pas comme je le craignais, et me répondit très sérieusement.

— Si j'ai parlé de cela comme d'une affaire, Hester, c'est à cause de ma lâcheté. Vous savez bien peu de chose de moi et je n'ose pas vous proposer davantage. Restez ici un peu de temps, vous aurez le loisir de me juger.

Le sens de ses paroles était assez clair, et trop conforme à mes secrets espoirs pour que je me méfie de lui. Je l'aimais plus que jamais, mais je n'osais pas me laisser aveugler par mon amour.

— Vous avez déjà traité une affaire ? dis-je. Une affaire avec quelqu'un, qui se faisait appeler madame Devereaux.

Son regard, fixé sur moi, ne vacilla pas.

— C'est pourquoi je vous demande du temps, ma chère enfant, dit-il. Vous êtes toutes deux aussi différentes que la terre et le soleil. Il m'appartient de vous prouver cette différence de mille façons.

— Vous voulez que j'oublie le passé, dis-je. Pourtant, c'est le passé qui a fait de moi ce que je suis.

Il s'arrêta près du lit sur lequel ma boîte de fer était ouverte.

— Le mot était mal choisi, dit-il. Notre passé est

notre force, ses leçons sont des ressorts qui nous envoient vers l'avenir. Le passé est un enseignement, il ne doit jamais être un maître.

Lui dire que je trouvais ses paroles sages et vraies aurait ressemblé à de la flagornerie, et peut-être ne m'aurait-il pas entendue ; son regard était tombé sur le contenu de ma boîte.

— Ce sont ces feuilles couvertes de chiffres, dit-il. Vous ne m'aviez pas dit que vous étiez mathématicienne !

— Je ne le suis pas. Ces papiers appartenaient à mon père. Il y a aussi des graphiques. Je ne sais pas du tout ce qu'ils signifient ; on m'a remis cela à sa mort : j'ai conservé ces feuilles car elles montrent mieux que tout autre chose le genre d'homme qu'il était. Les graphiques sont si nets, les chiffres tracés avec tant de soin...

Le capitaine tendit une main vers les feuillets, puis, du regard, quêta une autorisation.

— Il était ingénieur, dis-je. Peut-être s'intéressait-il aux mêmes choses que vous.

Je l'observai avec fierté qui regardait les pages une à une ; des chiffres s'y alignaient en groupes avec une précision militaire.

— C'est un superbe travail, dit-il. Je voudrais avoir la précision d'esprit de votre père... mais son champ d'investigations était l'électricité, me semble-t-il. Ce n'est pas du tout mon domaine.

Il remit les papiers ensemble et allait les replacer dans la boîte quand il remarqua ma déception.

— Une autre fois, dit-il, quand j'aurai plusieurs heures à ma disposition, j'examinerai cela avec beaucoup d'intérêt. Nous avons du temps devant nous, j'espère ? Vous n'allez pas nous quitter trop vite ?

Il savait bien que je ne pouvais pas m'en aller, je n'avais pas un seul endroit où me réfugier. Sa question signifiait donc autre chose... et je n'osais pas encore y répondre trop nettement.

— Si je peux vous être utile de quelque manière, capitaine, dis-je, je resterai ici.

Il dut se contenter de cela. Et moi aussi, l'aimant comme je l'aimais, et le connaissant si peu.

Nous dînâmes tard. Le capitaine demeura à la fabrique à travailler bien après que les ouvrières fussent parties. Après le repas, il sommeilla un moment près du feu, puis s'excusa et alla se coucher. Jowker et moi ne tardâmes pas à le suivre, dès que la table fut desservie et la cuisine mise en ordre pour le lendemain.

Pour une fois, je ne parvenais pas à m'endormir. L'idée de mon avenir me tourmentait. Celui que j'appelais en esprit mon fier et beau capitaine était un individu imaginaire. La réalité était plus complexe et plus troublante. Je savais que si je restais longtemps chez lui, il me demanderait de l'épouser. Et je ne savais pas ce que je répondrais. Je me rappelais mon désir de devenir secrétaire... Mordello m'avait dit que mon destin serait ce que j'aurais la sagesse et le courage d'en faire. Il avait dit aussi que le secret recherché à Orme n'appartenait qu'à moi seule. Or, le capitaine cherchait un secret. Quel était le sens de tout cela ?

Lasse de me retourner dans mon lit, je me levai et allai à la fenêtre. J'écartai les rideaux et je contemplai la campagne endormie. J'allais regagner mon lit quand un mouvement, contre la haie qui bordait la voie ferrée, me fit tressaillir. Et je vis un homme franchir cette voie et s'éloigner : il portait un manteau, ou un sac sur son épaule. Il ne tarda pas à reparaître et marcha vite sur le chemin sous les arbres. Je reconnus le capitaine Devereaux.

Je n'étais pas au bout de mes surprises. Le capitaine gravissait rapidement la colline ; je surpris quelqu'un d'autre près de la clôture, en train d'observer tandis qu'il s'éloignait. Je ne voyais l'homme que très vaguement, il ne bougeait pas. En tout cas, ce n'était pas M. Jowker.

Ce guetteur n'essaya pas de poursuivre le capitaine. Sans doute, lui suffisait-il de connaître la direction qu'il avait prise. Après un moment, il se fondit dans l'ombre et je ne vis plus rien.

La maison était donc surveillée ? Une menace planait encore autour de moi.

Je me recouchai, mais le sommeil fut encore long à

venir. Où était allé le capitaine ? Pourquoi ce sac sur
son épaule ?

Le capitaine et M. Jowker prenaient leur petit déjeuner quand je descendis le lendemain matin. Ils man-
geaient en silence et je me servis, me demandant si je
devait parler de l'épisode de la nuit ou le taire. Je choisis
un moyen terme.

— J'ai vu par la fenêtre un chemin qui monte parmi
les arbres, dis-je. Où mène-t-il ?

— Un chemin dans les bois... ? répéta le capitaine
comme s'il ne savait pas de quoi je parlais. Ah ! Ce
chemin-là ? Je crois qu'il n'est plus utilisé. Personne n'y
passe plus depuis des années .N'est-ce pas, Jowker ?

Jowker, arrivé juste avant moi dans la maison, secoua
la tête avec énergie.

— Plus personne. Il est bien trop raide et trop étroit.

— C'est cela, dit le capitaine. L'endroit est dangereux. Si vous avez envie de vous promener, Hester, vous
avez le choix entre bien d'autres chemins plus sûrs et
plus jolis.

Je le remerciai de son conseil et ne dis plus rien ; cela
me faisait mal qu'il eut menti, prenant même M. Jowker
à témoin. Si cela devait continuer ainsi, je ferais mieux
de refouler mon amour.

Je décidai de ne pas révéler l'existence du guetteur
mystérieux et je résolus, d'aller voir ce qu'il y avait au
bout de ce chemin à la première occasion.

Je préférais tout savoir.

Nulle occasion ne se présenta au cours de la matinée.
Après le départ du capitaine pour son bureau, je restai
avec Jowker que j'aidai dans la maison. Pendant qu'il
préparait un lapin pour le déjeuner, je fis la lessive.
Quand j'allai porter les draps et les taies d'oreillers à
sécher dehors, j'eus constamment l'impression d'être suivie par un regard qui épiait tous mes mouvements.

Au déjeuner, le capitaine était de meilleure humeur.
Le travail de la matinée avait bien marché, dit-il. Il
pourrait consacrer son après-midi à son moteur à pétrole.

— Pourquoi ne venez-vous pas voir ? me dit-il. Vous
me porteriez chance, mon enfant. Le moteur a déjà fonc-

tionné, certes, mais de façon irrégulière. J'aimerais que
vous soyez là quand il prendra son véritable rythme.

J'hésitai. J'avais d'autres projets pour l'après-midi.

— Je ne ferai que vous embarrasser ! dis-je. J'avais
envie de faire un tour dans la vallée. Je pourrais venir
vous rejoindre ensuite.

Mon hypocrisie me dégoûtait, mais peut-être le capitaine était-il trop absorbé par ses projets de travail pour
remarquer ces nuances. Du reste, je remarquai, qu'il
demeurait plusieurs minutes devant la grille pour s'assurer que je suivais la bonne route.

Je marchais rapidement. Je trouverais bien un moyen,
pensais-je, pour revenir discrètement vers le chemin que
j'entendais explorer.

Effectivement, après quelque temps, une ouverture
dans la haie qui bordait la voie me permit de passer de
l'autre côté. Il me devint possible ainsi de revenir sur
mes pas sans risquer d'être vue. J'arrivai enfin au fameux
chemin.

N'entendant aucun appel derrière moi, je m'y engageai. Il était plus raide que je ne le croyais. Quand je
m'arrêtai pour reprendre haleine, ce fut pour voir toute
la vallée étalée sous mes yeux ; les maisons ressemblaient
à des jouets. La fabrique était là, sa roue de moulin
tournant dans une rivière de papier d'argent chiffonné.
Même le ballon, pourtant si grand, était plus bas que
moi.

Je gravis encore une centaine de mètres et je commençais à me demander si le capitaine n'avait pas dit la
vérité, car le chemin s'aplanissait et s'arrêtait au bord
d'un ravin. Certes, il était dangereux de marcher là : le
sentier était si proche du bord instable qu'à plusieurs
reprises, je fus tentée de revenir sur mes pas. Je persistai,
cependant : il ne semblait pas possible qu'un homme
vînt jusque là, en pleine nuit, simplement pour prendre
un peu d'exercice !

Soudain, un bruissement de feuilles tout près du sol
m'arrêta. J'attendis, prêtant l'oreille, essayant de calmer
mon cœur battant la chamade. Je n'entendais plus rien...
Je me penchai, écartai les feuilles, et, aplatie contre le sol,

je vis un lapin terrifié pris dans un collet. Sans doute avait-il une patte cassée, car elle était très enflée... Depuis combien de temps la pauvre bête souffrait-elle, me demandai-je ?

Je me rappelai le lapin que préparait M. Jowker ce matin. Avais-je sous les yeux la raison du petit mensonge de mon capitaine ? S'il venait disposer des pièges sur la colline, la nuit, peut-être voulait-il ménager ma sensibilité ? Je me souvins du sac qu'il portait sur son épaule, cette nuit-là. Oui, j'avais trouvé l'explication que je cherchais.

J'allai chercher une pierre assez lourde pour accomplir la besogne instantanément, sans douleur, et sans risque d'échec. Je rassemblai tout mon courage pour achever ce pauvre lapin.

*

Comme je revenais à la maison, rapportant le lapin mort, j'entendis un bruit très semblable à celui que j'avais déjà entendu plusieurs fois... bien que plus étouffé...

Tout s'arrêta brusquement. En vérité, le moteur de mon capitaine me semblait bien inférieur à celui de son rival d'Orme.

Il repartit... s'arrêta... repartit encore... J'arrivais au chemin de fer. Je traversai la voie, et quelques minutes plus tard, j'entrais dans la maison. Je posai le lapin sur la table de la cuisine et allai me laver les mains à la pompe.

Attiré par son grincement, Jowker parut. Il me demanda d'où venait le lapin et je ne cherchai pas à lui mentir.

— Je suis allée dans les bois, jusqu'à l'ancienne carrière, dis-je. Par le chemin que le capitaine juge dangereux.

J'observais attentivement l'homme. Ses mains allèrent tirer sur le col, déjà trop large, de sa chemise.

— Vous savez, dit-il, le capitaine n'aime pas qu'on lui désobéisse. Et qu'est-ce que vous avez trouvé dans ce chemin dangereux ?

— J'ai trouvé ce lapin.

Il ne fit pas d'autre commentaire. C'était, après son passé tumultueux, un loyal et discret serviteur.

— Ces pièges sont cruels, dis-je. J'ai été obligée de tuer la pauvre bête pour mettre fin à ses souffrances. Si je n'étais pas venue là, elle aurait pu souffrir je ne sais combien de temps.

— En général, ils sont tués sur le coup.

— De toute façon, dis-je, je trouve que le capitaine et vous, auriez pu me dire ce qu'il en était. Je ne suis pas une enfant... Je n'aurais pas été scandalisée par le fait que le capitaine va tendre ses pièges au milieu de la nuit ou à un autre moment du reste.

— On pourrait appeler ça du braconnage, répondit Jowker, résistant.

Je ne pus m'empêcher de rire.

— Je n'irai pas vous le reprocher, dis-je. Vous n'avez rien à craindre de moi.

— Le capitaine ne sera pas content que vous ayez découvert son petit secret, dit-il.

De la cuisine, on n'entendait pas le moteur de la même manière que de la colline. Là, c'était plutôt comme une vibration sous nos pieds. Finalement, je fus prise de curiosité, j'avais envie de voir la machine en action.

— Si vous n'avez plus besoin de moi, monsieur Jowker, dis-je, je vais aller regarder travailler le capitaine.

Pour faire la paix avec lui, j'ajoutai :

— Pourquoi ne viendriez-vous pas avec moi ?

— Ce n'est pas à vous de m'inviter, mademoiselle dit-il. Sachez qu'Ambrose Jowker sait toujours rester à sa place !

Je traversai la salle de couture et descendis les marches vers le petit atelier du capitaine. Le silence régnait derrière la porte. Je frappai. N'obtenant pas de réponse, je soulevai le loquet. La porte ne s'ouvrit pas. Comme je ne voyais pas le cadenas, j'en conclus qu'elle était verrouillée de l'intérieur.

— Capitaine Devereaux ! criai-je. C'est moi, Hester.

Rien ne répondit. Soudain, ce silence me fit peur.

A côté de moi, il y avait une sortie sur le jardin. Je franchis cette porte, je tirai un seau vide jusqu'à la fenêtre et j'y grimpai pour voir l'intérieur de l'atelier.

D'abord, je ne distinguai pas grand-chose à travers le carreau poussiéreux. Abritant mes yeux contre la lumière trop vive de l'extérieur, j'aperçus des rayonnages, des outils... et mes yeux s'adaptant à la pénombre de la pièce, je vis avec horreur le capitaine effondré sur un établi.

Je crus qu'il était mort. Puis j'observai ses épaules et je vis qu'elles se soulevaient légèrement, régulièrement, au rythme de sa respiration. J'aurais pu le croire endormi s'il n'avait pas eu le visage placé sur le côté, dans un plateau de clous rouillés

Je soulevai le seau et le jetai de toutes mes forces contre la vitre qui se brisa. A l'aide d'un bâton, j'agrandis l'ouverture afin de pouvoir m'y glisser. De nouveau, je montai sur le seau retourné, franchis l'appui de la fenêtre et retombai à l'intérieur de l'atelier.

Aussitôt, je sentis une odeur étrange ; l'atelier était rempli d'une vapeur bleuâtre. Si cette vapeur était nocive, elle expliquait l'état du capitaine ; il fallait l'emporter au plus vite au grand air. Je courus à la porte, tirai les verrous et l'ouvris, autour de moi, la vapeur mortelle s'écartait lentement, rampait comme les lourdes fumées d'automne.

Je courus vers lui, tentai de le réveiller, lui secouai les épaules, relevai sa pauvre tête de son oreiller de clous, allai jusqu'à le gifler dans mon épouvante. Maintenant, je suffoquais moi aussi, j'étais au bord de l'évanouissement. Il était beaucoup plus lourd que je ne l'aurais cru, et pourtant, il fallait que je l'emmène. Avec l'énergie du désespoir, je le tirai par les pieds à travers l'atelier, jusqu'à l'air pur du jardin. Il n'offrait aucune résistance. Ses bras traînaient mollement derrière lui.

Je me penchai sur lui pour desserrer son col de chemise. Il respirait faiblement, mais sa peau était chaude et une artère battait avec force à son cou. Il avait les lèvres bleues et le visage mortellement pâle sous ses cheveux noirs. Je m'agenouillai à côté de lui, luttant contre mon propre malaise. Derrière moi, j'entendais un groupe d'ouvrières attirées par le bruit du verre brisé. J'en envoyai une chercher Jowker. Deux autres femmes m'aidèrent à retirer l'habit du capitaine et à déboutonner sa chemise jusqu'à sa taille.

Jowker arriva très vite. D'un coup d'œil, il comprit la situation, et s'abstint de prononcer de grandes phrases pontifiantes.

— J'ai déjà vu ça, dit-il. C'est un poison dans les poumons. Il faut qu'il respire, mais aussi qu'il ait chaud. C'est dans son lit qu'il sera le mieux.

Je pensais organiser une équipe pour transporter le capitaine, mais M. Jowker me devança. Sous mon regard stupéfait, il releva l'homme évanoui, le fit d'abord asseoir, puis le hissa sur son épaule. Il partit d'un pas pesant, trébuchant à peine ; les mains blanches du capitaine touchaient presque le sol derrière lui. Jowker était vieux et maigre, mais à ce moment, il semblait avoir la force de dix hommes. Ce n'était pas la première fois qu'il me surprenait. Ce n'était peut-être pas la dernière.

CHAPITRE XII

Quand le médecin arriva, le capitaine Devereaux était installé dans son lit et respirait mieux. Le médecin le regarda longuement, puis alla s'asseoir devant la fenêtre ouverte, ferma les yeux, et parut s'endormir pendant que je lui expliquais les choses de mon mieux. Finalement, il soupira, se gratta la tête, retira ses lunettes, les essuya, les remit et annonça :

— Empoisonnement par le gaz sans aucun doute.

Je l'interrogeai sur la nature du gaz, mais il resta sans opinion. Quant au traitement, il n'y en avait pas, me dit-il. Ou bien le malade se remettrait, ou bien il ne se remettrait pas. Pour ses douteux services professionnels, il réclama cinq shillings que M. Jowker lui paya aussitôt, puis il s'en fut gaiement.

Quand deux heures plus tard, je frappai à la porte du capitaine, je fus accueillie par un éclat de rire sonore.

— Inutile de marcher sur la pointe des pieds, mon enfant, dit-il, ni de prendre cet air inquiet. Je ne suis encore au lit que parce que j'y suis bien et qu'il est agréable de se faire dorloter de temps en temps.

Brusquement, il reprit son sérieux.

— Cependant, je ne nie pas que vous m'ayez sauvé la vie et je vous en suis très reconnaissant. Reconnaissant ! Quel faible mot c'est là ! Vous m'avez sauvé la vie, Hester, et je ne l'oublierai jamais.

Je vins m'asseoir près de son lit. Ses paroles m'émou-

vaient profondément. Je me souvenais de ma terreur ; je
n'avais pas osé y penser pendant ces deux heures où il
semblait si près de la mort.

— La vie d'un inventeur est toujours périlleuse. Et
aujourd'hui, j'ai pris une précieuse leçon.

— Sur les vapeurs que dégage votre moteur ? demandai-je.

— Exactement, mon enfant. Elles contiennent un
poison que j'aurais dû déceler... Mais je ne pense pas
qu'il sera gênant quand le moteur se trouvera dehors,
dans son véritable élément.

Il se tut et s'appuya contre ses oreillers. Observant
ses yeux, je devinai, qu'enfermé entre les quatre murs de
sa chambre, il voyait un spectacle magique où des aéros-
tats naviguaient majestueusement daus le ciel.

— Eh bien ! Hester, vous avez entendu fonctionner
mon moteur. Qu'en pensez-vous ?

— Il fait beaucoup de bruit, monsieur.

— Ce qui signifie que vous n'en pensez pas grand-
chose ? dit le capitaine avec un sourire mélancolique.

Je ne pus que hocher légèrement la tête. Il sourit de
nouveau.

— Pour ne rien vous cacher, mon enfant, je n'en
pense pas grand-chose non plus. Il n'a guère de puis-
sance... et pas du tout de rapidité.

— Mais, dis-je, vous avez des idées ? Des projets
pour l'améliorer ?

— Il existe des projets. Des projets magnifiques...

Je décelai dans sa voix une singulière prudence. Il
me regarda d'un air dubitatif, me prit la main, et se
décida tout à coup.

— Ecoutez, Hester, vous m'avez sauvé la vie... Vous
méritez que je vous parle en toute franchise.

D'un geste, il me désigna la commode.

— Là-dessus, dit-il, vous allez trouver quelque chose
que vous connaissez. Voulez-vous me l'apporter ?

Sur la commode de bois ciré, je trouvai, bien rangés,
les papiers de mon père : le capitaine les avait emportés
pour les examiner s'il en avait le temps, m'avait-il dit, et
surtout, croyais je, pour me faire plaisir. Je les lui appor-

tai. Il n'y jeta qu'un coup d'œil et les posa sur ses genoux.

— Que Dieu me pardonne ! J'ai été tenté de vous tromper. De vous voler. Ces papiers que j'ai emportés hier... J'ai prétendu qu'ils ne m'intéressaient pas. C'était faux. Au premier regard, ils m'avaient intrigué plus que je ne saurais le dire. Je les ai lus ce matin.

Il maintint la pile d'une main et de l'autre fit glisser le coin des feuilles comme ceux d'un jeu de cartes.

— Ils m'ont ouvert les yeux, Hester. Ils m'ont fait comprendre que mes théories sont fausses, ont toujours été fausses. J'ai résisté, j'ai essayé de persister à croire que j'avais raison. Et puis, cet après-midi, plus j'ai essayé mon moteur, mieux j'ai compris mon erreur. C'est votre père qui avait raison.

Il détourna le regard.

— A ce moment-là, j'ai pensé ne vous parler de rien. Me servir de l'idée exposée par ces papiers, puis vous les rendre plus tard, sans explications...

J'attendis... Finalement, bien que ce fût difficile, j'interrogeai :

— Il y a plus de six ans que mon père est mort. Ses théories doivent être dépassées ?

Le capitaine haussa les épaules.

— Votre père était certainement une grande intelligence, Hester, un génie. Pour un homme comme celui-là, être en avance de six ans ou de soixante ans sur son temps n'est rien. Vous devez savoir que les hommes étudient les possibilités d'un moteur à pétrole depuis bien longtemps. En particulier les Allemands. Un Allemand du nom de Benz, entre autres.

L'enthousiasme montait en lui. Il me regarda d'un air hésitant, puis soudain, se pencha en avant.

— Voyez-vous, le problème est simple...

Je m'efforçai de concentrer mon attention, tandis qu'il se lançait dans de grandes explications techniques.

Ses mains dessinaient d'incompréhensibles formes. Quand il remarqua mon air ahuri, il se mit à rire et cessa de gesticuler.

— Pour finir, Hester, Craggan et moi-même, nous nous trompons tous les deux. Depuis des années, votre père avait trouvé la solution qui m'échappait. L'étincelle électrique, Hester. On peut la provoquer, l'arrêter. Elle est propre, précise, contrôlable... sûre. Ma chère enfant, c'est un éclair de génie !

Je n'avais pas compris grand-chose à ces explications, mais les dernières paroles étaient claires. J'étais soudain très fière de cet homme si étrangement inspiré : mon père.

— Ainsi, ces papiers parlent de cette étincelle électrique ?

— Exactement.

Soudain, mon capitaine saisit la liasse de feuillets et la brandit au-dessus de sa tête.

— Hester ! Si votre père ne vous a laissé que cela en héritage, eh bien ! il vous a laissé un trésor !

Il se calma brusquement et sa voix devint douce, presque suppliante.

— Comprenez-vous ce que je demande, Hester ? Voyez-vous, le système est là, étudié jusqu'à ses moindres détails. Mais il faut l'adapter à un moteur... Il faut construire...

— Je demande que cette construction me soit confiée. Je demande que le moteur soit le mien. Je demande une part des fruits du génie de votre père !

Un instant, je demeurai figée sur place, incapable de bouger, de penser. Un étrange malaise m'envahissait et je me levai en chancelant.

Le capitaine se méprit sur la cause de mon émotion.

— Tous les droits sur l'invention vous resteraient acquis, Hester. Un brevet serait pris à votre nom. Seul le mécanisme du moteur m'appartiendrait. Le travail de son développement.

Je l'entendais à peine. La chambre, les meubles, jusqu'à mes mains' me semblaient incroyablement lointains, j'avais un bourdonnement dans la tête, une sueur froide coulait sur mon front et me faisait frissonner, et dans mes oreilles, j'entendais la voix de Mordello comme si elle me parvenait du fond d'un souterrain : « *Le secret que recherche Orme vous appartient, à vous et à per-*

sonne d'autre. Quand vous le retrouverez, ne le révélez
pas étourdiment...

J'avais toujours senti que cet homme détenait un
extraordinaire pouvoir, mais qu'il eût prévu cet instant
avec tant de précision... Cela me terrifiait.

Peu à peu, je repris mes esprits. Le capitaine était
toujours couché là, relevé par ses oreillers, dans son étroit
et simple lit de bois. La chambre était toujours la même.

— Vous êtes troublée, Hester ? J'ai cependant quelque
chose à vous demander encore. Beaucoup d'hommes plus
sages que moi, diraient que ce n'est ni le moment ni
l'endroit de vous demander cela, mais il faut pourtant que
je le fasse.

J'aurais dû l'arrêter à ce moment, si mon cœur n'avait
si douloureusement désiré qu'il continue. Je savais ce
qu'il allait dire, je savais ce que je devais répondre. J'étais
incapable de l'empêcher de parler.

— Je vous aime, Hester. Je vous aime depuis le
premier instant où je vous ai vue, si sereine, si belle
derrière ce maudit comptoir. Vous l'avez deviné, n'est-ce
pas ? Et voyez, ma chérie, comme le destin nous a réu-
nis ! Vous êtes ici, et...

Je ne pus en supporter davantage. Ces mots-là étaient
ceux que je désirais ; pourtant, je ne pouvais plus supporter de les entendre. L'avertissement de Mordello se dressait inexorablement entre eux et moi. Je murmurai :

— Non... s'il vous plaît, capitaine Devereaux. N'allez
pas plus loin. Je...

— Vous avez peur que je ne cherche une vilaine
affaire avantageuse ? Naturellement, vous croyez cela !
Pourtant, ce n'est pas vrai, je le jure. Tenez... Reprenez
les papiers de votre père. Faites-en ce que vous voudrez.
Mais soyez ma femme, Hester ! Epousez-moi !

Il me tendait le paquet de documents. Je reculai.

— Non, non, capitaine... je vous en prie, il faut... il
faut...

Ses bras retombèrent sur le couvre-pieds.

— Vous êtes engagée à un autre ?

Je secouai la tête.

— Alors, qu'y a-t-il ? Ce n'est pas ce pauvre animal

pris au piège que vous avez trouvé ? L'ami Jowker semblait croire que vous ne m'en vouliez pas tellement. Je ne
suis pas cruel, ma chérie. Si vous me le permettiez, je
vous aimerais tendrement.

De nouveau, je secouai la tête. Rien de ce qu'il dirait
ne pouvait dominer l'avertissement qui résonnait dans ma
tête. Je rassemblai toutes les ressources de mon cerveau
et je marchai, aussi calmement que cela me fut possible,
en direction de la porte.

— Vous me faites un grand honneur, capitaine
Devereaux, dis-je.

Il fallait des phrases cérémonieuses, qui se dresseraient
entre nous comme une barrière.

— Croyez-moi, monsieur, je vous suis reconnaissante... profondément reconnaissante. Mais...

— Mais vous avez besoin de temps pour réfléchir, ma
chère enfant. C'est tout naturel. Je sais bien que je ne
suis pas un fameux parti. Je ne suis, en vérité, qu'un va-
nu-pieds...

Je faillis, ridiculement, courir à lui à cet instant, l'en-
tourer de mes bras, ces bras qui n'avaient étreint nul
amoureux auparavant et n'en voudraient étreindre aucun
autre par la suite. Ce ne fut pas ma volonté mais celle de
Mordello qui me retint.

— Mais je peux vous promettre une vie passionnante,
ma chérie, et tout l'amour que je puis donner...

Ses cheveux étaient si noirs, ses yeux si beaux, les
lèvres qui prononçaient ces mots si fascinantes... Derrière moi, je trouvai à tâtons la poignée de la porte.

— Il serait inexcusable de ma part de vous faire
attendre trop longtemps ma réponse, dis-je, mais, j'en suis
sûre, vous ne voudriez pas me voir prendre une telle
décision à la légère.

La porte était ouverte derrière moi. Mon cœur était
prêt à exploser d'amour.

— Deux jours, me semble-t-il, seraient raisonnables, capitaine Devereaux. Peut-être moins...

Je ne me risquai pas à en dire plus. Je reculai de
deux pas et je refermai la porte entre nous. Aussitôt, je
me sentis chavirer. Je chancelai, m'appuyai contre le

mur, haletante, frissonnante. Je maudissais mes stupides
hésitations : je n'avais pas besoin de deux jours pour
prendre ma décision, elle chantait dans mes veines en cet
instant précis. J'étais sûre de l'aimer, je n'entrevoyais pas
de plus grand bonheur que celui d'être sa femme. Pourquoi lui faire attendre ma réponse ?

Cependant, à la minute-même où j'étais là, sur le
point de retourner à lui, une pensée me vint et je ne
réussis pas à la chasser. Une vilaine pensée, indigne d'un
esprit honnête. Mais elle était là et j'étais incapable de la
chasser. Si l'invention de mon père était ce qu'en disait
le capitaine, et si elle m'appartenait par droit d'héritage,
alors, pour reprendre ses termes, notre mariage serait
effectivement une affaire avantageuse. Une affaire avantageuse pour lui. Pas pour moi...

Le soir, tandis que M. Jowker et moi étions assis dans
la salle commune, attendant en discutant l'heure de nous
coucher, il n'y avait guère que lui qui parlait, le capitaine Devereaux parut au seuil de la porte. Il était habillé
et semblait tout à fait remis. Il déclara qu'il est agréable
de se reposer, mais qu'il finissait par mourir d'ennui
dans le silence de sa chambre. Il prit dans une armoire
une bouteille de porto et s'assit pour se mêler à la
conversation, avec son habituel entrain.

L'atmosphère était si détendue que je pensai opportun
de parler du mystérieux guetteur. En m'entendant, le
capitaine se pencha vivement vers moi.

— Un homme, Hester ? Quel genre d'homme ?

Je fus obligée de répondre que je n'en savais rien.

— Craggan, peut-être ? Ou ce petit imbécile qu'il a
adopté ?

— Ce n'était pas le docteur Craggan, dis-je. L'homme
que j'ai vu n'était pas aussi grand que lui, me semble-t-il...
et il devait être plus jeune. Quant à monsieur Quennel...
je suis sûre qu'il ne ferait pas cela.

— Toujours Hester la loyale !

Le capitaine me sourit, mais il n'était pas content.

— Les enjeux sont élevés, ne l'oubliez pas. Et ces
deux-là vous ont prise pour une espionne, n'est-il pas
vrai ?

Malgré la générosité de Peter Quennel envers moi, je ne voulais pas trop prendre sa défense contre le capitaine.

— La nature de vos travaux est connue de beaucoup de gens, suggérai-je. Ne pourrait-il y avoir un autre concurrent qui...

Mais le capitaine ne m'écoutait plus. Il prêtait l'oreille au silence de la nuit derrière les fenêtres. Il se leva soudain.

— Votre guetteur était là la nuit dernière, dites-vous ? Ne serait-il pas venu cette nuit encore ?

Avant que j'aie eu le temps de répondre, il avait brusquement ouvert les rideaux. La lueur des lampes se répandit sur la terrasse. Je retins mon souffle. Etait-ce mon imagination... ? Avais-je vraiment vu, au-delà de la zone de lumière, remuer quelque chose de plus noir que la nuit ? Quelque chose qui se fondait maintenant dans l'obscurité ?

Le capitaine Devereaux, lui, n'avait évidemment rien aperçu. Il me fut donc facile d'accuser mon imagination et de me taire.

— Je n'aime pas les curieux, dit Jowker en refermant la fenêtre. Si je l'attrape, il lui arrivera un sale accident !

Le ton était si venimeux qu'il me rappela un autre M. Jowker, un homme qui tenait à la main une chope de bière brisée... Un frisson me parcourut le dos. Le capitaine haussa les épaules.

— Nous vivons une époque agitée, dit-il. Une époque passionnante. Etes-vous suffisamment vivante, Hester ? Etes-vous digne des temps que nous vivons ?

Il vit que je ne savais que répondre. S'adossant à son fauteuil, il développa sa pensée.

— Nous vivons l'époque la plus extraordinaire que le monde ait jamais connue, Hester. Une époque de gloire, de fortune, qui tiendra une place étincelante dans l'histoire des entreprises humaines. Tout est à portée de nos mains. C'est pourquoi je vous pose cette question. Une occasion s'offre à vous, Hester, une occasion que jamais femme au monde n'a possédée. N'en ayez pas peur !

J'avais peur, pourtant. Mon ambition n'ayant jamais dépassé l'état de dactylographe, j'avais peur de cette occasion. Et j'avais peur de mon fier et beau capitaine quand il parlait ainsi, avec une ferveur sacrée que je n'éprouverais jamais. Je n'osais pas songer au mariage avec cet homme. Pourtant, il exerçait sur moi une telle fascination que je savais ne rien pouvoir lui refuser.

Je ne répondis pas et cet instant passa, mais mon incertitude demeurait. Je me levai bientôt, m'excusai, et montai dans ma chambre. J'avais besoin de silence, de solitude. Je m'arrêtai devant la porte du capitaine : elle était ouverte. J'entrai, poussée par un étrange besoin de récupérer les papiers de mon père.

Ils étaient encore sur le lit, éclairés par la lueur qui venait de la porte : je les pris. Il me sembla que la chaleur de ses mains s'y attardait encore et je faillis les remettre d'où je venais de les enlever : il me semblait que les reprendre était un acte de mesquine défiance. Mais finalement, je les gardai et je sortis rapidement de la chambre. Mordello m'approuverait, j'en étais sûre. Je pleurai alors, en allant me coucher, bien que me sentant curieusement rassurée.

Quand je m'éveillai le lendemain, mon parti était pris. La réponse à mon problème était si simple, si raisonnable, que je ne comprenais pas comment elle ne s'était pas imposée à moi plus tôt.

Au petit déjeuner, je demandai au capitaine si nous pouvions aller faire un tour ensemble. Il accepta sans demander d'explications et M. Jowker prenant ouvertement l'air discret, ne fit aucun commentaire.

Nous suivîmes le chemin jusqu'au pont qui enjambait le canal, puis nous gravîmes la pente entre les maisons. Nous gardions le silence. Amical et patient comme toujours, mon compagnon ne me pressait pas de commencer l'entretien. Nous nous accoudâmes côte à côte à une barrière. Non loin de nous, un coucou chantait sa monotone lamentation.

Je décidai enfin de rompre le silence.

— Vous m'avez demandé de vous épouser, dis-je. Je le ferai avec joie.

Je m'étouffai un peu mais je continuai :

— Vous m'avez également demandé certains documents. Pour ma part, je vous les donnerai très volontiers.

Je l'entendis reprendre sa respiration, je sentis son bras remuer contre moi, sa main chercher la mienne. Je m'écartai.

— Cependant, dis-je, je n'ai que dix-huit ans, capitaine Devereaux. Je ne suis pas libre de prendre une décision. Je ne puis pas davantage disposer seule des papiers de mon père.

— Si vous n'êtes pas libre, qui peut prendre la décision pour vous ? demanda le capitaine.

— Il y a à Bristol un notaire, dis-je, un certain maître Margulies. Il est mon tuteur. Il me faut son consentement sur le premier point, et son avis quant au second.

— Pourquoi tant de cérémonies ? Ce Margulies serait-il un tyran ?

— Pas un tyran, monsieur. Un excellent homme. Mais...

— Eh bien, nous affronterons ce monsieur dans son antre, vous et moi ensemble.

Seulement alors me fut-il possible de lever les yeux, la joie s'épanouissant en moi. Le visage du capitaine était tout proche du mien, tout plein de tendre sollicitude. J'avais honte maintenant de l'avoir mis à l'épreuve, d'avoir inventé que M⁰ Margulies fût mon tuteur ; par manque de confiance, j'avais menti. Mais le capitaine n'avait rien refusé, il ne redoutait pas une enquête sur ses affaires, des questions sur ses intentions. Sa bonne foi était indubitable.

Je me mis à rire. Je le regardai dans les yeux et ris encore, envahie par le simple bonheur d'exister. Il me prit dans ses bras et je m'abandonnai à son étreinte. Il me tenait serrée, baisa mes lèvres doucement d'abord, puis avec une passion grandissante.

Nous restâmes là, debout sur l'herbe douce, pendant des minutes qui échappaient au temps. Le capitaine était à moi, je lui appartenais : rien d'autre n'avait d'importance.

Ce fut lui enfin qui se sépara doucement de moi.

— Nous devons aller à Bristol tout de suite ! s'exclama-t-il.

Soudain, il fronça les sourcils et fit claquer ses doigts d'un air consterné.

— Mais nous sommes samedi ! Votre bon Margulies ne travaille certainement pas cet après-midi. Même en nous hâtant, je doute que nous le trouvions à son étude.

Je contemplai mon capitaine. J'avais peine à respirer tant je l'aimais. Comme cette impatience était typique de l'homme !

— Le lundi suit le dimanche de près, dis-je avec une dignité affectée. Je pense pouvoir survivre jusque-là si vous le pouvez vous-même !

— Survivre ? Oui, Hester, mais guère devantage. Je m'appelle Edward : j'aimerais vous entendre prononcer mon nom. Pour ma part, jamais plus je ne vous traiterai comme une enfant.

Je rougis, tout en étant fière de sa franchise.

— Je suis ce que mon amour pour vous fait de moi... Edward, dis-je.

Son regard chercha le mien, le retint : il semblait lire jusque dans mon âme.

— Ne dites pas cela, Hester. Avant tout, par-dessus tout, vous êtes *vous*. L'amour ne vient que par surcroît.

— Et l'amour partagé ?

— L'amour partagé, ma très chère, est la plus grande gloire de l'humanité.

Il parlait gravement et je n'avais pas besoin d'une autre réponse. Je le laissai de nouveau me prendre dans ses bras.

Il me prit la main et me fit franchir la barrière. Nous partîmes à l'assaut de la pente abrupte de la prairie. L'air embaumait des riches senteurs des verdures estivales. Près du sommet, il m'indiqua un talus où l'herbe était émaillée de pâquerettes. Il m'y fit asseoir et se laissa tomber à côté de moi.

— Hester, il me vient une horrible idée... Qu'arrivera-t-il si votre excellent Margulies n'a pas les mêmes goûts que vous ? En un mot, si je ne lui plais pas ?

— Eh bien, je n'aurai qu'à le convaincre, répliquai-je.

Avant lundi, je confesserais mon mensonge, mais pas maintenant, pas quand tout était pour nous si nouveau.

— Je lui rappellerai que ce n'est pas lui qui se marie, mais moi, dis-je.

Mon capitaine se mit à rire et m'attira contre lui.

— Hester... quand nous marierons-nous ?

Je l'embrassai, moi, pour la première fois, en guise de réponse, puis je reculai et interposai ma main entre sa bouche et la mienne.

— Il faut trois semaines pour la publication des bans, lui rappelai-je.

— La publication des bans ?

Il leva les sourcils d'un air moqueur.

— Que vous voilà donc grande dame ! Et que fera le grand bras de la justice quand votre nom sera publié aux quatre vents.

Le brusque rappel produisit en moi un choc qui fit nter les larmes à mes yeux. Qu'il avait dont été facile oublier les complications de la vie ! Le capitaine me ourit, tout contrit, et posa ses lèvres sur mes paupières humides.

— Ne vous tourmentez pas, reprit-il. Il y a toujours moyen de tourner les difficultés. Dites, chérie, vous plaira-t-il de devenir la maîtresse de ma maison ? Elle n'est pas si mal, finalement ! Pour le moment tout au moins, jusqu'au jour où je vous donnerai le château que vous méritez.

Je me sentais vibrer au contact de ses lèvres, à la force de son corps tout proche du mien. Je sentais ma volonté m'échapper. Je ne lui résistais que faiblement.

— J'aime beaucoup votre maison, murmurai-je, mais je l'aimerais encore plus si nous y étions seuls ensemble.

Le capitaine rit tout bas, sa bouche tout contre mon oreille.

— Je comprends... Vous voudriez que l'ami Jowker s'en aille. Il partira, je vous le promets, et je ne le regretterai pas. Il a toujours laissé beaucoup à désirer, d'une manière ou d'une autre.

Mon châle était tombé. Ses mains caressaient mes épaules. J'aurais voulu que cela durât toujours.

— Hester... Hester... mon amour...

Puis mon capitaine leva la tête et je vis sur son visage quelque chose qui ressemblait fort à de l'effroi. En un instant, il fut debout, agitant les bras, poussant des cris...

Je me tournai et me relevai sur un coude, et je ne pus m'empêcher de hurler...

J'ai toujours pensé que les bovins sont des animaux dociles, inoffensifs. Pourtant, le troupeau que je voyais descendre la pente au galop dans ma direction paraissait tellement affolé que je me vis écrasée, mourant d'une horrible mort, piétinée par des sabots indifférents. Je me relevai, je glissai et je retombai. Je rampai, sanglotant de terreur, mais le troupeau était maintenant à quelques pas : douze bêtes de front... Il était inutile de chercher à fuir. Je me ramassai sur moi-même et je ne bougeai plus, ayant perdu tout espoir.

Ce fut, naturellement, mon capitaine qui me sauva. Debout sur le talus au-dessus de moi, ses bottes fermement accrochées au sol à quelques pouces de ma tête. Il resta là bravement, solide comme le roc. Et le flot du troupeau s'écarta pour passer de part et d'autre, tellement près que je reçus une averse de terre et de pierraille. Les bêtes passèrent, poussées par celles qui les suivaient. L'une d'elles, plus maladroite, heurta le capitaine de l'épaule : il chancela et faillit tomber. Mon cri d'épouvante fut noyé dans le vacarme de grognements et de pas pesants. Il reprit son équilibre.

Et puis, tout à coup, ce fut fini. Le troupeau était passé. Le bruit diminuait au long de la pente ensoleillée. Je n'avais aucun mal.

Le capitaine s'agenouilla près de moi, me prit dans ses bras.

— Là... là... Hester, ma chérie... c'est fini. Il n'y a plus de danger. Plus de danger du tout...

Je crois avoir un peu pleuré. Dès que je fus calmée, nous retournâmes à la barrière. Près de là, à l'ombre de la haie, les bestiaux s'étaient rassemblés, toute frayeur oubliée ; les pauvres sottes bêtes, les flancs battants, nous regardaient avec un air innocent. Nous les évitâmes et passâmes la barrière. Mon compagnon se retourna, contempla le faîte de la colline.

— J'aurais juré que ce pré était désert quand nous y sommes arrivés, dit-il, songeur. Et cette grille, là-haut... je suis sûr qu'elle était fermée... En tout cas, dit-il, nous sommes quittes : vous m'avez sauvé la vie hier... aujourd'hui... ma foi, j'espère que vous ne penserez pas que j'exagère si je dis que je vous ai rendu la pareille !

Je secouai la tête. Rien n'était exagéré après ce que je venais de vivre. En un éclair, je revis un bras, un homme qui avait envoyé sur nous les animaux affolés... puis il disparut. Il disparut comme s'il n'avait jamais existé.

Je ne parlai pas de cela au capitaine... à Edward. C'était une hallucination. Je ne pouvais supporter que notre scène d'amour ait été espionnée, moquée, interrompue enfin par pure méchanceté. Il n'y avait rien eu. Ce bras était une branche agitée par le vent. Personne ne nous avait vue. Notre amour était toujours notre secret à nous deux seuls.

Nous ne parlâmes plus de notre aventure ce jour-là. J'avais bien autre chose dans la tête et dans le cœur. Il me semblait marcher sur des nuages. Je recommençais ma vie. Chaque minute me faisait découvrir une joie nouvelle, et mon capitaine, Edward, partageait, je crois, mon bonheur. Le plaisir qui faisait briller ses yeux était sincère, je le crois.

CHAPITRE XIII

Le dimanche matin, un fardeau d'émotions pesait sur la maison. Je le ressentis au moment-même où je m'éveillai, je frissonnai. Et je me souvins de la déception éprouvée la veille. Je savais bien que je ne devais pas m'attendre à une explosion d'enthousiasme du lugubre M. Jowker, mais un manque d'enthousiasme est une chose, son étrange réaction en fut une autre.

Comme nous rentrions de notre promenade, Edward et moi, nous le trouvâmes assis devant la table de la cuisine, frottant l'argenterie. Il écouta mon capitaine annoncer la grande nouvelle sans rien manifester. Après qu'Edward eût parlé, il y eut un long silence. Le vieil homme tournait lentement, pensivement sa brosse dans le pot de poudre à nettoyer.

— Vous allez vous marier, capitaine ? dit-il enfin. Très bien. Le mariage est une belle institution, paraît-il.

— La plus belle qui soit !

A présent, mon capitaine parlait avec une gaieté forcée, et M. Jowker demeurait de glace.

— La plus belle chose... pour ceux qui peuvent, dit Jowker.

Il y avait tant de tristesse dans sa voix que je tentai de le réconforter.

— Ne vous êtes-vous jamais marié, monsieur Jowker ? demandai-je gaiement.

La brosse cessa de tourner. Il la retira du pot, cracha dessus, et la remit dans la poudre.

— Moi ? Oh oui. J'ai été marié avec une gentille petite femme... Mais si jamais on vous dit que la séparation renforce l'amour, ce n'est pas vrai.

Il fronça les sourcils.

— Il faut dire que six ans, c'est long. Je ne peux pas dire que je la blâme d'être partie. Je ne lui en veux pas...

Il lui en voulait terriblement, c'était visible. J'essayai de me mettre à la place de cette femme, de m'imaginer mariée à un homme allant en prison pour un crime affreux. Mais je comprenais que cette punition, pour lui, était bien plus grande que la captivité réclamée par la société.

— Ainsi, reprit-il, vous pensez vous marier, capitaine. Il faudra qu'on voie ça ! Je le dis bien : il faudra que l'on voie ça.

La menace était si évidente, si odieuse, que je m'attendais à voir la colère du capitaine retomber aussitôt sur la tête du bonhomme. Mais il n'y eut pas de colère.

— Nous aurons beaucoup de choses à voir, ami Jowker. Chacune à son heure.

Le ton était calme, ferme, mais prudent.

— Et maintenant, souhaitez-nous bonne chance.

C'était un ordre plus qu'une prière. Pour la première fois depuis le début de la conversation, M. Jowker leva les yeux. Il nous regarda longuement.

— Je vous souhaite tout le bonheur possible, dit-il. Et que vos soucis soient tous de petits soucis.

J'y repensais, ce matin-là, en écoutant de mon lit le silence de la maison. Déprimée, je me levai et m'habillai. En plus de l'hostilité à peine voilée de M. Jowker, des obstacles se dressaient entre le capitaine et moi, des obstacles bâtis de mes mains. J'avais des fautes à effacer, j'avais repris les papiers de mon père, j'avais exagéré la prudence en m'inventant un tuteur en la personne du vieux Me Margulies, qui ne s'était jamais soucié de moi depuis près de sept ans. Cette prudence, pourtant, avait été sage et nécessaire ; j'en étais reconnaissante à mon cher ami Mordello qui l'avait suggérée. Maintenant, j'étais sûre de l'amour et de la sincérité de mon capitaine.

Je pouvais aller à lui maintenant avec ma petite confession. Je pouvais être aussi franche que lui et alléger mon cœur et mon esprit.

Je quittai ma chambre, emportant, comme gage de paix, le paquet des documents qui avaient appartenu à mon père. Il n'y avait personne à la table du petit déjeuner. M. Jowker pompait de l'eau dans l'arrière-cuisine. J'allai lui dire bonjour timidement. Il semblait de bien meilleure humeur, de sorte que j'osai lui demander où je pourrais trouver le capitaine.

Il soupira.

— Quand il fait un de ses caprices, le capitaine peut être n'importe où.

— Un caprice ? répétai-je.

Je ne pouvais croire que mon fier et beau capitaine fût capable de faire des caprices !

— Si vous ne voulez rien me dire, déclarai-je, je n'ai qu'à chercher ; je finirai bien par le trouver.

J'allai à la porte de la cour et l'ouvris. Derrière moi, M. Jowker faisait grand bruit, très inutilement, avec un seau.

— Je peux vous dire une chose... riposta-t-il. Il vint à moi, son seau à la main, faisant rejaillir l'eau sur les dalles claires du sol.

— Quand vous avez disparu, que nous vous avons crue noyée, il a passé des heures tout seul dans son bureau. Des heures et des heures...

Je ne sais pourquoi, ce détail qui me touchait profondément paraissait extraordinairement drôle à M. Jowker. Il posa son seau et s'adossa au mur, étouffant de rire.

— Il avait le cœur brisé... !

Furieuse, je le quittai et je gagnai la fabrique.

Edward était dans son bureau. Il semblait ne pas m'avoir entendue venir car il ne bougea pas. Il était penché sur sa table, la tête reposant sur ses bras repliés. Je demeurai au seuil de la porte, l'observant. Comme il ne levait pas les yeux sur moi, je frappai légèrement le panneau.

Lentement, il releva la tête.

— C'est vous, Hester ? Qu'est-ce que vous me voulez ?

J'hésitai, puis je lui tendis les papiers de mon père.

— J'ai repris ces papiers dans votre chambre, dis-je, avant-hier soir.

— Je le sais. Et alors ?

— Je... je pensais que vous seriez content de les récupérer.

Il fronça les sourcils, puis fit un geste las.

— Mettez-les là, mon enfant, ces maudits papiers.

J'obéis. Je mis « ces maudits papiers », mon gage de paix, sur un classeur. Maintenant, il me fallait avouer mes mensonges. En m'y décidant, je pensais que ses baisers effaceraient ma honte, que nous ririons tous les deux de mes enfantillages...

Mais son début était bien différent de ce que j'attendais : je cherchai mes mots et je ne trouvai pas.

Tout à coup, il cacha son visage entre ses mains.

— Allez-vous-en, Hester. Ne me regardez pas ainsi. Ces yeux que vous avez... il y a de quoi vous briser le cœur !

Je ne partis pas. Au contraire, je fis un pas en direction de la table.

— Cela me fait mal de vous voir si malheureux, Edward ! dis-je. Ne puis-je rien faire ?

Il releva brusquement la tête. Il y avait des larmes dans ses yeux.

— Malheureux ? Que peut savoir du malheur une simple petite fille comme vous ?

Il me regardait, quêtant je ne savais quoi, puis soudain il se réfugia dans la violence.

— Allez-vous-en, vous dis-je ! J'ai du travail !

Il frappait du poing sur la table, si fort que les plumes sautèrent dans leur plateau.

— Ne voyez-vous pas que j'ai beaucoup de travail ? cria-t-il. Faut-il que vous restiez là à pleurnicher et à vous tordre les mains ?

Je ne protestai pas.

— Rentrez à la maison, mon enfant, allez trouver Jowker. Rendez-vous utile.

Une telle déloyauté fut plus que je n'en pouvais supporter.

— Nous avons convenu que nous allions nous marier, monsieur, dis-je. Si ce projet tient, c'est à vous que je devrais être utile plutôt qu'à Jowker !

Un instant, je crus que sa fureur allait exploser... mais une terrible tristesse parut l'engloutir. Il baissa les yeux et feuilleta distraitement la pile de factures qui se trouvait à côté de lui. Il ne parla qu'après un long silence, et d'une voix si basse que je l'entendis à peine.

— Je me demande, Hester, si un homme est vraiment capable d'aimer quelqu'un d'autre s'il ne commence par s'aimer lui-même ?

Cette question dépassait de loin ma compétence, car on m'avait toujours enseigné qu'aimer les autres est prescrit par Dieu et que s'aimer soi-même est une faute.

Il prit une liste de ventes et se mit à en vérifier les détails un à un. Il prit un crayon, nota quelque chose, ouvrit un annuaire... Evidemment, pour lui cette rencontre était achevée. Je n'insistai pas et m'en allai. J'aurais pu me mettre en colère mais le désespoir qu'on lisait en lui me brisait le cœur et sa dernière question me donnait à réfléchir.

Au déjeuner, Edward était transformé. Il vint s'asseoir à table, les doigts tachés d'encre et les yeux brillants.

— Savez-vous, Hester ? dit-il. J'ai encore parcouru les papiers de votre père ; il faut que nous les emportions à Londres, au service des brevets. Une fois qu'ils seront enregistrés, il n'y aura plus rien à craindre. Nous n'aurons plus aucun souci, sauf, peut-être, celui de savoir comment dépenser tout notre argent !

Son entrain était trop forcé pour que je le partage, mais je fis de mon mieux. S'il changeait souvent d'humeur, il fallait que j'apprenne à vivre avec ses caprices.

A un moment, M. Jowker sortit de la pièce et Edward se pencha vers moi.

— A propos, dit-il, l'ami Jowker a gentiment offert, en fait il a fermement décidé, de rester ici avec nous après notre mariage.

Je n'en croyais pas mes oreilles. Il dut voir la révolte

flamber dans mes yeux car il leva une main pour m'apaiser.

— Je sais que nous avions décidé autre chose. Je lui ai dit que nous ne pouvions pas lui demander pareil service, mais il semble y tenir.

A cet instant, M. Jowker, ayant visiblement entendu tout ce qui s'était dit, revint tranquillement prendre sa place.

— Il vous faut admettre, Hester, dit le capitaine en souriant, qu'il nous sera fort utile quand nous en viendrons à la construction du nouveau moteur. Il y aura des réunions d'affaires, des invités, toutes sortes d'activités aux fins de semaine.

Je souris froidement mais ne répondis pas, sachant que jamais je ne reconnaîtrais la moindre utilité à Jowker.

Une autre raison m'imposait silence : je me demandais pourquoi le capitaine était revenu sur sa décision de nous débarrasser de cet affreux bonhomme.

Mes inquiétudes trouvèrent une certaine confirmation peu après la fin du déjeuner. Le capitaine et Jowker sortirent ensemble sous prétexte de faire un tour. Ils devaient discuter de choses que je n'avais pas le droit de connaître.

Je lavai la vaisselle, puis je sortis dans la cour. La méfiance d'Edward à mon égard me blessait ; je voulais tout savoir de lui et décidai de me mettre à sa recherche et de le lui dire. Ils n'étaient pas à la fabrique mais soudain, j'entendis leurs voix, et je les aperçus au bord de la rivière du moulin.

Je ne pouvais entendre ce qu'ils disaient. Comme ils s'éloignaient, je levai la main pour frapper au carreau et attirer leur attention, mais au moment de le faire, je me ravisai. C'est ainsi que je laissai s'établir la suite des événements désastreux qui devaient marquer ce mémorable dimanche après-midi.

Soudain, je vis entrer une voiture dans la cour et je reconnus tout de suite Peter Quennel.

Etonnée et ravie, je l'appelai et il se retourna, me vit, et vint à moi, avec un sourire contraint.

— Madame Devereaux, comment allez-vous ? dit-il. Je vois que vous êtes rentrée chez vous, malgré tout.

C'était une étrange entrée en matière, qui soulevait sans attendre la question délicate de mon identité. Je pris la main tendue.

— Monsieur Quennel, dis-je, je suis ravie de vous voir. Cependant, je dois vous faire un aveu...

— J'espérais presque que vous n'étiez pas ici...

Visiblement, il ne m'avait pas écoutée.. Il semblait gêné.

— Madame Devereaux, pourrais-je vous parler en particulier ? demanda-t-il.

Je le fis entrer dans la salle des machines. Il hésita, tournant son chapeau dans ses mains avec embarras.

— Madame Devereaux, mieux vaut que j'en vienne tout de suite à la question. Il y a cinq jours pleins que vous vous êtes échappée d'Orme. Mon tuteur s'attendait à ce que votre retour soit annoncé. Il est très étonné que le fait ait été passé sous silence.

Je le regardai avec stupeur.

— Sous silence ? répétai-je. Comment peut-il savoir cela ?

— On vous croyait morte, et vous êtes vivante. Mon tuteur est magistrat. Il aurait su tout de suite que...

— Dans ce cas, notre silence devrait lui convenir, dis-je. En tant que magistrat, sa conduite a été assez...

— Je vous en prie...

Dans sa confusion, Peter Quennel laissa tomber son chapeau.

— Je vous en prie, comprenez-moi, madame Devereaux : j'ai très peu d'influence sur mon tuteur. Si on lui reprochait quoi que ce soit, il dirait qu'il ne lit pas les journaux et qu'il n'a pas été au courant de votre mort. Il serait bien difficile de prouver le contraire. Il dirait qu'il vous a soignée en toute bonne foi pour une cheville blessée et ajouterait que vous avez quitté sa demeure de la façon la plus normale. Madame Buckingham le soutiendrait. C'est un homme respecté et on le croirait.

Je pouvais difficilement me fâcher contre ce jeune homme désarmant de franchise.

— Vous ne m'avez pas encore expliqué le motif de votre visite, dis-je. Ce ne doit pas pas être pour récupé-

rer l'argent ou les vêtements que, je le reconnais, j'aurais
dû vous renvoyer.

D'un geste, il écarta l'argument.

— La mante et le bonnet de madame Buckingham
n'ont pas grande importance, dit-il, et mon tuteur n'est
pas au courant pour l'argent. A la vérité...

Dans sa détresse, il recula de deux pas, puis avança
de nouveau.

— A la vérité, répéta-t-il, le patron soupçonne le
capitaine d'une tromperie plus grave.

Ses yeux me suppliaient de ne pas le lier aux hypo-
thèses de son tuteur...

— Dans ce cas, dis-je, pourquoi le docteur Craggan
ne va-t-il pas trouver la police ? N'est-ce pas son devoir de
magistrat ?

Peter Quennel regarda ses chaussures. Il répondit très
bas.

— Je préfère ne pas vous le dire.

— Eh bien, déclarai-je, je vais le dire pour vous. La
réponse est brève et elle n'est pas jolie. La réponse est
« chantage », monsieur Quennel. Votre tuteur espère
tirer un avantage de ses vilains soupçons.

Je pouvais être brave sans crainte à propos de la
réputation de mon capitaine. De plus, mon sort personnel
importait peu.

— Vous pouvez dire au docteur Craggan qu'il s'est
dérangé inutilement, déclarai-je.

Peter recula d'un pas.

— C'est pour ça que j'ai insisté pour vous voir le premier, dit-il. Le patron est dans la voiture en ce moment.
Mais je voulais...

— M'annoncer la nouvelle avec douceur ? demandai-
je durement.

Mais je ne l'obligeai pas à me répondre : je l'avais
laissé languir assez longtemps. Il était temps de dire la
vérité.

— Vous pouvez dire à votre tuteur que ses soupçons
sont sans fondement, dis-je. S'il y a eu tromperie, c'est
moi qui en suis coupable. Je ne suis pas Kitty Devereaux.
Je vous ai laissé croire que je l'étais, pensant que c'était

pour moi une protection. Mon vrai nom est Hester Malpass et je suis recherchée pour vol par la police. Si cela
vous intéresse, je vous jure que je suis innocente.

En entendant mon nom, Peter Quennel releva brusquement la tête.

— Malpass... ? répéta-t-il. N'était-ce pas... ?

Mais j'étais lancée dans les protestations.

— Si le docteur Craggan croit pouvoir me faire
chanter à cause de cela, dis-je, qu'il essaye. J'irai aujour-
d'hui me livrer à la police, faisant confiance à la justice
de la reine !

Mon héroïsme ne produisit aucun effet. Peter me
regardait avec stupeur, et quelque chose qui ressemblait
à de la joie éclairait son visage. Finalement, il éclata de
rire.

— Vous dites que vous n'êtes pas la femme du capitaine ?

— Pas encore.

Il négligea ce détail.

— J'aurais dû le deviner ! dit-il. Il n'y avait pas d'alliance à votre doigt...

Il traversa la salle à grands pas, évidemment incapable de se contenir. Etonnée, je le suivis.

— Le docteur Craggan ne sera peut-être pas aussi
content que vous, observai-je. Ne croyez-vous pas que
vous devriez aller lui dire que vous avez fait ce voyage
pour rien ?

— Le patron ? Cela lui sera bien égal. C'est un brave
homme ! On dirait que quelque chose le force à être
méchant. Il est toujours content quand les circonstances
obligent sa vraie nature à prendre le dessus.

Il s'appuya contre la fenêtre.

— Le matin où il s'est aperçu de votre fuite... Il m'a
un peu secoué, bien sûr, mais...

Il s'interrompit, regardant quelque chose au dehors.

— N'est-ce pas le capitaine Devereaux, là, dehors ?

En effet, mon capitaine était là, discutant toujours
avec M. Jowker, au bord de la rivière du moulin. Ils
étaient au soleil et on les voyait nettement. Et ce fut à

cet instant doré que ce dimanche après-midi bascula dans
l'horreur.

Nous les regardions par la fenêtre, garnie de barreaux de fer comme les autres ; la conversation achevée,
Jowker tourna les talons pour s'en aller. Mon capitaine
attendit une seconde, puis il rattrapa vivement le vieux
bonhomme. Il leva les deux bras au-dessus de sa tête, et
les rabattit, les poings fermés, avec une terrible férocité
sur la nuque de l'autre. Jowker tomba. D'un rapide mouvement du pied, le capitaine fit rouler le corps dans la
rivière bouillonnante. Entraîné aussitôt par le courant, le
malheureux flotta dans notre direction à une allure affo-
lante, tournoyant sur lui-même, sa tête ballotant, jusqu'au moment où il disparut à nos yeux pour longer la
fabrique et passer sous les pales de la roue.

Il n'y avait plus rien à voir, pourtant, je fermai les
yeux avec horreur. Peter Quennel m'entoura de son bras
pour me soutenir. Nous restâmes ainsi je ne sais
combien de temps. J'avais la tête complètement vide. Je
ne voulais pas accepter... Je ne voulais même pas penser
à ce que j'avais vu.

Quand je rouvris les yeux, le capitaine n'était plus au
bord de la rivière. Pétrifiée, je le vis alors monter leste-
ment les marches pour gagner son bureau en chanton-
nant un petit air joyeux.

Quand il nous aperçut, et vit l'expression de nos
visages, il se tut et immédiatement en alerte, ralentit,
tendu comme un fauve prêt à bondir. Il mit sa main
dans sa poche, regarda la cour, nous regarda, regarda la
porte... Alors seulement, devinant sa pensée, nous prîmes
la fuite, mais il était trop tard : il atteignit la porte avant
nous, la ferma d'un coup de pied et s'y adossa en se
tournant vers nous. Il avait un pistolet à la main.

Il poussa un profond soupir et lissa ses cheveux en
désordre.

— Il semble que nous ayons un visiteur, dit-il. Présentez-nous, Hester, s'il vous plaît.

Cette comédie me rassura un instant.

— Vous savez très bien qui est là, Edward, dis-je. Je
refuse de me prêter...

Le pistolet se releva, se dirigea vers mon visage. La voix du capitaine se fit douce et il répéta son ordre :

— Présentez-nous ainsi que je l'ai dit.

Sous l'œil noir du pistolet, je m'exécutai. Le capitaine avait déjà tué. Il semblait évident qu'il fût prêt à tuer encore. Il m'écouta faire les présentations, puis fit un bref salut ; Peter Quennel l'imita et fit un pas en avant.

— Mon tuteur est là, tout près, déclara-t-il. Et il est armé, capitaine Devereaux ! S'il entend un coup de feu, il...

Le capitaine sourit d'un air presque confus, et d'un geste du bras, fit le tour de la salle.

— Les murs sont épais, dit-il, les fenêtres petites... et vous vous trompez si vous croyez que je peux avoir peur d'un vieillard, armé ou non.

Il se redressa de toute sa taille et marcha sur nous. Il éprouvait visiblement un grand plaisir, à observer les pas trébuchants de notre retraite : nous traînions les pieds, nous heurtions les obstacles divers, pour nous retrouver finalement le dos au mur. A ce moment il s'arrêta, et se percha négligemment sur le coin d'une table de travail.

Il sourit de nouveau.

— Hester, dit-il, je vous ai affirmé un jour que je n'étais pas cruel de nature. Je ne vais donc pas faire traîner cette affaire. Il semble que vous m'ayez vu tous les deux me débarrasser d'un vieil imbécile encombrant. Par conséquent, tant que vous êtes en vie, cette mort qui aurait pu être la fin malheureuse d'un pauvre vieux parti en promenade, seul, au bord d'une rivière, devient un cas pendable. Vous devez bien penser que je n'ai aucune envie d'être pendu. Alors, finissons-en, et vite.

Il avait parlé avec calme et même avec regret. Il prit alors son pistolet à deux mains, et l'éleva, le dirigeant directement sur le cœur de Peter Quennel. Jamais, de toute ma vie, je n'avais vu personne exprimer aussi clairement ses intentions, et pourtant, je ne le croyais pas. Je ne pouvais pas croire cela de mon fier et beau capitaine. C'était un jeu, une illusion, une plaisanterie de mauvais goût. Même en voyant son doigt se raidir,

même en entendant le chien se relever, même alors je
crus à une comédie. Et j'avais mon rôle à y jouer.

Ce fut donc sans aucun sentiment de danger, et par
conséquent sans grand courage, que je bondis en avant et
relevai l'arme en criant sur un ton de mélodrame :

— Non, Edward ! Non !

Ce qui suivit, l'odeur de poudre, l'explosion qui
m'assourdit, tout cela dissipa en un éclair toute impression
d'irréalité. La balle effleura mes cheveux au passage,
frappa une barre de fer juste au-dessus de la tête de
Peter et traversa la salle en sifflant comme une locomo-
tive. Le visage du capitaine était tout proche du mien,
ce visage que j'avais caressé, que je trouvais si beau :
il était, à présent, hideusement convulsé par la rage. Il
leva son pistolet pour m'en frapper... puis il changea
d'idée et baissa le bras. Son expression changea, mais
son sourire était mille fois pire que la haine qui tordait
sa bouche à l'instant.

Il me repoussa, je tombai sur les genoux. Il recula et
regarda autour de lui, d'un air calculateur. Ses yeux
s'arrêtèrent sur Peter, toujours appuyé contre le mur, le
visage figé au souvenir de la mort qui était passée si près
de lui.

— Monsieur Quennel, dit le capitaine il semble qu'un
bref répit vous soit accordé. Je vous en félicite. En retour,
seriez-vous assez bons pour me rendre un léger service ?
Sur le fichier, dans mon bureau, vous trouverez une pile
de papiers. Voulez-vous avoir l'amabilité d'aller les
chercher ?

Il se pencha et me remit brutalement debout.

— Inutile, je pense, de vous rappeler ce qui arrivera
à la petite Hester si vous tentez de jouer au plus fin ?

Peter se détendit. Il hésita un instant, puis se rendit
d'un pas ferme dans le bureau et en ressortit deux
secondes plus tard avec les papiers de mon père. Pas un
muscle n'avait bougé sur le visage du capitaine.

— Donnez-moi cela, dit-il.

Peter obéit, prenant avec courage un air insolent que
le capitaine fit semblant de ne pas voir. Il nous fit signe
de retourner nous adosser au mur. Il jeta un coup d'œil

sur les documents et une ombre de tristesse passa sur son visage.

— Pauvre Hester ! dit-il. J'aurais voulu que les choses tournent différemment. Vous m'avez sauvé la vie, vous m'avez ensorcelé au point que j'ai été assez sot pour être tenté, assez stupide pour croire à la réalisation de rêves impossibles...

Il soupira.

— Mais il n'y avait aucun espoir, reprit-il. Je ne pouvais pas vous épouser, étant réellement marié avec Kitty.

Ainsi, même pour cela, il m'avait menti. Malgré le péril mortel que je courais, je poussai une sourde exclamation. Il sourit avec mélancolie.

— Eh ! oui, nous sommes mariés, Kitty et moi. En apprenant que les autorités la croyaient morte, nous l'avons installée dans une vieille maison abandonnée, dans les bois, de l'autre côté de la carrière, en attendant. Nous voulions tirer le meilleur parti possible de la situation. Vous perdre avait été un rude coup, surtout après toute la peine que j'avais prise pour vous retrouver, et pour gagner votre amitié. Vous revenue, Kitty bien cachée, j'avais toutes les chances d'avoir enfin les papiers de votre père,

Enfin ? Ainsi, les papiers de mon père étaient son objectif depuis le début. Mon indignation dut se lire sur mon visage, même pour son esprit dévoyé, car il s'avança vers moi d'un air presque suppliant.

— Je n'ai pas tout le temps joué la comédie, Hester, croyez-moi. Je suis tombé amoureux de vous. J'ai vraiment cru qu'un avenir était possible pour nous... Les choses auraient été bien différentes si seulement vous ne m'aviez pas menacé de votre tuteur.

Sa voix se durcit.

— Et si Jowker n'avait pas été aussi gourmand. Si seulement il avait eu confiance en moi... Si tous les deux vous aviez eu confiance en moi... !

Il fit quelques pas en arrière. Une lampe à pétrole était posée sur une étagère : il la prit et la jeta sur le plancher. Le verre se brisa et le liquide se répandit.

— Je suis content que vous m'ayez empêché d'user

de mon pistolet, Hester. Un incendie a l'air bien plus accidentel qu'une balle dans le cœur.

Il paraissait fou, maintenant. Il bégayait, formant à peine ses mots.

— Ne vous l'ai-je pas dit, Hester ? L'improvisation a toujours été ma spécialité. Je vous l'ai bien dit, n'est-ce pas ?

Il tituba vers une autre lampe posée sur une table, près de la porte. Peter bondit, saisit une pièce de calicot et la lui jeta à la tête, mais il était trop loin : il la vit et l'évita facilement.

— Je peux très bien vous tuer maintenant, monsieur Quennel, si vous le préférez. Je doute qu'on retrouve la balle dans le peu qui restera de vous après l'incendie.

Peter demeurait immobile, respirait lourdement, les bras retombant le long de son corps.

— Vous êtes un monstre, Devereaux. Vous n'hésiteriez pas à faire brûler la jeune fille que vous prétendez aimer ?

Le rire du capitaine monta, strident, inhumain.

— Pas un monstre, mon garçon. Un homme inspiré. Un homme qui a le courage d'aller jusqu'au bout de son inspiration. Un jour mes flottes aériennes patrouilleront les ciels du monde entier. L'homme qui les dirigera sera le roi ! Que vaut un simple sentiment en face d'un rêve semblable ?

Il saisit la lampe et la jeta par terre avec violence. Pétrifiée, incapable de parler ou de bouger, je le vis tirer de sa poche une boîte d'allumettes. Peter me prit la main.

— Je n'essaierai pas de négocier avec vous, Devereaux, dit-il, je ne vous supplierai pas. Des hommes tels que vous détruisent tout ce qu'ils touchent. Vous ne réaliserez pas votre rêve, vous ne tirerez rien de votre vie, rien que le malheur et une tombe anonyme. Votre nom sera oublié, Devereaux, comme s'il n'avait jamais existé.

Le capitaine hésita. Un instant, les paroles de Peter semblèrent atteindre une partie raisonnable de son cerveau, puis il secoua la tête, serra les précieux documents plus fort sous son bras, frotta une allumette et la jeta sur la

soie imbibée de pétrole. Les flammes coururent immédiatement sur le plancher.

Le capitaine Devereaux marcha tranquillement vers
la porte, son pistolet pointé fermement sur nous. Puis il
l'entrouvrit tout en contemplant avec une joie enfantine le feu qui progressait. Il attendit une seconde encore,
puis il nous salua tristement et disparut. La porte se
referma sur lui.

Je me précipitai, j'essayai vainement d'ouvrir. Derrière moi, Peter, en manches de chemise, frappait sur
les flammes au moyen de sa veste, mais si le feu mourait
sous ses coups à un endroit, il reprenait ailleurs avec
plus de force. Laissant la porte, je courus d'une fenêtre
à l'autre : toutes étaient solidement grillagées. Je n'osais
pas briser une vitre de peur que l'air n'activât le feu.

Dans la cour, je vis la voiture du docteur Craggan...
Alors je me décidai à enfoncer un carreau et je hurlai,
encore et encore ; autour de nous, le feu se propageait à
une allure terrifiante. Déjà, l'air brûlant et la fumée
m'arrachaient la gorge, pénétraient dans mes poumons...

CHAPITRE XIV

Avec une horrible lenteur, la portière de la voiture s'ouvrit et le docteur Craggan mit pied à terre. Du regard, il chercha la direction des appels ; je remarquai, dans la clairvoyance impitoyable de ma terreur, qu'il s'appuyait d'une main sur une canne, et qu'il avait l'autre bras en écharpe.

Une vague de chaleur m'engloutit et je reculai précipitamment. Peter était à côté de moi : sa jaquette n'était plus qu'un chiffon brûlé. Il saisit une pièce de calicot, en déchira un morceau.

— Votre visage ! me cria-t-il. Couvrez-vous le visage et les mains !

De tous les côtés, les flammes dévoraient les vieilles poutres, envoyant des jets de fumée qui sifflaient dans l'air suffocant. J'entendis cogner dans la porte et je reconnus la voix du docteur Craggan. Peter chancela vers la porte, m'entraînant avec lui : il toussait tellement qu'il pouvait à peine parler.

— La clé, patron ! hurla-t-il. Trouvez la clé !

— Crois-tu que je taperais comme ça si ce bandit n'avait pas emporté cette sacrée clé ? répondit-il, indigné.

Peter s'essuyait les yeux.

— Alors, enfoncez la porte !

— Oui, mon gars... avec dix hommes pour m'aider !

Le médecin donnait dans la porte des coups d'épaule qui ne servaient à rien. Que pouvait un vieillard contre une masse de chêne de trois pouces d'épaisseur ? Le bruit cessa...

— Il est allé chercher quelque chose pour enfoncer la porte, haleta Peter.

Je n'avais plus d'espoir. Un pauvre vieux disposant d'une seule main, que pouvait-il faire ? Au-dessus de nous, les solives brûlaient. Une bonne moitié de la salle n'était plus qu'une fournaise, des bidons de laque explosaient, alimentant les flammes. Dans un bruit de tonnerre, l'escalier qui montait au-dessus s'écroula, lançant des gerbes d'étincelles dans toutes les directions.

Je me blottis contre Peter, je fermai les yeux, et je priai.

Ma prière fut exaucée. Des bruits nouveaux se firent entendre, des coups plus énergiques, et une voix que je n'osais pas reconnaître, une voix venue d'une autre vie, d'un autre monde...

— Ensemble maintenant, docteur. Allons-y !

La porte éclata dans ses gonds, tomba à plat sur le sol. La lumière entra, la belle lumière du ciel, pas la lueur infernale du brasier, et de l'air pur... Je rampai vers l'air et la lumière, Peter à côté de moi. Je vis des jambes solides, un bras musclé me releva, me soutint. Je titubai sans rien voir, dans la fraîcheur bénie de l'extérieur.

— Là, mademoiselle Hester, tout va bien...

Je perdis peut-être connaissance un instant. En tout cas, je croyais rêver. Comment, autrement qu'en rêve, aurais-je entendu la voix paisible, infiniment rassurante de Barty Hambro ?

Je repris vite mes esprits. Barty n'était pas un personnage de rêve. Il était plus pauvrement vêtu et moins bien rasé que naguère, mais il était aussi réel que les arbres et les collines d'alentour. Près de lui, un lourd poteau de bois avait évidemment servi de bélier pour enfoncer la porte. Un peu plus loin, Peter s'appuyait au mur de la cour auprès de son tuteur. Autour de nous, la fumée tournoyait et des fenêtres aux vitres éclatées, les flammes montaient vers le ciel.

Barty m'entraîna, trébuchante, pour me mettre en sûreté.

— Barty..., articulai-je, comment... n'êtes-vous pas... ? La gare ? Madame Skues... ?

Il me comprit fort bien malgré l'incohérence de mes questions.

— Ne vous tourmentez pas, mademoiselle Hester. J'ai toujours eu l'œil sur vous... toujours, depuis que Mordello a découvert où vous étiez... Et même avant ça, si vous voulez la vérité. Il m'a chargé de veiller sur vous, depuis le jour où votre papa a été tué.

La pleine signification de ces paroles ne pénétra pas mon esprit engourdi.

— Mais... madame Skues... elle...

— Elle m'a mis à la porte, Dieu la bénisse ! Elle n'a pas aimé que j'aille à la fête, ce jour-là.

Un bruit de tonnerre nous parvint de la fabrique : le plancher s'effondrait. La fumée se glissait entre les tuiles du toit. Dans la cour, une foule de villageois s'était assemblée : deux hommes emmenaient les chevaux épouvantés du docteur Craggan. Peter vint à nous en boîtillant.

— Le capitaine Devereaux ! cria-t-il. Il ne faut pas le laisser fuir !

Momentanément, l'épouvante m'avait fait oublier le capitaine. Barty tendit le doigt vers le ballon, captif derrière les bâtiments.

— Je l'ai vu partir par là, dit-il.

Peter se mit à courir.

— Vite ! Il va s'échapper !

Barty m'empêcha de suivre.

— Ce n'est pas la peine de s'affoler, dit-il. Il n'arrivera jamais à faire partir ce ballon tout seul. Et puis, ce pistolet... Je ne pense pas qu'il hésite tellement à s'en servir...

Une nouvelle épouvante m'envahit. Je hurlai :

— Peter ! Il est armé ! Prenez garde !

Il dut m'entendre car je le vis ralentir. Son tuteur le rejoignit, et ensemble, ils avancèrent prudemment. Barty me quitta pour aller s'assurer auprès des villageois qu'un policier venait, ainsi que les pompiers de Chalford.

Tout à coup, gravissant les marches, qui descendaient vers le canal du moulin, je vis trébucher la silhouette ridicule, trempée, dépenaillée de M. Jowker. Sa maigre carcasse avait survécu à l'attaque meurtrière du capitaine et aux lattes de la roue. Je courus à lui, et moi qui aurais été contente de ne plus jamais jeter les yeux sur son lugubre visage, je l'entourai joyeusement de mes bras.

Il repoussa mes tendres effusions.

— Ces papiers ! marmonna-t-il, allant tout droit vers la fabrique en flammes. Il faut que je les retrouve.

Je le retins. Barty revint et m'aida.

— Le capitaine a les papiers, dis-je. Nous pensons qu'il a l'intention de s'enfuir en ballon.

Jowker se retourna vers nous.

— Arrête-le, ce bandit ! Ces papiers sont à moi ! Sans moi, il n'aurait jamais connu leur existence ! Imbécile que j'étais !

Bouche bée, je le regardais, pensant qu'il avait perdu la tête. Barty essaya de le calmer.

— Laissez-le donc partir, dit-il. Même s'il s'échappe, quand il reviendra sur terre, on l'attrapera facilement. Les papiers ne lui serviront à rien.

— Mais je n'ai pas passé six ans en prison pour qu'on me reprenne ces papiers, criait Jowker qui nous échappa et se mit à courir.

— Vaudrait mieux le suivre, dit Barty, regardant la fabrique en feu. De toute façon, nous ne serons pas en sécurité ici bien longtemps.

Derrière les bâtiments, il semblait que le capitaine eût réussi l'impossible : il avait trouvé moyen de faire descendre le ballon en tirant sur les cordes qui le retenaient et il se trouvait maintenant dans la nacelle, se préparant frénétiquement à s'élever.

— Vous feriez mieux de rester à distance, nous dit le médecin. Quand on s'approche, il tire et adroitement !

Tranquillement, il nous montra son chapeau dont la haute calotte avait été trouée par une balle. Jowker ne l'écouta pas, et continua à courir à travers la prairie. Le

capitaine attaquait à la hache les cordes d'ancrage du
ballon ; une par une, elles cédèrent. Quand la dernière
fut coupée, il poussa un cri triomphal : la nacelle bondit
sous lui et il chancela ; il reprit son équilibre et riant,
gesticulant, il s'éleva dans le ciel. Jowker buta dans une
touffe d'herbe et tomba en jurant horriblement. Rapidement, l'ombre du ballon effleura son corps recroquevillé.

Mais la victoire du capitaine ne dura pas. Tandis que
le vieux bonhomme se relevait péniblement, le ballon
glissa de côté, saisi par la masse d'air chaud qui se déga-
geait de la fabrique en flammes. Désespérément, le capitaine ouvrit des sacs de lest, les vida pour prendre de la
hauteur : il s'était écarté du toit du bâtiment, à présent,
et il s'élevait à une allure vertigineuse..., mais le toit se
consumait rapidement, et devant nos yeux, il s'écroula.
Aussitôt, le volcan qui grondait à l'intérieur fit irruption,
vomissant des étincelles, des flammes et des débris incan-
descents, en un monstrueux feu d'artifice.

Pendant quelques instants épouvantables, le capitaine sembla suspendu au-dessus du centre écarlate du
torrent. Le ballon s'éleva encore plus vite, mais nous,
qui attendions sur le sol, nous savions tous qu'il était
perdu.

Et ce fut la fin, dans une lueur éblouissante, le gaz
qui gonflait le ballon s'étant enflammé. Instantanément,
l'énorme globe de soie rouge disparut, réduit en une infi-
nité de fragments minuscules. Je fermai les yeux. Autour
de moi montait un cri d'horreur. Puis ce fut le silence.
Un silence terrible, inoubliable.

*
* *

Les hommes parlaient entre eux, à mi-voix. Je les
quittai et j'errai dans la prairie. J'avais besoin de solitude, besoin de réfléchir. Le capitaine Devereaux était
mort ; l'homme qui m'avait trahie avait disparu, et avec
lui les papiers de mon père. Il en restait un, pourtant,
qui planait dans l'air au-dessus de ma tête et qui tomba
sur l'herbe à mes pieds. A genoux, je le pris doucement
entre mes mains. Il était couvert de chiffres bien ordonnés.

Etait-ce pour celui-là et pour les autres que mon capitaine, devenu fou, était mort ? Etait-ce pour cela qu'il avait essayé de tuer lâchement le vieux Jowker qui pleurait à présent sans se cacher, debout, tout seul au milieu du pré.

Lentement, je chiffonnai la feuille : j'en fis une petite boule et je l'enterrai profondément dans l'herbe. Rien, rien au monde ne justifie tant de cruauté, tant de douleur, tant de destruction.

Peter vint me rejoindre.

— Venez, Hester, dit-il. Il n'y a plus rien à faire ici.

Il y avait bien autre chose, cependant, tant de choses qu'il me fallait comprendre. J'allai à M. Jowker ; il était calme, maintenant, et frissonnait dans ses vêtements trempés. Je lui pris le bras et lui parlai fermement je voulais savoir la vérité.

— Vous avez parlé des papiers de mon père. Vous prétendiez qu'ils vous appartenaient. Que vouliez-vous dire par là ?

Il releva la tête. Un instant, la révolte s'inscrivit sur son vieux visage hagard, puis il haussa les épaules.

— Je peux vous le dire maintenant.

Avec lassitude, il s'assit par terre et je l'imitai. Il tira de sa poche un mouchoir trempé, le tordit, et s'en tamponna les yeux. Puis il commença.

— J'étais commis aux écritures autrefois. Respecté et honnête ; j'ai travaillé pour votre père. J'écrivais ses lettres, tenais ses comptes... Je croyais en lui, et je comprenais ses difficultés. Surtout ses difficultés d'argent. Cela allait si mal qu'il a fait ce qu'il avait juré ne jamais faire : il est allé mendier à Orme. On lui a fermé la porte au nez. Il s'est même rendu auprès du gitan qu'ils appellent Mordello. Mais il n'avait pas d'argent.

Que venaient faire Orme et Mordello dans les affaires de mon père ? Je refoulai mes questions. Il fallait que je laisse le vieux Jowker raconter son histoire.

— Alors, on est allé voir un homme riche dans les Midlands. Il était maître de forges, mais là aussi, ce fut l'échec. Alors nous sommes revenus, votre père, votre

mère et moi, par ce vieux train... Je pense que vous
savez trop bien ce qui s'est passé... le pont n'était pas là
où il aurait dû être... C'est un jour dont je n'aime pas
me souvenir.

Il me jeta un regard de côté.

— Il ne faut pas être triste, c'est de l'histoire ancienne
maintenant. Votre mère est morte sur le coup et votre
père n'a pas souffert. Il était couché sur la berge de la
rivière et en mourant, il ne pensait qu'à vous.

Il s'interrompit, comme s'il revoyait la scène. Je me
l'étais imaginée moi-même bien souvent, mais lui, il y
avait assisté. J'avais dix questions à lui poser... Je n'en
posai aucune. J'étais trop émue.

— Les plans étaient tombés à l'eau mais des doubles
se trouvaient chez lui. Il se tracassait car il cherchait
un moyen pour que vous sachiez un jour ce qu'ils représentaient. C'est là que j'interviens : je devais veiller à ce
que les papiers se trouvent en sûreté. Ils étaient à vous,
disait-il. C'est tout ce qu'il avait à vous laisser. Le
reste me regardait. Alors, il m'a donné une lettre, qu'il
venait de recevoir de son notaire car, disait-il, il me fallait une preuve de ma bonne foi.

C'était cette lettre que le capitaine Devereaux avait
brûlée sous mes yeux dans le buffet de la gare, adressée
à « Teddy », le diminutif non d'Edward comme je
l'avais cru, mais d'Edmund, mon père. C'était le seul
témoignage de respectabilité de M. Jowker, et le capitaine l'avait brûlé. La fureur, et même l'extrême violence, dont le vieil homme avait fait preuve devenaient
compréhensibles.

— Alors, j'ai pris la lettre de votre père et j'ai
promis de faire tout ce que je pourrais.

Il se tut, hésitant, et se frotta le menton, apparemment honteux de ce qu'il allait dire maintenant.

— C'est à ce moment-là, que j'ai vu ce jeune homme
riche qui flottait mort sur la rivière. J'ai pensé alors à son
portefeuille et à sa belle montre en or dont il n'avait
plus besoin... et comme je n'avais plus de travail...

Il tira de sa poche sa vieille montre d'acier, la secoua

et l'ouvrit. Il en sortit une incroyable quantité d'eau. Il
la referma soigneusement et la remit dans sa poche.

— Enfin, vous savez le reste. Ils m'ont pris sur le
fait. « Vous servirez d'exemple » m'a dit le juge. Et il
m'a mis en prison pour six ans. J'ai réfléchi. J'avais toujours la lettre de votre père. Ce qu'il me fallait c'était un
ingénieur, par exemple qui pourrait marcher avec moi...
Vous retrouver n'était pas un problème : je me suis
adressé à votre ancienne maîtresse d'école.

Il soupira.

— Puis j'ai fait la bêtise d'aller trouver le capitaine
avec ma petite idée. J'aurais dû me méfier : ceux qui ne
sont pas tellement regardants pour une chose, peuvent
bien ne pas l'être pour une autre. Il n'était pas capitaine,
je l'ai vite découvert. Il n'avait jamais servi sa Majesté...
Il n'a d'ailleurs jamais servi personne d'autre que lui-
même, durant toute sa vie. Et il en était fier !

Le vieillard se remit péniblement debout.

— Voilà, mademoiselle. Je vous ai joué un tour, je
ne peux pas le nier. Et le capitaine, voulait nous en jouer
un à tous les deux. Maintenant... nous n'avons plus rien ni
l'un, ni l'autre.

Il regarda au bout du pré, puis avec résignation, il
partit en direction de la grille après m'avoir fait un vague
geste d'adieu. Je le suivis des yeux, ce petit bonhomme
tout ruisselant, tout en noir. A mi-chemin de la grille, il
passa devant le pasteur et les deux policiers qui discutaient
avec le docteur Craggan, Peter, Barty Hambro. Jowker
leur fit un discret signe de tête et suivit son chemin. Les
autres le regardèrent avec curiosité, mais il avait l'air si
poli que personne ne lui demanda rien.

Je le laissai partir. Je ne voyais pas de quoi l'accuser.
Et même si j'avais pu l'accuser, je n'aurais rien dit. Il
avait perdu. Il avait perdu toute sa vie. Il ne m'appartenait
pas d'ajouter à son triste fardeau.

Je restai assise, cueillant distraitement des brins
d'herbe. Les événements des dernières heures me laissaient étourdie, presque insensible ; j'éprouvai seulement
une douloureuse lassitude. Le capitaine Devereaux était
venu au buffet, sachant qu'il me trouverait là. Avec

quelle aisance il m'avait identifiée ! Dès la première minute, je n'avais plus été qu'une marionnette entre ses mains et celles de Kitty.

Sans moi, il n'aurait jamais pu mettre la main sur l'invention de mon père ; je comprenais, maintenant, son désespoir quand il m'avait crue morte. Je comprenais sa joie à mon retour, son ardeur à me faire récupérer les objets qui m'appartenaient. Et pendant tout ce temps, il m'enchaînait à lui par son irrésistible charme.

Que serais-je devenue si Barty n'avait envoyé sur nous ce troupeau terrifié ? En silence, je remerciai l'invisible guetteur. Sa solution était peut-être celle du désespoir, mais mon cas n'était-il pas désespéré ?

Barty avait bien veillé sur moi, et même, avait-il dit, dès mon arrvée chez Mme Skues : Mordello l'avait alors chargé de me protéger. Comment cela pouvait-il se faire ? Que pouvait, en ces jour-là, savoir le vieux gitan sur Hester Malpass ? Et que lui importait ? A moins qu'il n'eût été au courant des soucis de mon père comme Jowker le laissait entendre...

Une ombre obscurcit l'herbe à côté de moi. Absorbée dans mes pensées, je n'avais pas entendu venir quelqu'un. L'un des policiers était là, très droit, très grave, dans son bel uniforme aux boutons d'argent.

— Mademoiselle Malpass ?

Je me relevai, le cœur battant d'effroi. Maintenant j'allais être arrêtée, emmenée, sous une humiliante accusation.

— Mademoiselle Malpass, votre grand-père nous dit que vous avez été victime d'une grave méprise. Si nous avions su la vérité, je pense que nous aurions été un peu plus prudents.

Mon grand-père ? Avais-je bien entendu ?

— Nous allons arranger cela, mademoiselle, ne vous inquiétez pas. Vous voyez... personne ne nous avait dit que Kitty était mêlée à l'affaire. Si c'est ainsi, tout sera facile. Il y a longtemps que nous avons l'œil sur elle. Mes hommes sont partis la chercher dans cette vieille maison, derrière la carrière !

Je saisis le bras du policier. Soudain, Kitty, le vol, la

nécessité de prouver mon innocence m'importaient peu.

— Vous avez dit... mon grand-père ?

Il sourit gentiment.

— C'est exact, oui. Le docteur Craggan. Il nous a dit que vous avez sauvé la vie du jeune monsieur là-bas. Il est très fier de vous !

Je ne posai plus de question, je n'écoutai plus rien. Très lentement, le sol bascula et je glissai dans le néant. La journée m'apportait une émotion de trop. Mon dernier souvenir, comme je commençais à tomber, fut le bras vigoureux du policier qui me retenait.

Je revins à moi sur le canapé d'un modeste salon, dans le presbytère du village, je l'appris par la suite. Le pasteur, certes excellent homme, me faisait boire du cognac avec tant de libéralité, que je me serais certainement étranglée si le docteur Craggan n'était pas arrivé. Il poussa brusquement le pauvre homme, me fit asseoir et me donna de vigoureuses tapes dans le dos.

Je commençai par essayer de reprendre ma respiration pour poser les questions qui se pressaient dans ma tête. Le médecin, heureusement, n'avait pas besoin de beaucoup de perspicacité pour deviner mes incertitudes. Rapidement, sans cesser de me taper dans le dos, il se mit en devoir de m'éclairer.

— Je ne suis pas homme à mâcher mes mots, Hester, dit-il. Vous êtes une fille courageuse et vous avez sauvé la vie du jeune Peter. Et j'ai beaucoup à me faire pardonner. Je vous ai traitée très mal. Très mal !

Les coups faiblirent, puis reprirent plus forts.

— Mais je veux que vous sachiez, Hester, que votre père était violent, volontaire. D'où tenait-il cela, je n'en sais rien. Sûrement pas de moi, son père !

Il me regarda d'un air féroce, me défiant.

— Oui..., reprit-il. Voyez-vous, ma petite fille, j'en ai supporté de lui plus que je n'en ai supporté de personne. On dit qu'un garçon ne travaille jamais bien sous les ordres de son père... Peut-être que je l'ai traité un peu trop durement mais son mariage avec Mary Squires, cette gitane, c'était plus que je n'en pouvais supporter. Nous avons discuté avec violence. Il a quitté ma maison ce jour-là, et son emploi chez moi. Il s'est établi à son compte, avec les quelques sous que sa mère lui avait laissés. Et il a pris son nom : il ne voulait plus du mien

Un silence tomba. Je ne m'étranglais plus et les coups avaient cessé. J'étais encore tout étourdie. Le pasteur restait là, souriant aux anges près de la fenêtre. Le docteur Craggan semblait ne pas le voir, ne pas me voir non plus. Il n'entendait que ses souvenirs.

— Je ne l'ai plus jamais revu. Si j'ai été dur, il l'a été aussi. Pendant douze ans, le père et le fils ont vécu dans la même cité sans se voir !

Il plissa le front.

— Non : je mens. Il m'est venu une lettre, peu avant sa mort. Une lettre envoyée par un notaire, demandant de l'argent. Un fils s'adressant à son père par l'inter-médiaire d'un notaire... Je n'ai pas répondu. Et puis, il est mort, et sa gitane de femme avec lui. Il n'est resté que la petite-fille.

Il s'était éloigné de moi et son grand corps osseux était courbé au-dessus de la cheminée, sa tête appuyée sur ses bras repliés.

— Peut-être bien que je la détestais. Je la détestais parce qu'elle était vivante alors que mon fils était mort. Je la détestais à cause de ces remords qui m'accablaient alors qu'il était trop tard. Une demi-gitane... Mais j'avais un autre enfant dans ma vie depuis longtemps, un garçon bien. Alors, j'ai acheté la liberté de cette fille. Pas cher. Trente souverains. Trente pièces d'or. Après cela, Dieu me pardonne, je pensais ne plus jamais entendre parler d'elle.

Demi-gitane... Le terme restait dans ma tête. Ma mère faisait partie de la tribu de Mordello. Ce sang coulait dans mes veines ? Avec une horreur soudaine, je regardai mes mains, m'attendant presque à les voir oli-vâtres... Avec soulagement, je les vis aussi blanches que celles de mon père. Et aussitôt je fus remplie de honte, pour avoir voulu nier mon origine, mépriser ce sang qui me liait à un être comme Barty, et même au mysté-rieux vieux prophète Mordello. Si j'étais de race mélan-

gre, je devais apprendre à être fière de mes deux ascen-
dances, la blanche comme la brune. Et je devais faire
en sorte qu'elles soient fières de moi.

Je levai les yeux vers mon grand-père, ce bienfaiteur
mystérieux qui m'avait rejetée de sa vie. Aujourd'hui, il
me demandait pardon, et je ne trouvais pas facile de lui
pardonner. J'ignorais encore ce que j'éprouvais pour lui,
ou ce qu'il éprouvait pour moi... Il regrettait le passé et
cherchait à réparer ses torts. Alors, je ne devais pas aggraver ses remords.

Je lui parlai avec douceur. Il releva la tête : il y
avait des larmes dans ces yeux bleus qui me faisaient si
peur naguère. Il revint à moi, bourru, presque timide, il
me prit la main, la tapota en répétant :

— Oui... vous êtes une gentille fille... Une fille généreuse, même si vous n'êtes qu'une petite gitane.

Le pasteur, toujours béat, intervint à ce moment,
nous évitant un excès d'émotion, par une citation évan-
gélique.

Bientôt, je me relevai du canapé, me sentant très revi-
gorée par le cognac du pasteur. Peter attendait l'autorisation d'entrer, et Barty aussi. Je les reçus debout, assez
solide sur mes jambes, bien qu'un peu étourdie par
l'alcool.

Peter portait sa chemise noircie : il avait la joue lui-
sante d'onguent, qui couvrait une vilaine brûlure.

— Ce n'est rien, dit-il. Mais vous ? Mon Dieu ! Je
n'ai jamais vu personne d'aussi surprenant que vous !

Il traversa la pièce en agitant les bras.

— D'abord, vous n'êtes pas cette Kitty. Ensuite, vous
êtes Hester Malpass qui n'hésite pas à risquer sa vie pour
sauver la mienne. Et maintenant, nous découvrons que
vous n'êtes pas seulement Hester Malpass mais la fille
d'une gitane !

A ce moment, Barty apparut. Je courus à lui.

— Cher Barty ! mécriai-je ! Où serais-je maintenant
si vous n'étiez pas intervenu ? Comment pourrai-je jamais
vous remercier...

Peter m'interrompit.

— Où serions-nous l'un et l'autre ! dit-il en riant et en tapant sur l'épaule de Barty.

— Le patron s'est occupé de tout ça.

Derrière nous, le docteur Craggan s'éclaircit la gorge.

— Monsieur Hambro va nous rendre un grand service. J'ai un petit domaine qui a besoin de quelqu'un pour s'en occuper. Monsieur Hambro est assez bon pour mettre son expérience à ma disposition. Je lui en suis très reconnaissant.

— C'est vrai, Barty ? demandai-je. Etes-vous content ?

Il releva la tête et me regarda en face.

— Il y a une maison sur le domaine, mademoiselle Hester, et ma sœur habite non loin de là. Je peux dire que c'est la chose la plus heureuse qui me soit arrivée depuis bien longtemps !

— Barty, dis-je, comment pourrai-je assez vous remercier pour tout ce que vous avez fait pour moi ? Pour la façon dont vous avez veillé sur moi depuis des années ?

Impulsivement, je m'approchai et j'embrassai sa joue mal rasée. Il rougit comme un gamin mais il ne se déroba pas.

— C'est plutôt vous qui avez pris soin de vous-même, mademoiselle Hester, dit-il. Et du reste, le patron n'aurait pas voulu que je vous rende la vie trop facile. Le patron aime que les gens se débrouillent par eux-mêmes.

— Le patron ? Est-ce ainsi que vous appelez Mordello ?

Il hocha la tête.

— C'était l'oncle de votre mère. Il n'est pas vraiment le chef, nous n'avons pas de chef, mais nous l'appelons le patron parce qu'il sait toujours ce qu'il faut faire. Il a des dons, vous savez.

Je le savais. Je devais beaucoup à ces dons. Avec un peu du sang de Mordello dans les veines, je me disais qu'il ne m'arriverait jamais rien de mal.

Le docteur Craggan s'avança.

— Il se fait tard, dit-il. Il est temps de partir. Nous avons encombré cette sainte maison assez longtemps.

Ma joie tomba brusquement. Jusqu'à cette minute, je vivais uniquement pour l'instant présent, contente d'être simplement vivante et entourée d'amis, d'observer l'enthousiasme de Peter et de penser que Barty n'aurait plus besoin de travailler pour Mme Skues ou ses semblables. Il habiterait la maison de ses rêves, il travaillerait à la campagne qu'il aimait tant. Mais je me rappelais tout à coup que moi aussi j'avais un avenir devant moi. J'essayai de mettre de l'ordre dans mes pensées.

— Eh bien... je vais m'en aller, dis-je. Je vous remercie du fond du cœur, docteur Craggan. Maintenant, il faut que...

— Que nous racontez-vous, ma petite-fille ? Vous venez avec Peter et moi, et c'est tout.

Je me redressai, carrant mes épaules.

— Non, monsieur ! dis-je. Ne vous croyez pas obligé parce que vous êtes mon grand-père...

Il ne me laissa pas achever ma phrase

— Montez dans la voiture, mademoiselle dit-il d'un ton impératif. Je n'admets pas de refus. Vous venez avec nous, m'entendez-vous ?

Peter prit mon bras en riant.

— Vous feriez mieux d'obéir, Hester. Il devient terrible quand il se fâche !

Il était presque inutile de me rappeler cela. Pourtant, j'hésitais, regardant tour à tour Peter, le médecin, Barty. Celui-ci leva les yeux.

— Allez avec eux, mademoiselle Hester, dit-il. C'est la famille de votre père. Votre place est auprès d'eux.

Je n'hésitai pas plus longtemps. Pour être sincère, j'étais heureuse que la décision fût prise par d'autres que moi. J'étais épuisée, je n'avais plus de volonté. Barty resta où il était, près de la porte de la maison. Il me fit un bref geste d'adieu quand je me retournai vers lui.

Tout était confusion autour de la fabrique. La voiture des pompiers était dans la cour, six solides gaillards manœuvrant les poignées de la pompe qui puisait de l'eau dans le canal et la projetait très haut sur les ruines rougeoyantes. La fabrique elle-même n'était plus qu'une carcasse noircie, mais la maison était sauvée ainsi que le village. La scène était irréelle, vaguement menaçante, comme le souvenir d'un cauchemar qu'il vaut mieux oublier.

Au moment de monter dans la voiture, je m'arrêtai. Des larmes coulèrent sur mes joues. Je me sentais proche de Kitty Devereaux : elle avait perdu son mari. Que nous restait-il, à elle et à moi, pour bâtir notre avenir ? Je me détournai du navrant spectacle et je montai dans le calme béni de la voiture.

Peter fouetta les chevaux et le véhicule partit.

CHAPITRE XV

Nous passâmes cette nuit-là dans le meilleur hôtel de Stroud. C'était la première fois que je mettais le pied dans un établissement aussi grandiose, et je ne puis dire que cela me plut. Trop longtemps, je n'avais été moi-même qu'une servante pour accepter facilement d'être servie par d'autres. Etait-ce là ce que devait être désormais ma vie ?

Ma soirée fut longue et très remplie, avec toutes les explications que le docteur Craggan exigea de moi, en particulier sur l'exhibition inconvenante de sa petite-fille comme *artiste* de fête foraine. Ensuite, la nuit fut plus longue encore, dans ma chambre d'hôtel qui ressemblait à un mausolée. Le sort de Kitty me hantais, je pensais sans cesse à sa folie et à la mienne. Le cauchemar de la journée passé, la traîtrise de mon fier et beau capitaine m'accablait. Certes, je ne le trouvais plus ni fier, ni beau, et il n'était même pas capitaine ! Il n'était qu'un escroc sans scrupules, et j'avais été de l'argile entre ses mains ! Une seule fois, sur le chemin de la carrière, j'avais failli découvrir sa duplicité, mais même alors, dans mon désir de voir la vertu là où ne se trouvait que le vice, j'avais sauté sur la première occasion pour abandonner mes recherches à la seule vue d'un lapin pris au piège. Un lapin pris au piège, n'était-ce pas ce que j'étais moi aussi ? Les hommes ne sont-ils pas tous les mêmes ?

Comment pouvais-je espérer aimer encore, et faire confiance à l'un d'eux ?

Oui, la nuit fut longue, et je pleurai autant de honte que de chagrin pour la perte d'un amour qui n'avait été qu'une folie enfantine.

Le lendemain matin, nous repartîmes en direction de Bristol.

L'élégant équipage du docteur Craggan était plus rapide et plus confortable que le misérable attelage du capitaine Devereaux. En ville, nous fîmes un détour ; les deux hommes avaient une course à faire sur laquelle ils gardèrent le secret. J'attendis patiemment dans la voiture : je n'étais pas pressée d'aborder l'existence nouvelle qui m'attendait à Orme. Bien que le docteur Craggan fût mon grand-père et se montrât très gentil, je n'oubliais pas facilement sa dureté envers mon père, ni sa façon de traiter la jeune femme qu'il prenait pour Kitty.

Quand ils me rejoignirent, les deux hommes étaient chargés de gros paquets que Peter tint à mettre à côté de lui sur le siège. Quand ils y furent bien fixés, nous reprîmes la route et bientôt, pour la seconde fois, j'arrivai à Orme.

La grande maison était aussi grise et sévère que précédemment, le vestibule aussi sinistre, l'escalier aussi monumental. Je fus conduite à une chambre différente de l'autre, plus claire, plus ensoleillée, ayant vue sur une belle avenue et de vastes pelouses. Madame Buckingham n'était plus la même : plus gaie, plus aimable, elle semblait sincèrement désireuse de se faire pardonner.

Les paquets furent apportés dans ma chambre et déballés un à un, sauf le plus gros et le plus lourd. Leur contenu, étalé sur mon lit, avait de quoi me couper le souffle : des robes de soie, des jupons, des blouses, un petit gilet rayé à la dernière mode, le tout venant des meilleures boutiques de Bristol. Je touchai timidement les magnifiques étoffes, ne sachant que dire, me demandant comment la Hester Malpass que j'avais été s'habituerait jamais à un tel luxe.

Peter comprit mes inquiétudes.

— Nous allons un peu vite, me dit-il, mais nous n'avons pas pu résister. Permettez-nous de nous amuser. Vous vous y ferez très vite.

Le médecin, lui aussi, fut très affectueux.

— Après tout, mon petit, dit-il, ce n'est pas tous les jours qu'un homme découvre une petite-fille perdue depuis si longtemps !

J'aurais pu lui répondre bien des choses, car il savait fort bien où me trouver depuis six ans, mais il était si heureux de me gâter que je n'eus pas le cœur à gâcher son plaisir.

— Il y a encore un paquet à défaire, me dit-il. J'espère qu'il vous plaira. Je me souviens de ce que vous m'avez dit, un jour !

Il sourit d'un air conspirateur, et sortit en refermant la porte derrière lui.

Le paquet était sur une table, devant la fenêtre. Il était grand et carré. A la vérité, je n'avais pas envie de l'ouvrir. J'avais déjà reçu tant de choses ! Je m'approchai de la table avec méfiance et je m'appliquai longuement à dénouer les nœuds de la ficelle. Sous le papier, je trouvai une boîte solide. Et dans la boîte...

Je m'assis, complètement abasourdie. Certes, Peter s'était rappelé mes paroles ! Dans la boîte, il y avait une machine à écrire. Une machine à écrire pour moi !

Ma nouvelle vie fut aussi étrange que je le pressentais, mais je m'y habituai sans trop de peine. Comment aurais-je pu faire autrement, en face de la générosité du docteur Craggan et de l'amicale gentillesse de Peter ? Je m'habituai comme un oiseau s'habitue à un champ rempli de grains, et se gave avec remords, sachant que le moment viendra où il devra partir. J'avais l'impression d'être une voleuse. Je ne me sentais pas à l'aise. La vie trop douillette d'Orme n'était pas ce que j'avais toujours désiré.

Les semaines passèrent. Le docteur Craggan devint moins enthousiaste et plus critique envers la petite-fille si longtemps disparue. Je ne lui en voulais pas car je n'étais pas faite pour le rôle qu'il voulait me confier. Si j'essayais de discuter des sujets sérieux avec ses invités, je dépassais vite les limites qu'il jugeait convenables pour mon sexe.

Et si je n'arrivais pas à faire suffisamment de grâces à ses associés en affaires, il me le reprochait aussi. N'ayant pas eu de fille, et étant veuf depuis plus de quarante ans, il n'avait que des notions confuses sur ce qu'il pouvait attendre de moi. En conséquence, il se montrait moins patient, bien que toujours aussi généreux, et devenait de plus en plus despotique. Par exemple, il refusait de me laisser prendre des leçons de dactylographie.

— Pourquoi te donner cette peine, petite ? Tu ne penses tout de même pas voler leur place à d'honnêtes secrétaires, je suppose ?

C'était pourtant là ce que je désirais faire. Pendant quelque temps, j'essayai de m'exercer à frapper les touches dans le secret de ma chambre, mais j'y renonçai bientôt : les résultats de mes efforts n'étaient pas encourageants et je passais plus de temps à écrire un mot que n'en aurait mis, à la main, un enfant de cinq ans. Alors je me décourageais. D'ailleurs à quoi servait-il de me préparer à un travail que je n'effectuerais jamais ?

Il y eut autre chose. De plus en plus souvent, je voyais le docteur Craggan sortir de ses ateliers pour m'interroger avec insistance sur les papiers de mon père. Il ne réussissait pas trop bien dans ses expériences et les vagues renseignements que je pouvais lui donner ne lui suffisaient évidemment pas.

— Tu dis, une étincelle électrique ? Mais comment peut-on provoquer cela ?

Il fronçait les sourcils, arpentait la pièce, et revenait à moi.

— Réfléchis, petite ! Ton affreux capitaine doit t'en avoir dit davantage ! Et dans ces papiers... il devait y avoir des dessins ! Ne les as-tu jamais regardés ?

Il me prenait souvent par les épaules et semblait vouloir me secouer pour m'arracher des secrets que j'ignorais. Et je ne pouvais que baisser la tête et confesser ma honteuse ignorance. Comment pouvais-je lui expliquer ce qui m'occupait l'esprit en ces jours orageux ? Certainement pas le moyen de provoquer une étincelle électrique !

Je commençais à en avoir assez. Je me reprochais mon ingratitude : mon existence à Orme était certes bien diffé-

rente de ma vie d'esclave aux ordres de Mme Skues,
mais par moment, je me sentais aussi captive que devait
l'être la pauvre Kitty à l'heure présente. En réalité, je
m'ennuyais.

Mon grand-père ne m'autorisait pas à aller voir Amy
ou Kate : ce n'était pas des amies convenables pour la
jeune « dame » que j'étais appelée à devenir. Quant à
Peter, si par hasard il disposait de quelques heures de
liberté et les passait avec moi, il m'emmenait joyeusement faire une promenade, mais ses manières amicales
ne faisaient que souligner la distance prudente qu'il
maintenait entre nous. S'il fallait franchir un endroit
malaisé, il me tendait la main pour m'aider, mais il me
lâchait dès que son secours n'était plus indispensable.
S'il s'asseyait sur l'herbe à côté de moi, il veillait à n'être
pas trop près...

Je parvins à une conclusion : c'était la peur qui le
tenait à distance de moi. Il avait peur de me faire croire
qu'il m'aimait. Tant qu'il m'avait prise pour la femme
d'un autre, il s'était montré plein d'attentions et d'admiration. Maintenant qu'il me savait libre, que j'habitais
sous le même toit que lui, il reculait. Cet arrangement
aurait dû me satisfaire : n'avais-je pas aimé et perdu, et
résolu de ne plus aimer jamais ? Pourtant, il y avait en
moi une souffrance, un vide que je ne comprenais pas,
que je ne savais comment apaiser.

Lorsqu'un après-midi, le docteur Craggan m'appela
dans son bureau, je n'étais nullement préparée à ce que
j'entendis. La pièce était imposante autant que son occu-
pant, avec ses rangées de gros livres de médecine, ses
diplômes encadrés, ses étagères chargées de modèles en
miniature, tricycles, bicyclettes et autres. Je regardai mon
grand-père, assis devant une immense table recouverte de
cuir. Il me désigna un fauteuil en face de lui et j'y pris
place, subitement effrayée comme une jeune servante qui
rencontre son maître pour la première fois.

Il tournait le dos à la fenêtre et je voyais mal son
visage. Il me sembla qu'il m'observait intensément.

— Je crois que tu auras bientôt dix-neuf ans, Hester,
dit-il.

Je hochai affirmativement la tête.

— Et tu n'as aucune fortune personnelle, autre que celle que j'estimerai bon de te donner...

— C'est exact, dis-je en me penchant en avant, mais je ne voudrais pas que vous...

— Aie la bonté de me laisser finir. Tu es donc, Hester, en âge de te marier. Cependant, ta naissance n'est pas un atout pour toi et tes perspectives financières ne sont pas fameuses.

— Si je dois me marier un jour, monsieur, je préférerais être choisie pour moi-même et non pour l'argent que j'apporterais.

— C'est un noble sentiment, petite.

Il toussa.

— Ainsi, puis-je conclure que tu as réfléchi au mariage ?

— Pas tellement, non, monsieur.

Son regard me décontenançait. Où étaient mes belles ambitions d'indépendance ?

— Je n'y ai pensé que vaguement, ajoutai-je, comme toutes les filles de mon âge.

Il rit tout haut.

— Ces pensées « vagues » ? Pourrais-je les connaître ?

Il s'interrompit, mais fort peu de temps, sans qu'il me fût possible de formuler une réponse.

— Non, petite, inutile, je sais ce qu'il en est. Tu es chez moi maintenant depuis quatre grandes semaines. Tu es faite de chair et de sang... et mon pupille a été favorisé par la nature, je peux le dire sans me vanter.

Je compris immédiatement où il voulait en venir.

— Non, monsieur ! dis-je précipitamment.

Je pensai soudain qu'il allait se méprendre et me trouver impolie.

— C'est-à-dire... oui, bien sûr, Peter est beau, mais...

— Tu dis non ? Bah ! Je ne te reprocherai pas de protester. La modestie sied à ton âge. Peter est également fait de chair et de sang, et dans toute la fleur de sa jeunesse, je crois qu'il te trouve assez à son goût.

— Vous l'a-t-il dit ? demandai-je doucement.

— Cela t'étonnerait-il ?

Je remarquai qu'il esquivait ma question en m'en posant une autre. Mon grand-père se penchait vers moi, les coudes sur sa table.

— Remarque, petite, que Peter n'est pas homme à faire étalage de ses sentiments. Mais ce mariage serait bon. Il serait très bon. Il conviendrait très bien.

Il se tut, laissant ses paroles peser dans l'atmosphère entre nous. Ce mariage serait peut-être bon... Peut-être convenait-il très bien à mon grand-père. Après tout, il lui permettrait de considérables économies, et ceci étant, il conviendrait peut-être à Peter aussi. Mais qu'en était-il de moi ?

Angoissée, je regardai autour de moi. J'aurais dû être horrifiée du marché qu'on me proposait. Certes, Peter, à sa manière, était beau, et jamais je ne l'avais vu autrement que courageux et bon. Je l'aimais bien. Et même je l'aimais beaucoup. A tel point que son attitude envers moi me vexait. Mais envers un mari, ces paisibles sentiments suffisaient-ils ?

Le mot « amour » me passa dans la tête. Je le répudiai aussitôt. Que m'avait apporté l'amour sinon chagrin et souffrance ? Ne l'avais-je pas résolument rejeté ? Ne m'étais-je pas, en fait, préparée à un moment comme celui-ci, où un bon mariage me serait offert, avec la sécurité, le dévouement d'un homme vertueux et bon ?

Le docteur Craggan m'observait.

— Tu as besoin de réfléchir, dit-il, avant de prendre une décision. Je vais en parler à Peter. Je ne doute pas que vous vous rangerez tous les deux à mon avis. Les gens m'écoutent, en général.

Ce n'était que trop vrai. Sa douceur n'empêchait pas cet homme d'être un tyran. Le mariage qu'il envisageait me ferait demeurer dans sa maison jusqu'à son dernier jour, et même après cela : j'imaginais facilement son fantôme jaloux hantant sans répit les couloirs d'Orme. Le secret qu'il désirait lui avait échappé : allait-il s'emparer de moi à la place ?

Je me levai d'un geste incertain. Ma décision, mon refus d'accepter son offre, devaient venir maintenant ou jamais. Si je consentais à sortir de cette pièce pour réflé-

chir, il ferait pression sur ma volonté, la maison elle-
même s'acharnerait contre moi et je serais perdue à
jamais. Mais comment trouver les mots propres à le
convaincre ? Où puiser le courage d'affronter son inévitable fureur ?

La fenêtre qui se trouvait derrière lui, donnait sur
l'avenue. Et à cet instant où j'avais tant besoin de secours,
en cette seconde où mon regard cherchait de l'aide de
tous côtés, je vis, venant vers la maison, une roulotte
jaune et verte. Et conduisant le cheval, Mordello.

Je n'ai jamais su comment il réussit à franchir les
grilles de fer de la propriété, comment les gardiens ne le
chassèrent pas. Je ne sais plus quelles paroles je pronon-
çai, comment je sortis du bureau de mon grand-père, ni
comment il me laissa partir. Je me rappelle seulement
avoir couru dans l'avenue, mes pieds touchant à peine
le sol, faisant peur au cheval qui faillit s'emballer, m'arrêtant, intimidée soudain, devant le vieux gitan. Il était
venu, comme il l'avait déjà fait une fois, alors que j'avais
tant besoin de lui. Je savais déjà qu'il m'aiderait. Je savais
que j'étais sauvée.

Il calma son cheval, puis, immobile sur son siège, il
me regarda.

— Vous courez parce que vous avez peur, Hester
Malpass, dit-il. Courez-vous pour venir à moi, ou pour
en fuir un autre ?

— Emmenez-moi, Mordello !

Mes mains tordaient l'étoffe de ma jupe. Il ne pouvait pas me repousser.

— Je vous en prie, emmenez-moi ! suppliai-je.

Il secoua la tête.

— Fuir n'est pas une solution, dit-il. C'est avancer
qui est sage.

Je répondis aussitôt, sans prendre le temps de penser,

— Emmenez-moi près de Barty.

Le temps s'arrêta. Lui sur son siège recouvert de cuir
usé, moi l'observant, du sol, les oiseaux se taisaient, l'air
ne bougeait pas. Et puis, ma pensée rejoignit les mots de
mon cœur, avec une joie tumultueuse, étonnée qu'une

vérité aussi évidente eût attendu si longtemps pour
m'apparaître enfin.

— Conduisez-moi à Barty. Il m'a dit un jour que ma
place était auprès de ces grands personnages... mais il n'y
a rien de grand en moi. Rien du tout. Ma place est auprès
de lui, s'il veut bien de moi. Mordello, je vous en prie,
emmenez-moi près de Barty.

Le vieillard ne posa pas de question... Mais il sourit,
pour une fois, en faisant lentement tourner la roulotte.

— Il sera heureux, dit-il. Vous êtes aussi jolie, aussi
bonne que votre mère. Il se ronge le cœur à cause de
vous depuis deux ans et davantage. Je lui ai dit que vous
aviez seulement besoin de temps pour grandir...

J'aurais voulu que tout soit aussi simple. J'aurais
voulu que nous puissions partir tout de sute, Mordello
et moi, tranquillement, dans cet après-midi d'été. Mais
la vie est rarement simple et la tranquillté s'acquiert
difficilement. Pour finir, nous sommes partis, naturellement, mais pas avant que le docteur Craggan n'ait prononcé bien des mots violents, ne nous ait menacés de
toutes sortes de choses. Mordello écouta, répondant calmement à son tour. Peter fut convoqué, pour me supplier en
vain de rester. Nous partîmes enfin : « Après tout, c'est
peut-être mieux ainsi... », fut la dernière parole du médecin.

La roulotte s'en fut gaiement dans le crépuscule. J'em-
portais peu de chose de mes belles affaires, pas même
la reluisante machine à écrire. Son ingénieuse mécanique,
je le savais maintenant, ne pouvait remplacer la vie du
cœur vers laquelle je me dirigeais à présent.

Nous voyageâmes à la manière paisible des gitans,
campant, la nuit venue, dans un pré, au bord d'une route
poussiéreuse, peu fréquentée. Je n'étais pas impatiente :
j'avais besoin de temps pour me préparer. Nous allions
vers notre but, Mordello et moi. Quelquefois, il me
parlait. La plupart du temps, nous gardions le silence,
mais même pendant les silences, il demeurait entre nous
une entente profonde, infiniment satisfaisante.

Nous arrivâmes enfin dans une vallée boisée pour

atteindre un chemin bordé de sapins. Une maison se dressait près du chemin, une maison carrée, aux murs blanchis à la chaux. Autour se dessinait un jardin. Et appuyé à la barrière, comme s'il nous attendait, à la manière mystérieuse de sa race, ma race, je vis Barty.

Secrètement, je redoutais cet instant. La connaissance de mon amour pour lui m'était venue si soudainement que j'avais peur ; son amour à lui était-il autre chose qu'un rêve mélancolique et romanesque ? Je craignais que finalement Barty ne fût pour moi qu'un étranger, et que je ne fusse rien pour lui. Mais à présent, le voyant, le reconnaissant, lisant sur son visage un silencieux et radieux bonheur, je sus que mon amour pour lui et son amour pour moi n'avaient rien d'un rêve. Il était aussi réel que le soleil doré sur les collines. Mon cœur bondit vers lui. Moi, qui souhaitais une vie mouvementée, j'abordais la plus grande aventure de toutes, l'aventure d'aimer, de partager, de construire un fier avenir. Avec son bras unique et sa douceur, Barty Hambro était plus homme que tous ceux que j'avais rencontrés jusque là, ou que je rencontrerais jamais.

Je descendis lentement de la roulotte et j'allai à lui. Derrière moi, j'entendis Mordello parler au cheval à mi-voix, pour lui dire que le long voyage était achevé.

Barty ouvrit la barrière et prit ma main. Heureux, nous suivîmes le chemin côte à côte. Il me fit entrer par la porte basse. J'avais enfin achevé de grandir et j'arrivais au port.

F I N

Achevé d'imprimer
le 1er juillet 1977
sur les presses
de l'imprimerie Cino del Duca,
18, rue de Folin, à Biarritz.
N° 355